黄学规

　　1940年生，籍贯浙江。现为浙江财经大学教授、中华诗词学会会员、中华教育艺术研究会理事、中国教育家协会常务理事、中国民族文化研究会诗书画艺术委员会名誉主席、全国师德先进个人、浙江省高等学校教学名师。著有学术专著《挫折与人生》、《人格与人生》、《审美与人生》和诗词集《雨燕斋吟稿》。

　　2009年，作家出版社出版的《中华诗词史鉴》收录了黄学规诗词30首，该书汇集了从先秦至当代二千多年来中国诗坛的精品力作。历年来，黄学规荣获"李白杯成就一代大家"、"杜甫杯诗圣奖金奖"、"中华诗词特殊贡献奖"、"中华诗词界一代诗宗大家"、"国家文化传承人物"、"爱国杰出诗人"、"铸魂金杯奖"等荣誉称号。

无以刚柔共济

以清和其心

学规教授雅正

李超本

筆

大愛火星

當規范教授

雅正

詩魂國魂

李新平

落脚乱崖峭壁中横出石缝

虬如弓松无沃土先天苦

犹爱求生气若虹

七绝黄山松　丁酉初春于砚墨池畔黄学规诗并书

七绝 孤山胜迹

丁酉初夏於醒墨池畔董学规诗并书

逶迤篆岫豪气壮一湖澄碧

净无埃湧天飞舞孤山雪

水上梅花料撒唯

雨燕斋吟稿

黄学规 著

ZHEJIANG UNIVERSITY PRESS

浙江大学出版社

目录

刚柔并济 诗如其人

李燕杰

学规先生与我不仅是志同道合的挚友，而且是君子之交淡如水的益友。过去我十分高兴地为他的学术专著写过序言，今天，收到他送过来的诗集，请我为他的诗集写序，我更加高兴。

我生在北京，家父、家母都是从事文化教育工作的人，有人说我生于教育之家，有人说我生于国学之家，有人说我生于文学之家，现在想来，我倒是像生于诗人之家、诗词之家。家里人普遍爱读诗，爱写诗，我在这种环境中，耳濡目染，自幼喜欢读诗写诗，从童蒙开始一直读《千字文》、《唐诗三百首》。我的父母都生于五四前后，家中经常谈到现代诗人胡适之、徐志摩、谢冰心、汪静之、刘大白、郭沫若、臧克家、艾青、田间，所以我在幼年又经常读到白话诗，时而读唐诗、宋词，又时而读五四以来的新诗。我到了十四五岁，又读英国拜伦、雪莱的诗，德国歌德、席勒的诗，俄国普希金、莱蒙托夫的诗，还读印度泰戈尔的诗……在中外古今的诗歌海洋中遨游，深深感受到在诗歌天地中，有诗，有美，有梦。我自十岁写诗以来，陆陆续续在报刊上发表了许多诗，又出了诗集，还编写过《中国诗歌史》并担任主编。今天读了学规先生的诗集，可谓喜出望外，一则，在诗歌创作上我们志同道合，二则，在从事诗教方面，又是志同道合。

我们都懂得：

"诗者，志之所至也，在心为志，发言为诗。"

"诗言志，歌咏言。"

"不学诗无以言，不学礼无以立。"

我们在不同的省份，不同的地区，不同的环境中，沿着共同的理想和道路，做了许多相同相似的事。

在日常生活中，经常写诗，以抒怀。

在思想教育中，以诗化语言，引导青年。

在著作中，又能用诗般的艺术，使学术著作传之久远。

冰心老师读了我的诗集后曾说，时代需要你这样的诗人，并说你们这种诗人，不搞风花雪月，走的是诗之正路，同时，她为我的诗集题词："诗之心，国之魂，诗如其人。"

今天我也用这些话送给学规先生，以共同勉励。

其次，我在向艾青老师请教诗学时，他不仅送我诗论，并告诉我怎样写诗，要我追求真善美，从内容乃至形式，都不要矫揉造作，都不要无病呻吟，要言之有情、言之有礼、言之有物，他还讲中国人写诗，有三方面值得借鉴。

第一，过去诗人写诗主张言志，要表达自己的理论，用高尚的理想影响人。

第二，讲载道，如韩愈所言"文以载道"，要在诗中体现理想抱负的同时，还能合乎大道。

第三，还要讲神韵，讲意境，总之要美。

艾青老师这些教导，在学规先生诗中都有体现。

另外，当我访问郭沫若老师时，从研究《中国诗歌史》切入，谈了七八个小时，他告诉我：

第一，诗是一种艺术创作，要基于现实，高于现实，源于生活，高于生活。为此，诗歌创作也要对古代诗论批判继承，也要善于创造出新。

第二，郭老讲到李白、杜甫时，一再强调现实主义和浪漫主义相结合。

第三，写诗，绝不能因循守旧，不能人云亦云，无论内容与形式都要大胆突破，要勇于革新。

这些在学规先生诗中，都有体现。

后来，我和当代诗人接触中，特别是在中国作家协会，遇到许多新诗人，其中，也有朦胧诗人，从他们诗中，也感受到了新的气氛。他们诗中有哲理，哲理在诗化语言朦胧中。

他们说，老一代作家，也应向青年人学习，不能落后于时代，诗歌就应超前，要引领时代。

这些在学规先生诗中，都有体现。

综合上述各点，再看学规先生的诗作，几乎每首诗都能体现上述特色，给人联想，引人共鸣，使人在联想中得到哲理的启示。能引发联想、产生共鸣的诗，往往是流传久远的好诗。正如钟嵘在《诗品序》中所言："味之者无极，闻之者动心，是诗之至也。"

学规先生的诗歌创作贵在"有味"、"动心"，引发读者产生了美感和联想。请看学规先生的诗歌：

钱塘江

群山排闼涓流汇，渐壮成江气势豪。

百挫千回奔大海，铺天盖地涌惊涛。

这使我联想：山阳石拦大江毕竟东流去，雪辱霜欺梅花依旧向阳开。

瀑布

千旋百转激澜啸，奔放自如无日休。

昂首危崖飞跃下，骁腾到海不回头。

这使我联想到：远望方觉风浪小，凌空乃知海波平。

珍珠

点点黄沙布满途，少人欣赏盖无殊。

千磨万砺终出众，剔透晶莹闪闪珠。

这使我联想到：玉经琢磨多成器，剑拔沉埋更倚天。

咏紫荆花

田氏融融院内花，同根并长自繁华。

分居离异凋零后，兄弟复合聚一家。

这使我联想到：雨霁乌云天外尽，燕舞春风柳上归。

胡杨

飞砂蔽日千年旱，冷月苍凉百里荒。

铁干虬枝长卫守，生前死后永刚强。

这使我联想到：生当做人杰，死亦为鬼雄。

汶川大地震

悲壮国殇天亦撼，山崩地裂汶川灾。

神州尽洒英雄泪，大爱奔腾力挽回。

这使我联想到：大爱无外，大爱无内，大爱无私，大爱无畏。

于谦

念重苍生国柱臣，满腔热血洒红尘。

含冤不辩浊流里，千古清白一片心。

这使我联想到：一片丹心悬日月，千古大义普云天。

学规先生的诗歌继承了先人的艺术，又体现了新时代的精神，同时还体现了刚柔并济的大爱与大美，体现了"志于道，据于德，依于仁，游于艺"。如果在讲台上朗诵，必然在抑扬顿挫中显示一种独特的诗情画意，在诗情画意之中使人感到正气凛然，浩然大义，使人在诗歌与演讲共振中，感受一种诗教中的美，从而受到教益与启迪。学规先生的诗词是当代中国诗词发展的一座丰碑。

今天是元旦，拿起笔来，为学规先生的诗集，写了一些我想说的话，供读者参考，是以为序。

2014 年 1 月 1 日于北京智慧书苑

李燕杰：首都师范大学教授、教育艺术杂志社社长、国际易经研究院名誉院长.

大爱大美 诗心国魂

李燕杰

学规先生，是我的挚友。

首先，他是我教坛的益友。

同时，他又是我讲坛的战友。

他还是我文坛的诗友。

我们彼此都在大学讲台上授课。

我们彼此都在社会大讲堂长期演讲。

我们彼此又都喜欢在文坛发表诗文。

我们在不同的地区，在上述三个方面，做着相同相近的事。

同时被人们誉为：

教育家而且是教育艺术家。

演讲家而且是演讲美学家。

文学家而且是哲理文学家。

这些，对我们而言，绝不仅仅是一种职业，而且是一种事业，是一种伟大而神圣的事业。

这些鼓励促使我们进一步把这三者视为我们的生命，使我们形成诗化人生，美化人生，哲理化人生。正因为讲坛、教坛、诗坛三结合，形成了我们独特的人生艺术和艺术人生。

讲坛中有诗。

诗歌中有教育。

教育中又有哲理。

在我们生命中几乎每天生活在诗的海洋中，形成了：

教育诗篇，诗般的教育。

人在教育之中，教育在诗歌之中。

我们在诗歌与教育的结合中，演绎着我们的人生。

这是我们生命的特点。

又是我们教育的特色。

又成为我们诗教的特质。

一

学规先生的诗有他鲜明的特征，即有德、有识、有才、有学。

先生在讲课、讲学、讲演中一贯认真负责，而且能敬业爱生，教书育人，他在教与学的过程中有所感悟，即写成诗篇。

诗中有真，处处讲真话说真情。

诗中有善，时时有对善的追求。

诗中有美，诗中有爱，他严格按照诗的格律，运用自己的才和学，创作出一首首内容与形式相统一的大爱大美的诗篇。

他的诗中有智慧，我经常讲没有智慧的演讲等于 0。今天，我想说没有智慧，又没有情感的诗，也不是诗。

如古人所言：诗者，志之所至也，在心为志，发言为诗；诗言志，歌咏言。

二

学规先生的诗，是教育史诗，在诗中必然是魂、道、器、术相结合，必然是人品、诗品相统一，所以他的诗中有魂，有国魂、有民魂、有教师之魂。

有道，作为一个大学教授，心中必然要讲规律，讲人生规律，讲法则，讲育人法则。

有器与术，为了表述魂与道，必然要有相应的载体。在他的笔下，有魂有道，有形而上；有器有术，有形而下，二者结合形成了他诗歌创作的灵魂。

三

学规先生的诗，体现出气、情、韵、势。他作为教育家、演讲家、文学家十分懂得，"文似看山不喜平"。

首先有气，有大气、豪气，有士气，有浩然之气。

第二，有情，有真情，情真意切，绝不无病呻吟，更不矫揉造作。

第三，有韵，我一贯主张，诗么，就要押韵。学规先生的诗不仅有情与韵，而且有他独特的韵味。

第四，有势，有气势，有波澜，有起伏，诗在变化中，变化中有诗，每首诗都体现诗情与画意。

四

学规先生的诗，不是像文人墨客，在茶余饭后自娱自乐，而是推向社会，起到启迪读者，特别是起到启迪青年人的作用。

从他的诗中，可以看到，利于习、熏、悟、化。

一习，他的诗利于人们学习、习之，从中能学到人生哲理、生活感悟。

二熏，他的诗以美的形式，体现各种美的情感，在熏陶中使人受益。

三悟，他的诗中大多含有哲理，读他的诗，可以使人顿悟、觉悟、领悟、醒悟。

四化，化是一种升华，他在短短的小诗中，蕴含着许多意在言外的哲理，使人读后得到思想的升华。

如果每个诗人的诗都能使人习、熏、悟、化，道通天地有形外，思入风云变态中，可以引领人们昂扬奋进，那该多好啊。

中国是一个诗的国度，美的国度，又是一个幸福的国度。愿我们用诗与歌，讲与演，教与学，讴歌我们伟大的祖国，赞美我们崭新的事业。落红不是无情物，化作春泥更护花。让我们将最美好的一切献给青年——国家的未来。

2014 年 1 月 8 日于首都师范大学

李燕杰：首都师范大学教授，教育艺术杂志社社长，国际易经研究院名誉院长。

学者型诗人黄学规印象

胡华丁

黄学规先生致力于中华优秀传统文化的传承和研究，数十年来创作了约三百首格律诗词。神州社会和文化学界对他的认同推重，体现出一种哲理："千磨万砺终出众，剔透晶莹闪闪珠。"笔者读之，深感他的诗词有以下特色：

一是心怀大爱，志接云天。

爱是人类的最高情操。有一首诗这么说："人生，其实很简单，就是学会爱。你对社会有多爱，决定你的人生成就有多高；你对亲人有多爱，决定你的家庭有多幸福。"人世间，只有爱是无厘头的。

学规先生的诗，是爱祖国的诗。他的七绝《中国申奥成功》，歌颂"登攀不止成正果，更快更高数巨龙"；《圣火上珠峰》欢呼"圣火珠峰亲热吻，祥云一炬照天红"；《贺北京奥运会》又庆幸"东亚病夫成历史，卧龙一跃上峰巅"。词章《风入松·神州五号飞船发射成功》又云："飞船绕地越十周，振翅竞风流。图强百载鸿篇展，壮国威，誉满全球。一艇重回随意，已与俄美同俦"。诗人以自己的韵律为祖国歌唱。

学规先生的诗，是爱自然的诗。他以自己的诗词拥抱自然，装点山河。

春天，他欣赏《堤上桃花》，"萧瑟长堤春唤醒，葱笼树下水淙淙"。诗人对春的感知是多么的细微入扣；甚至连《春雨》，他也能看出希望，"柳丝沐雨临湖舞，花枝笼烟爆嫩芽。最是温和勤润物，于无声处孕芳华"。

夏天，诗人特别爱荷。他笔下的荷花，有《月荷》《新荷》《季荷》、《风荷》《清荷》，甚至还有《古荷》《梦荷》等等，把荷花的各种姿质都写尽了。即使晚年的荷花，也是很有品位的："芙蓉落尽无姿色，香藕沉沉水下深。依旧挺拔风里立，残荷犹作雨中吟。"

秋天，他寄情《九溪秋色》，"秋色醉人心自醉，十分秋色九分情。删繁尚简三秋树，山涧弯弯山水清"。甚至那片片《秋叶》，诗人也寄予厚望，"休怜落叶满园金，来岁新芽换旧林。春日芳菲花沐雨，声声鸟语动人心"。

冬天，他也有词章《临江仙·雪梅》云："冰雪满坡梅傲立，山寒涧冻风吹。苍虬似铁展幽姿。清殊独抖擞，无意自称奇。不要人夸颜色好，疏林老干横枝。心甘僻野乐相宜。留得真气在，天地共长知。"

大自然的美景，让诗人陶醉，吟诗以寄情怀。他游过《西湖孤山》、《云南大理》、《海南亚龙湾》、《温州梅雨潭》，他也登过《张家界天子山》、《杭州琅珰玲》、《山东泰山》，他甚至直追《海南天涯海角》（采桑子），但见"南天一柱海边立，椰树云霞。椰树云霞，万里清波抱宝沙。绝非远古蛮荒地，海角天涯。海角天涯，四季和风四季花"。

诗人的胸怀是多么的博大，天地与人同啊！他是那种心中有一个大海的男人。他也启示我们，美好的生活是建立在尊重自然的基础之上的。

学规先生的诗，是爱人民的诗。他爱人间的亲情、纯真和正气，爱人间的一切正能量。诗人爱先祖、先烈、先贤。先贤，是我们广义的亲人。他们代表着一个民族的精神高度。学规先生的诗词，写了《岳飞》、《于谦》、《郑成功》、《葛云飞》、《杨靖宇》、《冼星海》等等，写了《郑和下西洋》，写了《孙中山观潮》。孙中山于1916年9月15日（阴历八月十八日）到浙江海宁观潮之后，曾应邀写下"世界潮流，浩浩荡荡，顺之则昌，逆之则亡"的题词。学规先生观潮忆圣，吟唱道："万马奔腾惊大地，狂涛猛进上云霄。吞天沃日何能挡？澎湃心潮比浪高。"

真爱永恒。诗人黄学规启示我们：爱使生命澎湃。爱与岁月同在。爱是生产力，是教育的最高境界。"没有比人类的爱更富于艺术性的事业"（梵高）。人类不要生活在冷漠和无情之中。当我们注入了一股爱的暖流，也为实现中国梦增添了强大的道德力量。能否让自己活得快乐，要从学会爱开始。生活因真爱而精彩。

二是语言质朴，明快晓畅。

绘画上有"咫尺千里"、"尺幅万寻"之说。诗歌亦然。诗歌要有深刻的思想、饱满的热情和高度的艺术概括力。诗歌不能像小说散文那样，对事物作详尽细微的描绘，而要大胆地压缩事实的过程，选择那些为诗人感受最深切、印象最强烈、最富有典型意义的事物来描写，用精炼的笔墨来点染生动的形象。学规先生的诗词，在语言艺术上为我们作出榜样。

他的七绝《瀑布》："千旋百转激澜啸，奔放自如无日休。昂首危崖飞跃下，骁腾到海不回头。"短短28个字，形象地勾勒出瀑布的形、声、势，而且以景喻情，寓意做人要有志不衰，勇往直前。七绝《红桃白李》："红桃白李春风里，碧水青山秋月中。心底无尘天地阔，从容面世乐融融。"以"红桃白李"来形容"心底无尘"，用"碧水青山"来暗喻"从容面世"。文字明白，寓意深刻，真乃质朴晓畅之句。七绝《雁荡山大龙湫》："穹崖旷谷仰高崇，千尺险峰奇不同。海上名山幽且壮，飞来天瀑撼神雄"。这首诗平仄工整，语句有音乐性，音节和谐，铿锵动人，有如鼓点，使诗的音调更加响亮，增加读者听觉上的悦感。再如《圣火上珠峰》："登攀冰壁雪风中，山脊滑行气势雄。圣火珠峰亲热吻，祥云一炬照天红"，同样是文字清新、节奏明快而寓意深刻之佳构。

三是想象奇崛，神韵盎然。

诗，要有形象性。诗歌艺术同其他艺术一样，他的特征是形象性，可感性。一首诗如果缺乏感性的形象，那就很难被认为是诗，更不能成为好诗。读好的诗，就像整个心身走进作者所创造的同时又是可信的一个环境、一段生活里去。

诗，要用形象的东西去引发感情。恩格斯批评普拉顿"把自己理性的产物当作是诗"的谬误。由于普拉顿的诗篇失去了形象和抒情的特点，因而它的作品"缺少浓郁的诗的气息"，"诗的力量放弃了自己独立的地位，轻易地屈服于强有力的理性的统治"，成了"大部分是理智的产物"，使它成了"诗中理性的代表"。（《马克思恩格斯论艺术》）恩格斯对德国另一位诗人夏米索的诗则大加赞扬，因为他有"如火如荼的热情"，从中"可以听到高贵的心的跳动"。学规先生的诗中凸显的，正是这种"热情"和"跳动"。

七绝《茶韵》："沸水翻腾才出彩，无声舒展放清芳。繁华过后沉杯底，一口温馨一盏香。"短短的诗句，把茶叶的色香味形描写得淋漓尽致，还写出了自己品茗观茶的感受。在诗人的笔下，茶叶有了神韵，被人格化了。《渔歌子·渔港之夜》："夜港静泊万里篷，海山一色影朦胧。灯闪闪，雾濛濛，云帆梦里盼长风。"这首词，同样是神来之笔。诗人把渔港的夜景，描绘得真切生动，很有气派，而且把那静泊着的帆船人性化了，连做梦都盼着来日有风，可以出航。诗词写得含蓄，言有尽而意无穷，会引发读者调动自己的生活经历，联想到许多东西。

诗人有时还把自己放进诗里，天人合一，物我共鸣。七绝《梦荷》："入梦犹思君作伴，亭亭玉立满湖栽。今生久有平常愿，我似荷花水上开。"诗人把荷花当作朋友，连做梦都想以荷作伴，要像荷花那般圣洁。这样，作者把自己融入诗行，以自己的真情实感，心潮起伏，感染人心。

拟人化是文艺创作中常用的艺术手法。它把客观物体描绘得具有人的思想感情和行为动作，实际上是诗人的思想感情在物体对象上的反映和折射。学规先生的诗词也启示我们，诗词表现思想要用间接的方式。诗歌的本质是抒情，忌讳议论。即使发议论，也应该注意到诗歌的特点，以形象的东西去引发感情。要通过想象，把天上人间，把存在与幻想，联结起来。想象，可以极大地丰富诗词的形象。拟人化手法，就是一根神奇的"魔杖"。搞艺术，只有对新鲜的东西感兴趣，才能不断进取。

四是情景交融，蕴含哲理。

思想境界，是一切文艺作品的灵魂和命脉。一篇文章或一首诗词的优劣，首先取决于它的思想内容是否充实，是否健康，是否高远。如果作品的思想贫乏，内容空洞，言之无物，不论它的词藻有多华丽，也只是文字游戏。而学规先生的诗词，言约而意丰，言近而旨远，意在言外，令人生发遐想。

七绝《黄山松》："落脚悬崖峭壁中，横出石缝体如弓。根无沃土先天苦，绝处求生气若虹。"前三句，描写黄山松的生存条件是多么恶劣，可它却顽强地"横出石缝"，"绝处求生"，得以"气若虹"。诗人在这里，由景生情，以物喻理，歌颂人生百折不挠的意志。七绝《迎春柳》："老树轻添细柳丝，鹅黄点点报春知。梧桐遍地参天立，不及刚柔相济枝。"这首诗，前两句诗描写开春来柳枝的神态，后两句作物物对比，认为凡事要"刚柔并济"，以物喻理，触景生情，使思想得到升华。

再如七绝《春笋》："未见百花始斗妍，竹芽破土已凸尖。常怀向上凌云志，日日攀高段段坚。"诗人寄语春笋，做人谋事要有向上的志向，要坚持不懈，功夫不负有心人。字里行间，蕴含哲理。

学规先生诗词的这些特色告诉我们，作诗要自然真实，从肺腑中流出，切忌矫揉造作，干巴巴地毫无感情；要有广博的生活知识和生活经验，也就是要"接地气"，这是创作的必要条件；要善于在普通的事物中发现深刻的哲理，诗的本质就是发现。因此，诗人要永远像婴儿一样，睁大眼睛，去观察周围的世界，发现世界新的美。

胡华丁：浙江大学教授，著名艺术评论家。

画以流情 诗以言志

张文木

收到黄学规先生的诗集，很是高兴。画以流情，诗以言志。读学规先生的诗词，让我感悟到的是贯穿其中那"一路春风一路歌"的乐观，"百挫千回奔大海"的坚毅和"少年偏爱雪浪花"的不惧挑战的人生态度。

"莫道回头才是岸，少年偏爱雪浪花"，我对这两句诗至今记忆犹新，是因为它让我忆起与学规先生相识的一段经历。

我是 1987 年从天津研究生毕业来到杭州的，当时研究生找工作还不是太难，我的同学大部分都一门心思地奔名牌大学。当时我见到学规先生并就此请示建议。学规先生说："不必去挤名牌，那里已经人才济济，发展机会多的是新兴学校，那里急需人才。"遵循学规先生的建议，我来到浙江财经学院。这里的校领导对我们研究生很重视，我很快就解决了做学问必要的基本条件。良好的起点，为我后来的学问之路提供了机遇。网球名将李娜曾说："我更愿意接受雪中送炭的人。"我青年时遇到学规先生并得到先生的有益教诲，当时学规先生对我来说就是"雪中送炭"的人。

读诗如读人。当然仅此一次有益的交往还是不够的。有幸的是，1993 年学规先生也来到浙江财经学院工作，我们又成了同事。我当时在教学过程中意识到，研究生学历已不能适应学校发展的需要，我决定考博士以提升自己的学术水平。1992 年下半年我第一次考博士失败，随后的一年我的心情极糟，对自己是否继续考博也有些动摇。恰好这时学规先生应邀参加了青年教师的联谊活动。大家请学规先生献个节目，记得当时他献给大家的是他的诗作《普陀千步沙》，诗曰：

> 海空一碧到天涯，风骤雨急卷金沙。
>
> 莫道回头才是岸，少年偏爱雪浪花。

聆听了这首诗，坐在下面的我受到了很大的触动。全诗特别是其中后两句，激励了我并坚定了我绝不回头、继续前进的信心。性格决定命运。坚定、坚持和不惧挑战的结果是我于1994年考上山东大学博士研究生；1997年博士毕业后来到北京做国际问题研究工作。

现在回头看，我今天所取得的一切成绩不能忘记学规先生助我一臂之力。学规先生在诗中每每赞扬"百挫千回奔大海"的坚毅和"少年偏爱雪浪花"的豪迈。一个人有了这种精神，还有什么困难不能战胜呢？

记得作家柳青在《创业史》中说过："人生的道路虽然漫长，但紧要处常常只有几步，特别是当人年青的时候。"我的青年期也是创业期，在此人生关键的时刻与黄学规先生有缘相识，又在几次人生"紧要处"得到黄学规先生的指导和教诲，真是我的幸运。诗如其人，全读黄学规先生的诗词后的感受，如果套用鲁迅先生"人生得一知己足矣"的话，我也有了"人生得一良师足矣"的感觉。

时光荏苒，与黄学规先生有缘相识相交已近三十年光景。先生一生，春风如歌；其学其规，光不改色；春树桃李，今已碧叶接天。

我今学而时习学规先生的诗词，从中体悟先生的人生高境，不亦乐乎！

张文木：北京航空航天大学战略问题教授，国际问题研究专家。

品君诗句忆当年

周舸岷

春节期间，我怀着喜悦之情，细心品读学规君的诗集，一幕幕往事浮现于眼前。1958 年，我在浙江师范大学的前身杭州师范学院中国语言文学系任教的第二年，9 月，迎来了新一届学生，这中间就有学规君。数年接触，他给我留下的印象是：待人友善、学习勤奋、热爱诗词、成绩优异。那时我也还年轻，跟他不存代沟，彼此率真交往，渐成莫逆。1962 年秋，学规君毕业后留校任教。可他并未留在本系内某一教研室，而是分配至外文系。1965 年暑期，省里以战备疏散之需，决定学校从杭州迁往金华，外文系因情况特殊，没有随迁，后并入杭州大学。1970 年，在"文革"期间，学校一分为三，我被分配到浙江临海。在那动乱的年代，我自顾不暇，遑论与朋友联系，竟至连学规君的去向都不甚了了。

世事纷纭，沧桑巨变。我与学规君再度取得联系是在三十多年后的 2001 年。这年正当浙江师范大学建校 45 周年，我主编的刊物《师大校友》拟组织校友撰文，让我最先想到且认为必须取得联系的一批校友名单中，就有黄学规君。经过辗转查找，终于获悉他在浙江财经学院人文学院任教，且知其在长期从事美育、德育、挫折教育的教学与研究中，成绩突出，其著作《挫折与人生》获 1999 年全国教育艺术优秀学术著作一等奖。而其本人，则于 2000 年获全国中华教育艺术研究会最高奖"铸魂金杯奖"，这是他继深受全国人民尊敬的吴运铎、孙敬修、高士其、张海迪等人之后的又一位获此殊荣者。欣喜之余，旋即致函，约其为《师大校友》撰稿。学规君不孚所望，不久即寄来北京《教育艺术》杂志 2001 年 5 月号刊载的，特约记者阙维军对他的访谈录《教育工作者的使命永远是开拓》，后该文转载于《师大校友》校庆特刊上。从此我们就又有了联系。

前不久，学规君把他的格律诗词集寄给我，并嘱我为此集写点文字。这一诗集是艺术瞭望杂志社编辑出版的，系当代名家推荐与出版工程系列丛书之一种。如果说学规君的心理学专著《挫折与人生》受到社会上广泛好评，令我感到意外；三十年后他成为国内卓有成就的教育工作者，使我感到欣喜；那么这次他以著名诗词艺术家名世，我并不感到意外和惊奇。因为学规君本是中文系科班出身，他是以其中文的功底、育人工作中的心灵感悟，移注于诗词创作之中，其诗词作品达到为国内诗界瞩目的成就，也就在情理之中了。

学规君的诗词不仅协韵合辙、平仄有序、极具审美欣赏价值，而且我们又可窥见他的脉搏跳动完全与时代合拍。石涛尝云："笔墨当随时代，犹诗文风气所转。"学规君的诗词正是如此。他曾为中国加入世贸组织而欢欣鼓舞，"回眸笑数过来事，开放强国最足珍"（《中国加入世贸组织》），为北京举办奥运会而意气昂扬，"东亚病夫成历史，卧龙一跃上峰巅"（《贺北京奥运会》）。过千岛湖而思明代清廉自守的清官海瑞，"碧水连天云淡淡，长思海瑞若清荷"（《淳安千岛湖》）；临千步沙而抒发少年激流勇进之志向，"莫道回头才是岸，少年偏爱雪浪花"（《普陀千步沙》）。观雨感其润物，"最是温和勤润物，于无声处孕芳华"（《春雨》）；览月赞其诚信，"月缺辉光照不改，诚信原来胜珍奇"（《月缺光不改》）。这些诗句无不反映了作者关心国家、关心民众的高尚志向和广阔胸怀。

学规君的诗词或绘景、或叙事、或抒怀，均令人耳目一新，常得人生哲理的启示。学规君诗中有言:"十里东风吹碧草,柳摇新绿换年华。行人渐老心休怨,常驻青春岁月遐。"(《春》)此诗先绘景,后抒情,情景相融,耐人寻味。又如:"碧海清辉亘古秋,婵娟千里共温柔。从来夜月多残破,圆满不常亦可求。"(《中秋望月》)此诗从一个新的角度来欣赏中秋圆月,描写的是自然现象,令人联想到世间万物,别有一番意味。再如:"山高无语仰朴厚,深水平波澈底澄,玉碧冰清尘不染,云轻心静得安宁。"(《养心》)此诗由山高、水深、玉碧、冰清,写到云轻、心静、安宁、淡定,自然物象与诗人心象相融而成一个淡泊自若的艺术形象,表达了对一种人格操守的追求。还有《英雄》一诗也非同凡响:"莫临挫折叹计空,奇瑰多出绝境中。巧借穷途成杰作,败而取胜是英雄。"学规君在大学求读之年,学习和生活条件很差,校舍建设滞后,天灾人祸不断,诗中所言,均非虚谈,而有当时实际生活的影子。而所谓"挫折"和"穷途",从"文革"中过来的人们感受到的还会少吗?学规君可谓是"梅花香自苦寒来",又把芳香留世人,作为教育家兼诗人的他,拳拳之心于此可鉴。

我已步入耄耋之年,最让我会心的莫过于他的《知足》一诗:"知足常乐少烦恼,心到无求气自平。世事纷纭难美满,浮沉进退皆人生。"这对忙碌一生、白首夕阳的我来说无疑是一服清凉剂。

学规君,我衷心祝贺你新的诗集出版,并祈望更多的佳作问世!

2014 年 1 月于丽泽花园

周舸岷:浙江师范大学原中文系主任、中国古代文学教授。

黄学规诗词的创新特色

邵介安

2015年新春,我有幸学习了学规先生创作的诗词,令人眼界大开,心旷神怡。它像一阵阵春风扑面而来,使人无限的喜悦,又像步入百花园,处处闻到清纯的芳香。现在,我冒昧地谈谈学规先生诗词的创新特色。

一、视角新颖,主题鲜明

凡古今中外优秀的诗词创作,从哲学的角度而言,有一个共同点:即通过个性来表现共性,通过个别来表现一般。这是文艺创作的一条法则。学规先生在遵循这条创作规律的前提下,大胆地进行创新,用全新的视角,独具慧眼,另辟蹊径,走自己的路子,创作了一篇篇脍炙人口的作品,把读者引入了一个全新的境地。古人云:"文不按古,匠心独运。"(宋·计有功)他在百花园中培育出许多奇特的花卉。请看《范蠡》:

> 功成而去真豪杰,放浪烟波天地舒。
>
> 恋栈文臣终遇祸,聪明范蠡泛五湖。

范蠡,春秋时越国大夫,曾助越王勾践治国,刻苦图强。相传功成之后,离开越国,泛舟五湖之上。文臣,指文种,也是越国大夫,勾践入吴为质三年时,由他主国。后因贪恋权势,勾践赐剑,命他自刎。

这是一个历史典故。诗人将范蠡与文种组合在一首诗里,一个非常睿智,一个极度愚蠢,二人心态不同,结果不同,一个泛舟五湖,一个脑袋掉地。范蠡是一个"守道而忘势,行义而忘利,修德而忘名"(宋·苏轼)的人;而文种却是"因嫌乌纱小,致使锁枷扛"(《红楼梦》

第一回）的"阶下囚"。作者用全新的手法，揭示出的主题十分新颖、深刻。联系今天的现实，不失为正反两种教员，对人们也是一种良训。

我们再来看看另一首诗歌《夏荷》：

> 骄阳如火失群芳，躁热风吹心欲狂。

> 君问缘何居碧水？张张绿叶送清凉。

"骄阳如火失群芳，躁热风吹心欲狂。"这两句诗是说，在炎热的夏季，各种花卉都凋谢了，热风吹得一些人头脑发热，心态狂横。"君问缘何居碧水？张张绿叶送清凉。"这是诗人的发问，绿叶为何居在池塘水中，原来夏荷是为了"送清凉"。这首诗赞颂了夏荷淡泊自守、不随世俗的优秀品质。这首诗同《范蠡》的题旨有些类似，但视角是不同的。《范蠡》写的是一种社会现象，一幅官场生态图；而《夏荷》则从植物的角度观察，一个是"失群芳"，一个是"送清凉"。表现手法也各异：《范蠡》是直接点评是非曲直，揭示主题；《夏荷》则用曲笔，含蓄地进行描写，其中包含着深刻的寓意。

上述仅举二例。学规先生写的许多诗篇，都是角度新颖、主题鲜明而深刻的佳作。

创作诗词要做到角度新颖、主题鲜明，不仅仅是个技巧问题，而且更重要的是诗人的世界观、价值观和正确对待生活的态度问题。学规先生是一位德行和学识俱佳的学者。他是一位名师、全国师德先进个人，教育工作卓有成效。他热爱我们这个伟大的变革时代，热爱我们所从事的崭新事业，所以在他的眼中，对万事诸物常常有新的发现，新的理解。《雨雪》中呈现"河山随处怡人色"，《香山红叶》中又是"满山秋色艳如火"，《浣溪纱·张家界金鞭溪》中更是"山气沁心知畅快，林风拂面悦轻柔，天然灵韵不胜收"……在诗人的眼中，天涯处处有芳草，人间处处皆胜景。

二、以少胜多，意蕴无穷

诗歌是一种语言高度凝炼的艺术，与小说、散文、故事等文体不同，它们可以铺开来写，有环境描写，情节描写等等。而诗歌仅有短短数行，这就要求作诗填词语言要高度凝炼，以少胜多。对所选用的题材必须典型，要进行剪裁和概括，用寥寥数语，写出丰富的内容、深邃的意境，揭示出新鲜而深刻的主题。

学规先生有很高的思想修养和文学素养。他写诗词，能将丰富的题材，通过严格的"过滤"，去粗存精，去伪存真，选择最富表现力的材料，用最少的文字，表达出丰富的意蕴。

我们来看看《春兰》这首诗歌：

　　　蓬艾丛中深不见，风吹才露叶青苍。

　　　素心淡淡朝空谷，一片清纯半缕香。

好一句"一片清纯半缕香"！这七个字用得多么别致、生动！

这是一篇赞颂春兰高贵品质的优秀作品。自古至今，人们爱兰、惜兰、咏兰，留下许多佳作。兰花成了许多文人笔下的题材。兰花是自然界的植物之一，生长在深山峡谷之中，今天也有人进行盆栽。要写兰事是颇多的，作者一概剪去，抓住它的特点：它深藏在花草丛中，从不抛头露面，而是被风吹了之后，才露出它的青苍之色。它的心是素净的，且是淡淡的。它开放的姿势面朝空谷。这样一描写，就将兰花高贵的品质栩栩如生地刻画出来了。全文仅用了28个字，写出了兰花的风骨，描绘出它的美丽的心灵。古语云："慧者心辨而不繁说，多力而不伐功。"诗人正是这样一个"慧者"。

要做到以少胜多、意蕴无穷这八个字，就要求作者必须具有胆、识两种本领。胆，指诗人应具有的气质和思想修养。诗歌是一种形象思维，它受到诗人气质和世界观的制约，无胆而生怯，欲言而不能。识，就是识别，提炼生活题材、孕育主题的能力。"唯有识，是非明；是非明，取舍定。"学规先生胆识颇高，笔下尽展才华。《太子湾赏樱》不写樱花的"艳"和"奇"，而是另辟蹊径，道出它的"清纯"和"冰彻天宇"的优秀品质；《雪中行》不写它的严寒，而是高度概括为"风清水洌一身轻"。一语双关，意蕴深厚，突出了它的崇高的思想境界。

三、想象丰富，别开生面

这里我们先来看看诗人写的《梦荷》：

> 入梦犹思君作伴，亭亭玉立满湖栽。
>
> 今生久有平常愿，我似荷花水上开。

作者展开想象的翅膀，说自己做了一个梦，荷花与他作伴，自己也希望像荷花一样，在湖中绽放着。诗人的想象多么新鲜奇特！

诗歌创作是需要想象的。康德说："想象是一种创造性的认识能力，是一种强大的创造力量，它从实际自然所提供的材料中创造出第二个自然。"这话是很正确的。学规先生写诗，借用想象的方法来表达题旨，可以说是别开生面的，这里再举三例。

（1）虚与实的转化

"虚"指的是抽象的概念，思想等；"实"指的是具体的事物。"虚"有时会导致空泛，不易被理解，一旦转为"实"，即妙不可言。如：

"依旧挺拔风里立，残荷犹作雨中吟"。（《残荷》）"雨中吟"，就是在雨中歌唱的意思，其意是表示残荷的乐观主义精神。"乐观"本指一种情绪、心态，眼中是看不到的，而"雨中吟"人们就有了听觉和视觉的感受，十分具体形象。真是"直言易尽，婉道无穷"。

（2）物与人的转化

如："心甘僻野乐相宜。"（《临江仙·雪梅》）梅花是物，这里却转化成了人，它甘愿住在僻野，有思维活动，将物人格化了，充满了情绪，道出了梅花清廉自守、不求荣华富贵的高尚品质。

（3）远与近的转化

如："天外吴刚笑称奇。"（《采桑子·桂花》）桂花是地球上自然界的一种植物，而吴刚是传说蟾宫中的人物，两者相距约 38 万里。诗歌这样写，千万里遥成咫尺。远与近的转化，赞颂了桂花的美好品质。

诗人借助想象力写出的诗词，别开生面，创造出了一种全新的境界。作者还采取了联想的方法，由此及彼，运用了比喻、拟人、夸张等修辞手法，表现了诗词的新意。在《临江仙·清荷》中，我们看到了荷花的美好，联想到人生应该"冰清玉雅""潇洒万事通"，从《红桃白李》中，我们看到了花朵的色彩，联想到为人应该"心底无私天地阔，从容面世乐融融"……诗人将一幅幅美丽的人生画卷，展现在读者面前，生动形象地描绘出了为人处世的正确态度。诗人黄学规将高尚的志向、纯洁的心灵、美好的情操，融入了自己的诗词中，抒发了积极向上的情怀，奏出了新时代奋发进取的乐章。

2015 年 4 月

邵介安：资深诗词评论家。

略谈黄学规的诗教

蔡新中

初读学规先生的格律诗，不禁又惊又喜。惊的是，先生多年从事高校德育教学，却能写得一手漂亮的古典式诗词；喜的是，先生不但诗词写得好，而且在教学中有效地引入诗教，艺术化地把教学变成了亲切有趣的师生交流的互动方式。笔者认为，学规先生的诗教是他教育艺术的亮点之一。

在中国教育史上，孔子非常重视诗教。孔子不仅仅是把诗看作文学的一种形式，而且是把它视为培养合格人才的教科书。孔子认为，诗歌对人具有潜移默化的教育作用，他将诗列为"诗、书、礼、乐"四教之首。诗教比单纯的道德劝善有效得多，熏陶之中渐染，融怡之中感化。学规先生深知诗歌审美的巨大优势，一向非常重视诗化教育。学规先生说："在中华民族的文化宝藏中，传统诗词有着特别突出的地位。这不仅由于它历史悠久、作品丰富，而且还因为它具有深刻广泛的社会内涵和无与伦比的理性诗美。我在教学实践中，常常采用诗教的方法，结合讲课内容讲解一些精彩的诗篇，取得了可喜的效果。"

学规先生曾向学生讲解唐代杜荀鹤的《题弟侄书堂》一诗："窗竹影摇书案上，野泉声入砚池中。少年辛苦终身事，莫向光阴惰寸功。"一位学生说："这首诗启发我们青年人应抓紧现在的每一寸光阴，发奋读书。现在是我们学习的黄金时期，学校决不是享乐的场所。我们从现在起，就要珍惜时间，学得更多更好。"学规先生还曾向学生讲解清代秋瑾的《忧国泪》中的诗句："浊酒不销忧国泪，救时应仗出群才。拼得十万头颅血，须把乾坤力挽回。"一位学生说："这首诗反映了秋瑾为当时衰败的中国担忧，表达了她内心一种力挽狂澜的愿望。作为当代大学生的我们，同样要有这种高尚的爱国品德。有国才有家。我要时刻把国家利益放在首位，将来走上工作岗位，应牢记国家利益对我们来说更加神圣。"

学规先生自己也写了许多诗词作品，他选择一部分与学生们一起讨论，学生很感兴趣。学规先生有一首诗《迎春柳》："老树轻添细柳丝，鹅黄点点报春知。梧桐遍地参天立，不及刚柔相济枝。"请看学生对《迎春柳》的观感："初读这首小诗，内心便有心潮澎湃之感。残酷的严冬带给柳树的不是毁灭，而是迎接暖春时的辉煌。如果把挫折比作严寒，人也应该如柳树一般，不讲在困境面前逆风而行，至少要学会不轻易屈服。当光明重现、希望重现之时，牢牢把握机会，迎接春天。""我想，要成为像柳树一样的人，宽容、温和地对待万事万物，但决不在厄运面前低头，无论境地如何，永远不放弃自己的梦想，执着而顽强地等待生命的春天，去绽放所有的美好。"学规先生还有一首诗《春雨》："柳丝沐雨临湖舞，花权笼烟爆嫩芽。最是温和勤润物，于无声处孕芳华。"请看学生对《春雨》的感动："我仿佛听到了一位长者慈祥而深切的告白，他愿自己如春雨般给予学生智慧的甘露，愿自己的学生在最美好的年华里保持着朝气，就像春雨滋润下的万物，展示出他们的芳华。我为老师无私奉献的情怀而感动。"学规先生在观赏柳树、春雨时，获得了独特的感受，然后通过诗句传递给自己的学生。学生们就在品赏诗词中，在轻松愉快的议论中，有了对希望的认识，有了对梦想的坚持，有了对生命的热爱。正如陆游所云："文章之妙，在有自得处，而诗其尤也。"学规先生诗词多有"自得处",这正是他的诗词的魅力所在。

大学的德育是很难上的一门课,而学规先生不但上了几十年,而且受到学生的普遍欢迎和很高的评价,确实不易。这和他的孜孜不倦的探求、人品高尚、为人低调是分不开的。学规先生是我的老朋友、老上级,他最可贵的品格是,不汲于官场名利,不求官场闻达,只以己身清廉正直立世,相比眼下很多官员追求名利,甚至不惜牺牲群众利益,以"政绩"铺垫自己"进步"的阶梯,学规先生的学识、人品更显难能可贵。学规先生的诗《正直行》表达了他内心的志向:"如临险谷知廉耻,凡事三思身后名。青史品评真似镜,光明磊落正直行。"

诗品即人品。学规先生以诗育德,本身也有着高尚的品德、高洁的志向、高贵的正气。学规先生的诗词作品,不但给学生美好情感的熏陶,而且在潜意识里把中国诗词的魅力铺垫到他们的心里。如学规先生的诗《黄山松》:"落脚悬崖峭壁中,横出石缝体如弓。根无沃土先天苦,绝处求生气若虹。"这首诗不但刻画出黄山松苍劲坚毅的立体形象,而且表达了对黄山松不屈精神的赞美。态度决定人生,面临社会转型期的青年大学生,尤其需要这种黄山松精神——坚韧的脊梁、坚定的信念、积极乐观地去应对面前的困难或逆境。

学规先生的德育教学及其诗教给予我们很多启示。我们学校里的思想品德教育,特别需要教学生学会做一个人格健全的人,做一个懂得人与人之间的友爱、懂得自己民族的文化、具有民族自豪感的大写的中国人。这才是德育的真正意义所在。

学规先生开拓了一条德育新路。他不但提出了理论,而且自己也在踏踏实实地耕耘。学规先生有《挫折与人生》、《人格与人生》、《审美与人生》三部连续性的专著,教学中重视对学生的心理教育,主张并力行"三育一体化"。他认为，心理教育是"三育一体化"的基础，人格教育是"三育一体化"的核心，审美教育是"三育一体化"的升华。心理教育、人格教育、审美教育，从内容上来说是相互联系的，从层次上来说是逐渐递进的。学规先生在践行着真正的育人之道。从很多方面来说，学规先生是杰出的教育专家和哲理诗人。

蔡新中：浙江财经大学人文学院原副院长、民俗文化专家。

深邃的哲理 高洁的情怀

姚　红

黄学规教授既是一位著名的教育家，又是一位充满激情、勤于吟哦的诗人。

作为教育家，黄教授担任全国中华教育艺术研究会理事、中国教育家协会常务理事、浙江省高校心理健康教育研究会顾问，是浙江财经大学教授，浙江省高等教育教学名师，全国师德先进个人。他在道德教育的改革方面，取得了卓有成效的业绩，出版了专著《挫折与人生》、《人格与人生》、《审美与人生》等，发表论文70多篇，有15篇作品获省、国家级和国际优秀论著奖，提出的"三育一体化"的理论，是对大学生道德教育的重大理论创新。

作为诗人，黄教授曾荣获"国学艺术大师"、"世界汉诗艺术家"、"当代中国功勋诗词艺术家"等荣誉称号。他的诗感情真挚，富有生活气息和时代感，充满着人生哲理和积极向上的情怀。读诗如读人，从诗中，能感受到黄教授温润的、充满芳香的内心。

如《黄山松》："落脚悬崖峭壁中，横出石缝体如弓。根无沃土先天苦，绝处求生气若虹。"诗的前两句生动细致地刻画了黄山松苍劲坚毅的形象，后两句进一步升华，集中表达了诗人对黄山松不屈精神的赞美。黄山松出身悬崖峭壁，根无沃土，先天环境恶劣，但仍凭借着一股坚毅的精神顽强生存。做人应当如黄山松一般，虽然无法选择出身，但可以选择生活的态度，可以用坚挺的脊梁，踏实的态度，开拓出属于自己的一片天空，即使在困难、逆境面前，也要保持一种积极乐观的态度，这是《黄山松》给予我们的启示。

《自勉》："岁寒酷暑未停留，继晷焚膏何欲求？正气一身无媚骨，平生甘效老黄牛。"前两句，诗人化用韩愈《进学解》中"焚膏油以继晷，恒兀兀以穷年"来不断告诫自己要勤学，表现了诗人不畏寒暑、一心求学、无所欲求的决心。后两句既有"粉身碎骨浑不怕，要留清白在人间"的凛然正气，又有"横眉冷对千夫指，俯首甘为孺子牛"的奉献精神。乱花渐欲迷人眼，太多太多的世俗风尘混乱了我们的视线，有多少人因为追名逐利，失去了自己的心灵？许多人都已忘记了自己年少时的豪言壮语，在金钱和利欲的流沙中沉沦，扪心自问，我们在追求什么？我们为了什么？面对这个影响人一生的问题，诗人给出了自己的答案。诗以言志，这首诗表现了诗人馨香的品德、高洁的志向和一身正气。

荷花一向被视作高洁的象征，记得理学大师周敦颐曾经说过："予独爱莲之出淤泥而不染，濯清涟而不妖，中通外直，不蔓不枝，香远益清，亭亭静植，可远观而不可亵玩焉。"诗人黄学规对荷花有着绝对的钟爱，在他笔下，有月荷、季荷、风荷、清荷、新荷、夏荷、秋荷、残荷、雪荷、心荷、古荷，甚至于梦荷。

清冽的荷花冰清玉洁，"淡泊平生居碧水，频经烟雨融融。冰清玉雅君子风。芙蓉香且远，潇洒万事通"，月下的荷花妩媚温婉，"慧华不语含羞笑，脉脉情深缕缕香"，风中的荷花清雅如仙子，"一匹西湖青绿，是谁吹起漪涟？芙蓉灵气满山川，羡煞洛仙"，季羡林培植的荷花鲜艳夺目，"红花耀目盛开日，静寂池边独坐迟"，即使是残荷，也依然挺立不倒，"依旧挺拔风里立，残荷犹作雨中吟"。诗人黄学规与荷花浑为一体，他在《梦荷》中写道："入梦犹思君作伴，亭亭玉立满湖栽。今生久有平常愿，我似荷花水上开。"我即是荷，荷即是我，诗人以一种超然的笔法，描绘素雅俊美、品格高洁的荷花，物我同类，不分彼此，就好像那句"我看青山多妩媚，料青山看我亦如是"一样，诗人与荷花在心灵上有着一种神奇的沟通。

黄学规教授的诗词作品题材广泛，有对自然美景的描绘，对杰出人物的赞美，对重大历史事件的记述，也有对自己默默耕耘精神的勉励。他的诗词或慷慨激昂、感情炽热，或清新典雅、旷逸高远。尤其值得一提的是，在中国文学史上，诗言志，词传情，似乎是一个定论，诗歌可以表达人生的志向，揭示深邃的哲理，而词多写男女相思之情，因而有"诗庄词媚"之说。而黄学规教授的诗词作品中，无论诗或词都蕴含着深邃的哲理、催人向上的高洁情怀，这使他的诗词作品别开生面，具有独特的个性和光彩，也使得他当之无愧地成为中国当代诗词名家。

姚红：浙江大学中国古代文学博士、浙江财经大学教授。

河姆渡

河姆先人崇巨鸟，
心驰红日慕升腾。
东南一域七千载，
赢得惊人举世名。

❀ 解读

　　河姆渡位于中国大陆海岸线的中段，是中国早期文明发展中除仰韶文化外的另一个文化中心，距今已有 7000 余年历史。河姆渡的出土文物，最负盛名的就是一件象牙蝶形器，其正面雕刻着昂首相望的两只巨鸟和一轮以火焰纹表现热力升腾的红日。整幅画面寄寓着河姆先民对善飞的鸟类和给人以光明的太阳无限的向往和崇拜。

　　1973 年和 1977 年冬季研究人员对遗址进行过两次考古发掘，出土生产工具、生活器具、原始艺术品等文物 6700 余件，还发现丰富的栽培稻谷和大面积的木建筑遗迹。丰富的出土文物，为研究远古时代的农业、建筑、制陶、纺织、艺术和东方文明的起源提供了极其珍贵的实物资料，被命名为河姆渡文化。1982 年，国务院公布其为全国重点文物保护单位。河姆渡文化改变了人类的历史观，证明古老的东方也是人类文明的摇篮。

大　禹

先父垒堤医水患，
九年不治浪滔天。
堵疏双策相宜用，
顺势而为天下安。

🌸 解读

远古之时，大禹的父亲鲧（gǔn，音滚，人名）受命治理水患，采用障水法，筑堤垒障，但洪水却越来越高，历时九年未能平息洪水灾害。鲧的儿子禹继任治水之事，改"堵障"为"疏导"，充分利用水向低处流的自然趋势，"高者凿而通之，卑者疏而宣之"，导之入海，终于治服了滔天的洪水。

2016年8月，美国《科学》期刊发表了一篇中外科学家共同研究的论文，首次呈现了当年大禹治水的地质和考古证据。重大证据表明灾难性的超级洪水的确发生过，说明大禹治水并非只是神话传说。

大禹顺势而为，及时转变、调整和选择正确的治水思路，对于当代人治水具有重要的现实意义。结合建国以来的经验教训，我国提出了科学的治水思想，确立了"从传统水利向现代水利、可持续发展水利转变"的治水战略。

顺势而为、科学认识并正确处理主体和客体关系、及时调整治理思路，这是大禹治水给予我们宝贵的启示。

孔 林

柏树青青长道平，
乔枝巨本顶天擎。
杏坛帐下三千子，
今古常明智慧灯。

解读

孔林位于山东省曲阜城北泗水之滨，是孔子及其子孙的墓地。进入孔林门，高大笔直的围墙将大林门、二林门之间形成了一个纵深的空间，中间辟出一条长长的甬道。长道两旁桧柏挺拔，直冲云天，步行其间，使人不禁油然而生崇敬之情。

杏坛，指讲学之所。《庄子·渔父》称："孔子游乎缁帷之林，休坐乎杏坛之上，弟子读书，孔子弦歌鼓琴。"今曲阜孔庙大成殿前的甬道正中，有一座小巧玲珑又古雅庄重的方亭，就是"杏坛"。这是宋仁宗天圣年间以纪念孔子当年讲学授徒而建的。亭前有桧树一株，相传为孔子手栽。

孔子在中国春秋末期，首开私人讲学之风。帐下：开馆执教，"弟子三千，贤人七十二"传为千古美谈。孔子不重视鬼神，强调道德，他答复弟子问智说："务民之义，敬鬼神而远之，可谓智矣。"这表现了高度的智慧。孔子的"仁"的学说，奠定了中国两千多年来伦理道德的理论基础。孔子当年归纳的一些观念，一直延续到现在。这种几千年连贯发展至今的文明，在世界各国、各民族中是不多见的。

孟子观海

心存沧海休言水，
眼界恢弘气象佳。
登顶泰山天下小，
云飞寰宇识无涯。

解读

　　本诗充溢着孟子的浩然之气。雨果曾说："世界上最宽阔的是海洋，比海洋更宽阔的是天空，比天空更宽阔的是人的胸怀。"大度为上，只有具备豁达的度量，人们才会像大海那样笑纳百川，像高山那样巍巍矗立，笑傲人生，搏击未来。孟子的心中包含着一片海洋，而且他心中这片海洋拥有着无穷无止的海水，所以也蕴含着孟子的广阔胸襟。在海之滨，眼界也就随着大海的无边无际而变得恢弘广阔。杜甫在诗句中写道："会当凌绝顶，一览众山小。"孟子也讲道："孔子登东山而小鲁，登泰山而小天下。"这两句之间有一种恰到好处的相似性，将自然界的广阔景象和人的心境结合起来。本诗最后，诗人把吾生而有涯，而学也无涯通过"云飞寰宇识无涯"完美地表达出来。

（王煜烽）

和光海纳

世道崎岖磕碰多，
和光海纳同尘磨。
谦虚为上常得益，
一路春风一路歌。

解读

"和其光"见《老子·第4章》，意为温和内敛自己的光芒；"同其尘"，意为包容所处环境的尘俗。

我们所处的世界是"娑婆世界"，"娑婆世界"意为不完美的世界。但是，在这娑婆世界中，我们人类具有着勇猛、精进和追求美好生活的意志。如何在这样的世界建功立业，入乎其内，又能出乎其外，这是一种境界，更是一种处事方法论。

人间由种种事、种种人活动而成。简单的追求出世是容易的，简单的追求入世也是容易的，但是，以出世之心做入世之事是不容易的，需要具备高尚的人格，以及洒脱的心态。

"世道崎岖磕碰多"，诗人黄学规以出世的情怀，客观地认为，人要在世间有所成就，必然会有这样那样的磕磕碰碰。这世间从来就没有一直到底的河流，也没有一直顺风的道路，遇到这样那样的困难是必然的。

"和光海纳同尘磨"。既然这世界会有重重事、种种人让我们生种种心，那么，我们该怎么样来看待和处理这些事和人呢？在这世界，每个人都有着自己的发展路径和人生方向，这样的不同才构成了这世界的繁荣与气象。因此，诗人提出了在面对世道崎岖之余，人应当具有和光同尘的智慧，也要有海纳百川的气魄。而在这样的智慧与气魄之中，人们会拓展自己的胸怀，也会成就自身的出世与入世。

"谦虚为上常得益"。诗人认为，一个人，只有具备正确的价值观、世界观与人生观，才能洒脱地生活。《易经》六十四卦中，只有"谦"卦六爻皆吉。君子当谦虚为上，慈悲为怀。只有内在的境界的生成，才能"和光海纳同尘磨"，才能真正经得起世间的种种磨难。也只有抱着这样心理，一个人才能够减少世间不必要的摩擦，以最小的成本实现最大的人生目标，不断地"一路春风一路歌"。

（史吉宝）

逍遥游

大鹏击水三千里，
直上高天自在游。
莫教心为物所役，
逍遥四海胜王侯。

解读

大鹏鸟是庄子笔下的一种神鸟。在北极天池的时候，大鹏鸟还是一种鱼，它的名字叫做鲲，鲲的体积很大，可能有三千里那么大。当鲲击水出海的时候，鲲将化作大鹏鸟。大鹏鸟的体积也很大，它的背，也有几千里之巨。当大鹏鸟振翅飞上天空的时候，它的羽翼可以将烈日遮挡。

诗人感慨大鹏鸟击水三千里直上九天的神力，更感慨大鹏鸟的不为外物所拘役的自在洒脱。菩提本无树，人心本清净，人心本可逍遥自在，但是，日夜奔波于凡尘的我们，早已失去了化鲲为鹏的能力，早已失去了不拘一格的自在。

当代社会，随着科学技术的发展，人类的物质财富日益增长，但是，物质财富在带来生活便利的同时，却未能带给一些人相应的精神快乐。

为追逐更好的生活，人们常常四处奔波，但却不经意间带来一身的伤痛；为获取更多的知识，精神意识四处打滚于庞杂的信息当中，却不经意间带来一身的疲倦。久而久之，人们的根尘日益被凡尘所束缚，精神的大鹏鸟再无复它本应有的光彩。

诗人赞叹大鹏鸟的境界，赞叹大鹏鸟的逍遥和自在，他希望我们的心灵可以摆脱外在的束缚，希望我们可以像那大鹏鸟一样，摆脱根尘、物质的束缚，恢复生命本身的天真和烂漫。如果真能如此，不再为物所役的心灵，自然可"逍遥四海胜王侯"。

（史吉宝）

范 蠡

功成而去真豪士，
放浪烟波天地舒。
恋栈文臣终遇祸，
聪明范蠡泛五湖。

解读

"功成而去真豪士，放浪烟波天地舒"。"功成"，指春秋时越国大夫范蠡，辅助越王勾践，发奋图强。蠡，lí，音黎，人名。"豪士"，指真正的英雄豪杰。"放浪"，指自由自在的行踪。这两句是说，范蠡功成之后，离开越国，无拘无束地泛游各地。他的心中感到天朗地清，视觉变得颇为开阔，身心感到极为舒适。

"恋栈文臣终遇祸，聪明范蠡泛五湖"。"恋栈"，指迷恋权势。文臣，指文种（人名）。这两句是说，文臣（文种）因为贪恋权势，终于遭受到了杀身之祸（勾践赐剑令他自刎）；而聪明的范蠡却自由自在，游遍五湖四海。

本诗通过这一历史典故的描写，歌颂了不为名利、一心报效国家的高贵品质；同时揭露和批评了贪恋权势的丑恶行为。联系现实，教育意义颇为深刻，对我们有许多启示，我们应该效仿范蠡，以文种为戒。古语云："公生明，偏生暗"（荀子）和"因嫌乌纱小，致使锁枷扛"（《红楼梦》），早就说明了这个道理。

该诗将真豪士范蠡和贪恋权势的文种进行对比描写，是非分明，主题突出，给读者留下了深刻的印象。

（邵介安）

甲申端午观竞渡

龙舟竞渡楚天舒，
屈子英灵千古浮。
车覆马颠不易志，
独行异路望长途。

解读

作者自注："此诗作于 2004 年 6 月 22 日，农历甲申端午节。"
作为端午节主要活动内容的龙舟竞渡，是连结龙文化与端午文化的
核心纽带，其中蕴含着浓郁的中华民族精神。

关于端午节赛龙舟的渊源，流传最广的说法是源于纪念屈原。
据南朝梁代吴均《续齐谐记》记载，屈原在五月初五跳入汨罗江。
楚人闻讯，纷至江边凭吊。渔夫将粽子投入江中，不让鱼虾伤害屈
原的身体。

千百年来，屈原刚直不阿、忧国忧民的风范，一直感动与感召
着后人，人们以龙舟竞渡纪念这位先贤。

"龙舟竞渡楚天舒"。楚天，指今湖南、湖北一带。舒，舒心，
赏心悦目。此句诗谓：在今天两湖一带，泛指南方各地，五月初五
端阳节举办龙舟竞赛，天气美好，长空舒展。

"屈子英灵千古浮"。屈子，指屈原。子，古时是特指品德学问
好的男人，是男子的美称。屈原是楚国大诗人，创造了"骚体"，著
有《离骚》、《天问》、《招魂》等名篇，威望极高。英灵：指屈原。千古：
久远的年代。浮：浮现，即活在人民心中的意思。此句诗是歌颂屈原
一生是不朽的一生，他世世代代永远活在人民心中。一个"浮"字，
反映了人们对他永远的怀念。

"车覆马颠不易志"。是屈原《九章·思美人》中"车既覆而马颠兮，蹇独怀此异路"的节写。全句诗说，屈原受到种种的政治迫害和生活异常的艰难，但他仍不改初衷，不改变自己的志向，强烈地爱着自己的祖国。受到迫害，也不屈服。在困难面前，他是不会弯腰的。"车覆马颠"，说明受到迫害之大、之重、之多。一个"不"字，说明了屈原的坚强性格，虽然用字普通，但"斯为绝妙"，显示出屈原高尚的人格魅力。

"独行异路望长途"。屈原坚持走自己的路，受到种种排挤、打击，但他仍坚持自己的理想。"异路"，这里是指屈原坚持的爱国爱民之路。

全诗用深情的语言，赞颂屈原坚强不屈的性格，忧国忧民的高贵品质，颂扬他的崇高爱国主义精神。屈原受到种种歧视、迫害、打击，仍不屈服，仍"独行异路"。屈原人格中最动人之处，他超越了个体和时代的爱国主义情怀。这种情怀早已融入了中国人民的血液，成为中国人民的重要精神支柱。作者通过歌颂屈原，启发我们今天更要发扬爱国主义精神。

立意新，境界高，是本诗的重要写作特征。诗人描写龙舟竞渡，发掘出深刻的内涵，使主题得到了升华。古人言："诗贵立意新。"又有人言："有第一等襟抱，第一等学识，斯为第一等诗。"拿它来评价《甲申端午观竞渡》，是十分恰当的。

（邵介安）

端午忆屈原

袅袅秋风泽畔吟，
一夕九逝梦萦深。
忧心若焚肝肠断，
屈子情高万古魂。

解读

作者自注："此诗作于乙未年（2015）五月初五端午节（公历为6月20日）。"

屈原（约前340—约前278），名平，字原，战国楚人。初辅助楚怀王，学识渊博，主张彰明法度，举贤援能，东联齐国，西抗暴秦。不料，遭谗去职，长期流放沅湘流域。由于接近人民群众，有了"地气"，结果写出了《离骚》、《九歌》等不朽作品。

"袅袅秋风泽畔吟"。袅袅，niao niao，音鸟。细长柔软状。泽畔：此指洞庭湖等水边。这句诗是讲，战国中后期，楚国君主昏庸，国难当头，危机重重，小人跳梁，朝政日非。屈原徘徊于江边泽畔，痛哭悲歌。反映了屈原的忧国忧民之心，以及对当局的悲愤心情。此句诗是从屈原《湘夫人》"袅袅兮秋风，洞庭波兮木叶下"等诗句中变化而来，直叙其事，直抒屈原的胸臆。

"一夕九逝梦萦深"。此句诗是从"惟郢路之遥远兮，魂一夕而九逝"诗句脱变而来。屈原两次被流放，梦魂一夜奔往楚郢都九次。九逝：不是实指，而是言其多，即多次前往。逝：往。萦：萦绕，思念不断。屈原晚上常常做梦，梦里回到郢都，去报效楚王，表现了对国家的眷恋之情。

"忧心若焚肝肠断"。屈原将国家的命运和自己的命运紧紧连结在一起。他生当末世，目睹了楚国朝廷的种种腐败和无能，绝望至极，心中忧国忧民的情绪似烈火在燃烧着，忧虑得肝肠都碎断了。作者用比喻的修辞手法，反映了屈原强烈的忧虑国家前途和民生疾苦的情怀。

"屈子情高万古魂"。对国家命运的感伤，形成了屈原作品挥之不去的旋律。屈原在流放中得知郢都沦陷于秦军的消息，预感到国家危难来临，而自己又回天无力，只能以身殉国，遂投汨罗江自沉，表达了对国家的忠贞，以及对人民苦难的同情。屈原投江，已经成为中华民族一种伟大精神的符号，一种崇高价值的典范。李白《江上吟》："屈平辞赋悬日月，楚王台榭空山丘。"历史把屈原立为伟大的丰碑，他的伟大的爱国主义精神永存。

本诗作者怀着满腔的热情，歌颂了屈原的爱国忧民之心，赞颂了他一生崇高的思想品质。

不论格律诗或自由诗，写诗时都要在立意上反映时代精神，站在时代的高度，反映我们伟大的时代。这首《端午忆屈原》一诗，歌颂了屈原的伟大精神，同时作者也告诉我们，当今我们同样要发扬爱国主义精神，爱国家，爱人民，爱我们伟大的时代。

这首诗在创作上，摄取了屈原忧国忧民的若干画面，形象地写出了他的胸襟和抱负，以及向往和追求，写出了屈原栩栩如生的形象，全诗的思想性和艺术性达到了新的高度，真可谓别开生面，独辟蹊径。

细节描写也很出色。屈原一生事迹颇多，可以写成一部书，但作者颇有匠心地抓住"泽畔吟"、"梦萦深"、"肝肠断"等细节，加以形象地描绘，突出了屈原的伟大形象。高尔基说："创作——这就是把许许多多细小的东西结合成为形式完美或大或小的整体。"作者以小见大，写出了屈原不平凡的一生。

（邵介安）

舟山桃花岛

安期泼墨绽桃花，
岛上春来灿若霞。
借问高人今何在？
托云寻迹遍天涯。

解读

传说很早时光，桃花岛还是一个荒岛。秦朝年间，有个名叫安期生的居士，为避战乱，独自划着一只小船，漂流到这个小岛。他上岸去一看，岛上无人居住，四面是海，东西两头是山，两山之间是一片平地，气候温和，风景优美，感到蛮中意，就决定在这个岛上住了下来。设炉炼丹，开垦种植，有空时写字画画，日子过得很快活。

后来由于岛上日渐嘈杂，安期生不得不离开小岛另寻净地。他雇了只小船，准备离岛。临开船前，他坐在海滩边的一块岩石上，看看山、望望海，十分留恋。想想自己在这个岛上住了几十年，现在要离去，心里有点惘然若失。他触景生情，拿出文房四宝，以酒代水磨好满满一砚浓墨，正想提笔写字题诗，小船老大叫了："快上船吧！再不开船，潮水要错过了。"安期生没办法，只好端起砚台，将墨汁倾泼在岩石上，依依不舍地走了。过了不久，墨汁泼过的地方呈现出许多花纹，好像一朵朵盛开的桃花，任凭风吹雨淋，不见褪色。直到现在，这岛上的岩石中，还留有桃花形的花纹。

安期生泼墨成桃花，桃花岛由此得了名，世代相传至今。桃花岛上景色优美，每当冬去春来，岛上桃花绚烂如霞，美不胜收。本诗开篇引用了安期生泼墨成桃花典故，两句就点出了岛上春日桃花绚烂之美，用词精炼，趣味盎然。

　　"借问高人今何在？托云寻迹遍天涯。"安期生，人称千岁翁，安丘先生。琅琊人，师从河上公，是秦汉期间燕齐方士活动的代表人物，黄老哲学与仙道文化的传人。道教视安期生为重视个人修炼的神仙。传说他得道之后，驾鹤仙游。

　　诗人在这首诗中充分表现了自己对于得道高人的崇敬之情，也暗示了自己向往舟山桃花岛般美丽、清净之地。

（陈小芳）

读《龟虽寿》

孟德不慕寿神龟，
壮志暮年犹未衰。
老骥岂甘轻自弃？
奋蹄还可展雄才。

解读

曹操，字孟德。东汉末年杰出的政治家、军事家、文学家。《龟虽寿》一诗富有哲理，阐发了诗人的人生态度。曹操当时击败袁绍父子，踌躇满志，乐观自信，便写下这一首诗，抒发建功立业的豪情壮志。此时曹操已经53岁了，不由想起人身蹉跎，所以一开篇便无限感慨道："神龟虽寿，犹有竟时。腾蛇乘雾，终成土灰。"可贵的是曹操一扫汉末文人感慨浮生若梦、劝人及时行乐的悲调，仍慷慨高歌，抒发壮志。

曹操的《龟虽寿》开辟了一个诗歌的新时代，对建安文学有开创之功，是建安风骨的突出代表。

而在本诗当中，作者对《龟虽寿》中的思想进行了再阐释，认为生命价值不在于寿命的长短，而在于保持积极进取的壮志。将关于时间、生命的哲理融进浓烈的情感之中。

特别是对"老骥伏枥，志在千里。烈士暮年，壮心不已"一句进行了再发挥。人生在世当如此，应常怀进取之心，无论何时何岁，也不应自暴自弃，勇敢追逐梦想。实现人生的价值不应受到寿命的限制，只要雄心仍在就必能再展雄才。本诗作于2010年，当年作者已经70岁。这首诗也表现了作者仍心怀壮志，希望能继续奋蹄启程，这份进取之心，不由令人钦佩。

（陈小芳）

浙东大峡谷

名山处处有葛洪，
峡谷深深露古踪。
不问何方真迹在，
清心滤俗道相同。

解读

"名山处处有葛洪，峡谷深深露古踪。"浙东大峡谷风景区历史文化久远。相传东晋葛洪隐居松溪洞天炼丹，著《抱朴子》开道学先河。诗人在开篇引葛洪松溪炼丹典故，走在山中处处都似有葛洪的影子，深深峡谷还留有葛洪踪迹。

这里不但直接表现了诗人对葛洪的崇尚，在名山之中感受到高人古踪，更在侧面体现出诗人自身的修养。一个没有高尚的情操、涵养的人，走在古人踏过的道上也只能像一般俗人，只见美景绝无感受。

"不问何方真迹在，清心滤俗道相同。"尚雅之道，存乎净心；思动于外，悠远清馨。葛洪是如此，诗人亦是，不在乎去探究到底哪里有过葛洪的真迹，因为内心的清净、高洁，不落凡俗，即能与高人心境相通。我们无须刻意去追寻葛洪的踪迹，大道相同，自然也能领会与拥有同样的心境。

俗人只能看到奇峰怪石、溪流飞瀑等自然风光。而诗人，却在风光中领略道家文化的精粹。为事为人，近真则雅、近伪则俗；近义则雅，近利则俗；近美则雅、近欲则俗；近心则雅，近物则俗。雅不在事而在人，雅不在物而在心。诗人深谙此理，更具一种境界。

（陈小芳）

王羲之

游目骋怀春气清，
惠风和畅聚兰亭。
铺毫挥洒思玄远，
飘逸书情绝唱名。

解读

　　王羲之（303—361），琅琊临沂（今属山东），寄居会稽山阴（今
浙江绍兴）官至右军将军，世称"王右军"。东晋著名书法家，尤以真、行、
草书冠绝古今，被后世尊为"书圣"。王羲之在《兰亭集序》中写道：
"是日也，天朗气清，惠风和畅。仰观宇宙之大，俯察品类之盛，所
以游目骋怀，足以极视听之娱，信可乐也。"宗白华说："晋人风神潇
洒，不滞于物。这优美的自由的心灵找到一种最适宜于表现他自己
的艺术，这就是书法中的行草。行草艺术纯系一种神机，无法而有法，
全在于下笔时点画自如，一点一拂皆有情趣，从头至尾，一气呵成，
如天马行空，游行自在……这种超妙的艺术，只有晋人萧散超脱的
心灵，才能心手相应，登峰造极"。这段评价，对于王羲之的书法是
极为恰当的。

忆　马

黄帝飞驰奇迹开，
唐宗龙种展英才。
金戈骏骨成尘土，
梦想奔腾忆马来。

🌸 解读

"黄帝飞驰奇迹开"。黄帝：传说中原各族的共同祖先，姬姓，号轩辕氏，蚩尤骚乱，黄帝骑着高大的战马，率领各部落在涿鹿（今河北）击杀蚩尤。从此，他由部落首领被拥戴为部落联盟首领。飞驰：指战马快速地前进，像飞一般，在战场上冲锋陷阵。诗人用"飞驰"一词，不但写出了战马的英勇状态，而且反映了黄帝拼命杀敌的场景。奇迹：指击杀了蚩尤，创造出了奇迹。当时蚩尤势力很强大，可终究被黄帝所击溃。开：开创。从无到有，从弱到强，统一了中原，故为开创。此句诗谓：相传中国上古时期，蚩尤长期扰乱中原，黄帝最早骑着骏马，出师征讨，击败了蚩尤，大获全胜，统一了中原，实现大联盟，开创了历史上的奇迹。

"唐宗龙种展英才。"唐宗：指的是唐太宗李世民，他身经百战，骑的是六匹名马：一曰飒露紫，二曰拳毛䯄，三曰青骓，四曰什伐赤，五曰特勒骠，六曰白蹄乌，史称昭陵六骏。唐太宗酷爱名马，曾作《饮马诗》："翻似天池里，腾波龙种生。"龙种：指骏马。此处名词化为动词，即骑着龙种马。展英才：展现出他的英勇才能，不愧为一代君王。唐太宗在任期间，推行均田制及府兵制度，并加强对地方官吏的考核，任贤纳谏，社会经济发展，史学家称为"贞观之治"。公元630年，又击败东突厥等族，尊为天可汗。又发展西域交通，促进贸易和文化交流。贞观十五年，以文成公主远嫁松赞干布，促进藏族经济发展，加强了汉藏两族的亲密友谊。展英才：是指唐太宗创造出的伟大功绩，离不开龙种骏马的功劳。

"金戈骏骨成尘土。"金戈：战争。骏骨：指骏马已经去世。此句诗是说：过去战争也罢，骏马也罢，都随着时间推移，已销声匿迹，成为尘土了。即"俱往矣"。此句诗含义颇深：时代在前进，历史在发展，今日新时代已与过去大不相同。

"梦想奔腾忆马来。"梦想：指中华民族伟大复兴的中国梦。奔腾：既指中国经济腾飞，也指为了实现宏伟理想中国人民迸发出来的热情，像巨浪一样在奔腾着。忆马来：字面上是讲在忆"飞驰"、"龙种"，实是讲中国人民正在发扬骏马精神，奋勇当先，一切势力都不可阻挡。

在内容上，本诗古为今用，非常成功。写黄帝的"飞驰"，创造了伟业；唐宗的"龙种"，建立了不朽的功勋。这些都是歌颂历史上的骏马精神。其实诗人借用历史上骏马创造的伟业，来弘扬今天的骏马精神，让它在建设现代化中国的大业中发扬光大，自强不息，奋勇当先，将伟大的"梦想"实现好。

这首诗是对骏马精神的嘹亮赞歌！不仅在战场上，而且在建设社会主义事业中，都应该发扬骏马精神。作者颂马，就是歌颂中国人民不畏劳苦、不惧困难、奋勇争先的英雄气概。

象征手法的运用，是本诗的特点。黄帝创造的伟业，用"飞驰"来体现；唐宗建立的功勋，用"龙种"来反映；中国人民正在实现伟大的"梦想"，用"马"来表达。马的速度，马的勇敢……都象征着中国人民坚强的意志和顽强勇敢的精神。这种象征手法非常生动，给读者印象殊为深刻。

（邵介安）

林和靖之一

梅妻鹤子传千载，
清雅一生淡泊中。
从此孤山不寂寂，
寻踪问迹仰高风。

解读

诗人给读者描述了宋代林和靖隐居孤山、缟素襟怀的故事，通过本诗赞美林和靖淡泊名利、清雅一生的高贵品格。

"梅妻鹤子传千古"，"从此孤山不寂寂"，这两句描述林和靖的千古传奇，他结庐孤山，终身不娶，自谓"以梅为妻，以鹤为子"。诗人用"孤山不寂寂"，形象地描绘了林和靖归隐孤山后种梅养鹤的生活，恬然自得，让原本西湖中孤独的孤山也不寂寞了。

林和靖在孤山的隐居生活，见诸于他的诗词中，"竹树绕吾庐，清深趣有余。鹤闲临水久，蜂懒采花疏"。这样不趋名利、舒适自在的生活，古往今来不知羡煞多少文人墨客。"寻踪问迹仰高风"，道出了诗人的心声，同时也说明诗人对这位"梅鹤大公"充满着尊敬。

现实的生活让现代人忙忙碌碌，终日奔波，不少人为名利所累，细品这首诗，读者仿佛与林和靖和诗人神交，放下名利，心无挂碍。

（叶城均）

林和靖之二

遥望双峰豪气壮，
一湖澄碧净无埃。
漫天飞舞孤山雪，
水上梅花抖擞开。

解读

这首诗呈现给我们一幅美妙的画卷。林和靖站在孤山北麓，遥望双峰插云，俯视水清如镜的西湖，欣赏着漫天飞舞的冬雪，突然在湖边出现了正在开放的梅花。

林和靖的诗句曾经留下过这样的经典："疏影横斜水清浅，暗香浮动月黄昏"。林和靖对梅的赞赏不言而喻，"梅妻"是最好的表述。而诗人的"漫天飞舞孤山雪，水上梅花抖擞开"也恰恰点出了梅与雪的关系。以雪白衬梅洁，以雪寒伴梅香，梅花傲迎风雪，虽不及牡丹的国色天香，也没有玫瑰的热情奔放，可它偏偏吐蕊在众芳凋零的季节里，不能不让人赞叹它的超群品格。

梅与雪的约会让原本清冷的时节变得旖旎动人，让这座孤山和住在孤山上的人都不会感到寂寞。也许冬天是单调的，也许雪花是寂寞的，但是梅花的盛开打破了这种沉静，让人喜上眉梢，平添了一丝生活的乐趣。

本诗写出了梅花清逸高洁的品质，也是诗人清心淡泊人格的自我写照。

（叶城均）

王安石治鄞

舟车甫下问农桑，
遍访东西十四乡。
天下襟怀存志远，
济民匡世毕生忙。

解读

1047年，王安石来到浙江宁波鄞县，主政近四年。他上任当年的十一月，不顾舟车劳顿，立即连续十二天遍访东西十四乡，甫，fǔ，刚刚。他实地考察县情，访察民间疾苦，了解鄞县百姓的生产、生活情况。

当时鄞县"邑民最独畏旱"，于是王安石把抗旱作为第一要务，在全县范围内组织民众掀起水利建设热潮。疏浚东钱湖等工程竣工后，"旱则滴水如油，涝则民居漂没"的问题大大缓解。王安石还在当地推行青苗法，聘请"庆历五先生"办县学，为老百姓做实事，施行惠民善政，在短短三四年间，县政为之一新。对于鄞县，王安石是充满感情的，离任后，他曾写下诗文抒发自己的情怀，感叹"人间未有归耕处，早晚重来此地游"。王安石遗爱在民（遗，wèi，赠与），老百姓也记住了他的恩情。现在，东钱湖畔的忠应庙，就是鄞县乡亲纪念王安石的。

岳 飞

功成百战尘与土，
千载豪杰重泰山。
武将文臣皆一理，
献身社稷自心安。

解读

岳飞，中国历史上著名的军事家、战略家。一生参加过近百次战斗，立下赫赫战功，岳飞曾言："文臣不爱钱，武将不惜死，天下太平矣！"

岳飞遭受秦桧、张俊等人的诬陷，被捕入狱。1142年1月，岳飞与长子岳云、部将张宪一同被杀害。

然而，与奸人的陷害、昏君的疏远相对的，岳飞虽身陷囹圄却"献身社稷自心安"，这种英雄的坦然情怀，油然而生一种苍凉之美。岳飞从施展抱负时的意气风发，到功成名就时的气血飞扬，再到遭受陷害时的悲愤交加，以及最后的从容赴死，这样一段跌宕起伏的英雄历程，更加显示出一种为国而死、问心无愧的壮烈情怀。

然而我们审视历史，那些在生活中的乐观主义者，其实是经历过人生不幸的人，因为他们懂得，在这个世界上，有太多东西终会有得有失。他们所展现出来的达观、问心无愧，正是基于他们对事物的认知。纵使他们最终没有完成自己的夙愿，但正如季羡林先生所说："人生是不完美的。"这也正是岳飞这一生愈发浓墨重彩的原因之一。

从岳飞那里，我们看到的是"男儿欲上凌烟阁，第一功名不爱钱"的心性无染，高官厚禄犹如过眼云烟，节俭淡泊才是人生本色。岳飞的伟大功绩和精神深深影响着中华民族。毛泽东曾说:"岳飞流了血,这血就渗透到我们民族体内,世世代代传下来。"

（陈小芳）

灵隐翠微亭

参天古木栋梁材，

鹫岭昭峣云气开。

此处山川无俗骨，

翠微亭下净心埃。

❀ 解读

这是一首由景触情、感怀历史英烈的咏史诗。杭州翠微亭，在灵隐寺对面的飞来峰（即诗中的"鹫岭"）半山腰，绍兴十二年（1142）为南宋抗金名将韩世忠所建。至今已有850多年的历史。岳飞遇害后，韩世忠责问秦桧"'莫须有'三字何以服天下！"后被解除兵权。韩世忠自号逍遥居士，常骑驴游湖山间。因岳鄂王有《登池州翠微亭》一诗，故建亭取名"翠微亭"以资纪念。灵隐寺天王殿正门挂有"灵鹫飞来"的匾额，是对飞来峰鹫岭的真实写照。

这首诗一、二句意谓：灵隐翠微亭周围古木参天，这些林木都是建筑高楼大厦的栋梁之材；飞来峰高峻突兀，怪石嶙峋座落在这里，这时天气晴朗了，云收日出，空气新鲜，阳光灿烂。鹫（jiù）岭，即飞来峰，有"武林第一峰"之称。昭峣（tiao yao），形容山高险峻。诗的三、四句意谓：这里的山脉溪流不庸俗、不低下，都挺起胸骨脊梁。在翠微亭下，山泉淙淙，人们用它来洗去心灵上的尘埃。无俗骨，指没有平庸、低俗、献媚之态。净心埃，指洗去和净化心灵上的尘埃。

这首诗显著的特点，就是借物喻人，托物言志。"参天古木栋梁材"，看上去是写翠微亭周围的高大树木，但实际上是指岳元帅这样扛起兴亡大梁的国家栋梁之材。同样，"无俗骨"，看上去是写这里的山川林木，但实指是岳飞"没有丝毫的奴颜和媚骨"的斗争精神。读者读到这里,自然会想到岳飞的那首气吞山河的《满江红·怒发冲冠》。"三十功名尘与土,八千里路云和月"。读了这首诗,再联想到岳飞的诗句,岳元帅的英烈形象犹如一座高山突兀地立在我们的面前。

(许汉云)

济　颠

无拘无束六十秋，
潇洒疏狂天下游。
傲骨一身活自在，
度人自度乃长谋。

解读

　　宋代的济颠在中国人的心目中是大智大勇的化身、普度众生的高僧。他为人谐谑不羁、举止癫狂，然而，嫉恶如仇、助人危难。他虽然形象邋遢，衣不蔽体，但从不趋炎附势，很有原则和骨气。济颠诗云："冬来犹挂夏天衣，虽然形丑陋，心孔未尝迷。"济颠这位传奇人物，深受老百姓的喜爱，人们往往称他为"济公"。济公既"济"（济世助人）且"颠"（疯疯狂放），不仅受到万人膜拜，而且由人成为超凡入神的"活佛"。

　　本诗题为"济颠"，一个"颠"字，奠定了整首诗对济公活佛的基调。"无拘无束"、"潇洒疏狂"、"傲骨一身"，无不将这位奇僧活生生地刻画了出来，而"度人自度"，又将他的"颠"的本质做了一个深入的界定，原来，济颠不颠。"敢于恶恶、善善，肮脏活佛也可敬；能够是是、非非，酒肉罗汉又何妨？"

　　时至今日，不仅大陆各地佛寺的济公佛像拥有众多的膜拜者，而且海峡彼岸的台湾也建起了千余座济公堂，常年有虔诚的济公信徒专程渡海赴大陆寻宗拜祖。济公这位中国罗汉、东方佐罗，他那独特的姿容和性格，无论男女老幼，人人喜闻乐见，难以忘怀。

（李晓娟）

虎跑寺

声闻天下虎跑寺，
奇纳侠僧道济公。
修竹石亭何仰止？
天心圆月李叔同。

解读

　　虎跑寺因道济和弘一而名闻天下。道济世称济公，是南宋时期的名僧，圆寂于虎跑寺。此诗用"奇纳侠僧"对济公的一生进行了概括，颇为贴切。作者在另一首《济颠》中曾写道："傲骨一身活自在，度人自度乃长谋。"表达了对济公人格的赞许。

　　李叔同是一位充满传奇色彩的历史人物，他在虎跑寺出家，自号弘一。虎跑寺筑有弘一大师塔。塔旁竹林中立一石亭，名仰止。虎跑寺内李叔同纪念堂存有赵朴初的题诗："无尽奇珍供世眼，一轮圆月仰天心。"李叔同在多个领域成就卓越，他中年出家，弘扬佛法。抗日战争期间，李叔同始终保持民族气节，念佛不忘抗战。他为世人留下了咀嚼不尽的精神财富。林语堂说："李叔同是我们时代里最有才华的几位天才之一，也是最奇特的一个人，最遗世而独立的一个人。"

（章群巧）

淳安风潭洲

深潭万丈朝天拜，
两袖清风为众谋。
还与一方小石磨，
化成千亩稻粱洲。

解读

　　这首诗与下一首《桂岛望月》，都是作者借用民间传说来状物写史的诗。风潭洲，在淳安老县城贺城的东南向，离县城不到一里地，总面积有三千多亩，是县城边的一块粮仓宝地，全洲不仅土地肥沃，而且风景如画。

　　风潭洲是怎样来的？有这样的民间传说：海瑞在淳安任知县四年零二个月，为官清正，爱民如子。海瑞任满离开淳安时，有一位白发苍苍的老汉为表达淳安人民的感激之情，赠给海瑞一副小小的石磨。这石磨形同玩具，大小不过三寸，不值几文钱，海瑞不忍拂老人的美意，就愧领了。第二天，海瑞登船赴京，上船后就摆弄起小石磨，不料石磨竟流出许多白米来。这时船已开进万丈深渊的深潭（原来这里没有洲，只有深潭），回转不便，海瑞走到船头，面对淳安父老，朝天拜了三拜，将小石磨丢进风潭。后来，这万丈深渊的水潭竟变成一大片肥沃的洲地，成为旱涝保收的淳安粮仓。

　　本诗的一、二句意谓：船进风潭时，海瑞面对淳安父老，朝天拜了三拜，两袖清风的海瑞，一身清廉勤奋为民执政谋事。三、四句意谓：海瑞送还老者一方小石磨后，风潭这片水域变成了辽阔的稻粱沃洲。

这首诗借用民间传说，尽情歌颂了海瑞一生光明正大，廉洁奉公，为民仗言，不谋私利，生前为世人敬重，生后流芳千古。

（许汉云）

桂岛望月

桂岛飘香缘龙女，
月台怀远望嫦娥。
八仙仗义龙王灭，
花树满山连理柯。

解读

这也是一首根据民间传说而落笔的状物写史的诗。桂花岛位于千岛湖东南湖区，距千岛湖镇约 16 千米，面积约 8 公顷（120 亩），因岛上野桂丛生而得名。1983 年取名"桂岛望月"，是东南湖区最早建成的景点。

桂花岛是怎样形成的？民间有这样的传说。桂花岛原是九龙源口的一座山峰，九龙源中潜伏着的九龙王，凶残暴虐，百姓祭祀稍有不周，它就予以惩罚，不是水淹村庄，就是旱临禾田。有一年大旱，九龙王不肯降雨，龙王善良的女儿偷来父王的行雨器，普降了甘霖。龙王盛怒之下，将龙女放逐到这座乱石累累的荒山之上，以牧羊为生。天上的八仙从东海归来，路过此地，听说了龙王的残暴和龙女的遭遇，便各显神通，共同制服了龙王。月宫中的嫦娥原来就非常同情龙女的不幸，此时得到八仙制服龙王的捷报，便捧来一大把月宫桂籽，往荒山上一撒，桂籽落进了石缝里，不久就长出了许许多多的桂花树。后来龙女去天宫了，留下了她放牧的羊羔坐化成各种天工造物，如乌龙出水、天官拜月、海龟寻伴、犀牛啸天，还有群羊洞、赏月台、万水千山等各种天然石景，惟妙惟肖、栩栩如生。这就是上天留给今日千岛湖美丽的桂花岛。

诗的一、二句意谓：每年秋季来临，桂花岛上"奇石呈百态，香桂飘千寻"时，淳安的乡亲就会怀念龙女和嫦娥，因为桂花岛上的香桂缘由在龙女和嫦娥，是她们给这里的人民带来福祉，三、四句意谓：八仙从东海归来，路过此岛，得知龙女的遭遇，就仗义各显神通共同制服了龙王，嫦娥向此地抛撒的月宫桂籽正满山遍野地长成枝叶相连的桂树。"连理柯"，指枝叶相连，柯，是指桂树的枝条。

这首诗依人民的意愿，一方面揭露了九龙王的残暴，终于受到八仙的制服；另一方面热情歌颂了龙女和嫦娥善解民间意愿而表现出来的善良、仁爱、爱民之心，她们受到世世代代淳安人民的怀念与爱戴。

这首诗写作上的特色就是作者出神地依据民间传说，采取拟人、对比的手法将龙女、嫦娥与龙王对比着写，体现了善有善报、恶有恶报、爱憎分明的理想追求。

（许汉云）

望海潮·郑和下西洋

云帆千里，南天辉照，鲸涛浩浩泱泱。北斗指引，飞驰昼夜，罗盘瀚海导航。篷杆尽高张。恶风险波路，沧溟森茫。七下西洋，睦邻交友，美名扬。

二十八载奔忙。文化流香远，功轶汉唐。今古领先，环球壮举。和平之旅增光。仰气度轩昂。回忆前贤事，发愤图强。明史滇人厚重，开放始腾翔。

解读

作者自注："作于2005年，明代郑和下西洋600周年。郑和系云南人（滇人）。1405—1433年，郑和历时28年共进行了七次海上航行。英国加文·孟席斯研究发现，1421年，郑和船队进行了人类历史上首次环球航行。"

当代一位美国学者路易斯·丽瓦塞斯曾评论道："郑和船队在中国和世界历史上是一支举世无双的舰队，直到第一次世界大战之前是没有可以与之相匹敌的。""和为贵"是郑和及其船员远航活动的基本理念。当大明帝国崛起之际，郑和远航船队追求的乃是一种文明的理想，是和平友好，是"共享太平之福"。本词仿佛是一幅雄伟的历史画卷，将郑和下西洋的浩瀚史事，重新复活在我们眼前。字里行间表达了诗人对郑和的无比敬意。

"开放始腾翔"收篇之句，蕴含着浓重的历史感。郑和下西洋时，明代是开放的。当郑和身后的明王朝改变了国策，一出大戏就在高潮之后突然落幕。七下西洋之后明代封关闭国，此后退出了大海，把通往世界的大门紧紧关闭。拒绝海洋，等于选择了落后。一个强大的中国，不能没有海洋。这就是历史给予我们的启示。

　　整首词大气厚实，情理并列，耐人寻味，显示出诗人广博的知识和深沉的思考。

（李晓娟）

于 谦

念重苍生国柱臣，
满腔热血洒红尘。
含冤不辩浊流里，
千古清白一片心。

❀ 解读

于谦（1398—1457），浙江钱塘（今杭州）人。从小敬慕民族英雄文天祥，以天下安危为己任。曾任明代御史、巡抚、兵部尚书等职。为官刚直不阿，不畏权贵，清廉自持。于谦曾作《石灰吟》以自喻："千锤万击出深山，烈火焚烧若等闲；粉骨碎身浑不怕，要留清白在人间。"（原诗引自《历代名诗大观》）

英宗正统十四年（1449），蒙古族瓦剌酋长也先大举南下，结果在土木堡一战中，明军全军覆没，连英宗（朱祁镇）自己也被俘。也先挟英宗为人质，直压京师。在国家危难之秋，于谦拥立英宗之弟朱祁钰为帝（即代宗），挺身支撑危局，负起保卫京师的重任。也先计穷，送英宗回京。英宗复辟后立即逮捕于谦，以发动宫廷政变罪将于谦处死。

本诗在陈述当时历史事件的同时，赞颂了于谦的清操劲节。全诗苍凉悲壮，将一幅历史画卷呈现在人们眼前，字里行间充满着感慨和景仰。清代诗人袁枚有诗云："赖有岳于双少保，人间始觉重西湖。"岳飞、于谦忠贞爱国的可贵精神与英雄气概，将同秀美的湖光山色相得益彰，万古长青。

（李晓娟）

郑成功

大略雄才辉史册，
强攻劲渡驾艨艟。
身先将士驱荷寇，
国土回归建巨功。

解读

郑成功，福建泉州南安人，汉族，明末清初军事家，民族英雄。1661年（永历十五年）三月，郑成功亲率2.5万名将士，分乘几百艘战船，浩浩荡荡从金门出发直抵台湾。艨艟，méng chōng，古代战船。永历十六年初，荷兰侵略军头目揆一被迫到郑成功大营，在投降书上签了字。

至此，郑成功从荷兰侵略者手里收复了沦陷38年的中国领土台湾。郑成功收回台湾之后，建立了台湾第一个汉人政权，也带来了一波汉人移民潮。郑成功虽然在攻下台湾的同一年逝世，但继位者持续统治台湾21年，并在陈永华的规划下，引进明代的宫室、庙宇和各种典章制度，奠定了台湾在日后成为一个以汉民族文化为主的社会，因此有学者描述此役"决定台湾尔后四百年命运"。

郑成功为国家统一做出了不可磨灭的贡献，也证明了台湾是中国国土不可分割的一部分，其雄才大略、亲帅将士抗击荷寇如本诗中所言，足以担得起"巨功"二字。

而在郑成功死后，台湾民间陆续建立庙宇祭祀，其中以台南延平郡王祠最为重要。郑成功这位民族英雄必将永载史册，令后人铭记。

（陈小芳）

葛云飞

千里扬波万里秋，

云飞浩气永存留。

甬东自古咽喉地，

今日海中锦绣洲。

❀ **解读**

定海，舟山群岛中南部的一座海城，作为中国南北海防的联结点，自古就是兵家争夺的要地。

1840年，第一次鸦片战争爆发，英军来犯，定海随之卷入了大规模的海上军事冲突，是年六月，第一次定海保卫战爆发。1841年9月，英军再次来犯，第二次定海保卫战爆发。镇守定海的三位总兵葛云飞、王锡朋、郑国鸿奋起抵抗，不幸同日殉国。

时隔百余年，1986年秋，改革开放的号角已经在神州大地上吹响，诗人来到定海。宽广的海面碧波浩淼，牵引人的思绪千里万里：满清末年，国力衰败，贼寇英军乘机来犯，定海内外，硝烟弥漫。在一片枪林弹雨中，葛将军身先士卒带领两百余战士，挥刀杀敌最前线。飞来的弹雨直击将军，无畏生死，将军屹然前行。直至生命最后，"身犹直立不仆，手擎刀作杀敌状"……

从海面遥望定海城，这座千年的文化名城在改革开放春风的吹拂下，开始融入国家社会主义现代化的建设当中，昔日的军事要塞，欣欣向荣，一片繁华。英雄虽已逝，但其豪情却化为不朽的英魂，永远地守护着这一方他所钟爱的热土。

（史吉宝）

左公柳

大漠绿屏三千里，

宛如天际一抹云。

春风谁引吹戈壁？

今古奇才左将军。

解读

清代左宗棠于 1866 年 9 月奉旨调任陕甘总督，1867 年 6 月入陕，到 1880 年 12 月奉旨离开，在西北十多年。他刚到西北时，所见的情景是"土地芜废，人民稀少，弥望黄沙白骨，不似人间光景"。到他离开时，中国这片最干旱、贫瘠的土地上奇迹般地出现了一条绿色长廊。

左宗棠初进西北时先要修路，路宽三到十丈，东起陕西的潼关，横穿甘肃的河西走廊，旁出宁夏、青海，到新疆哈密，再分别延至南疆北疆。穿戈壁，翻天山，全长三千多里。1871 年 2 月左宗棠下令栽树，有路必有树，路旁最少栽一行，多至四五行，树种有杨、榆、柳，以柳树居多，后人尊称为"左公柳"。这种柳是西北高原上常见的旱柳。三千里大道，百万棵绿柳，为西北灰黄的天际抹上一笔浓浓的绿云。这在荒凉的西北是何等壮观的景色，它无疑是西北开发史上的一座丰碑。

作家梁衡说："古往今来于战火中不忘栽树且卓有建树的将军恐怕只有左宗棠一人了。"

刘公岛

刘公一战龙旗落，
破碎神州任辱凌。
勿忘剜心甲午耻，
海疆万代保安宁。

解读

此诗作于 2014 年 7 月 25 日。

1894 年 7 月 25 日，中日甲午战争爆发。威海刘公岛是甲午战争黄海海战的终结之地，北洋海军全军覆没，十余艘战舰葬身海底，数千名将士埋骨大海。

回首中国近代史，中华民族遭受的苦难之重，付出的牺牲之大，在世界历史上是罕见的。甲午战争作为一段耻辱史，对中华民族来说是锥心刺骨的。历史的教训非常深刻，落后必然挨打。

2014 年 2 月 18 日，习近平主席会见中国国民党荣誉主席连战时说："今年是甲午年。120 年前的甲午，中华民族国力孱弱，导致台湾被外族侵占。这是中华民族历史上极为惨痛的一页，给两岸同胞留下了剜心之痛。"

甲午战争的硝烟虽然已经散尽，但甲午战争的警钟却在长鸣。居安思危，常备不懈，警惕日本军国主义复活，杜绝甲午耻辱再现，这是我们痛思甲午战争的意义所在。

忠魂碑

悠悠黄海千层浪，
甲午风云忆故殇。
肃立魂碑思绪涌，
民须有志国须强。

解读

此诗作于 2014 年 7 月 26 日。

刘公岛上的忠魂碑为 1988 年为纪念清代北洋海军成军 100 周年而建，碑呈六棱行，高 30 米，犹如一柄刺向蓝天的利剑。忠魂碑下方的浮雕和碑文记述了甲午海战北洋海军全军覆没的经过。如今，鼓角争鸣的岁月虽然早已远去，但甲午风云的耻辱与悲愤仍在心头。观碑思昔，更多的是警醒和自强。

在当年那个风急云骤、惊涛骇浪的年代，尽管清代朝廷腐败、国穷军弱，但北洋海军将士面对虎狼之敌同仇敌忾，壮烈捐躯。

甲午战争，北洋海军因国力衰弱、武备废弛而失败；抗日战争，中华民族因全民动员、国人觉醒而制胜。

历史在告诫后人：国家要强大，民族要复兴，人民要有志气，才能够构筑国家安全的钢铁屏障。

甲午殇思

当年慈禧寿辰日，
正是辽东陷落时。
射炮老衰缺弹药，
清廷相庆玉金卮。

解读

此诗作于 2014 年 7 月 27 日。

众所周知，人是决定战争胜负的决定性因素，但武器装备也是重要的因素。

从 1880 年起，日本全力扩充军力，以赶超中国为奋斗目标，准备进行一场以"国运相赌"的战争。截至甲午战争前夕，日本已经建立了一支强大的海军，超过了北洋水师。李鸿章等清廷政要认为"倭人为远患而非近忧"，对日本的认识还停留在"蕞尔小邦"的阶段。在日本倾全国之力扩充军备的紧要关头，清政府反而放松了国防建设，1891 年停止拨付水师器械弹药经费。在黄海海战之前 6 个月，北洋水师申请紧急换装部分老旧速射炮并补充弹药。而李鸿章以慈禧太后祝寿需要用巨款为由，予以拒绝。卮：zhī，音支，古代盛酒的器皿。玉金卮：豪华贵重的酒器。当 1894 年 11 月 7 日，清廷为慈禧大庆六十寿辰之日，正是我辽东半岛大连湾陷落于日本之时。当时朝野上下弥漫的贪腐之风，严重打击了军队的作战能力。清代政权的腐败，导致甲午战争未战先败，这是今天我们必须吸取的惨痛教训。

吊定远舰

铁舟残片藏宰府，
定远沧桑已少闻。
悲壮英灵眠海底，
未曾沉没是国魂。

❀ 解读

　　1894 年，甲午战争中北洋水师的铁甲旗舰定远舰全体将士浴血奋战到最后关头，怀着悲愤的心情自沉海底。甲午战争结束后，日本太宰天满宫的神官小野隆助获准自雇潜水员，打捞定远号的残骸，在自己家园——"宰府 2 町目 7-39"建成宅邸"定远馆"。现在，这段历史无论在中国还是在日本都鲜为人知了。居于日本的孙中山先生的挚友梅屋庄吉的后代小坂文乃说："现在日本人似乎已经忘记日清战争（甲午战争）了。但是，日本当年就是因为在那场战争中获胜而冲昏了头脑，从此开始了一系列的战争，最终在 1945 年战败。"

　　历史不会如烟飘散。定远的记忆，不该沉没。现在，我们中国人要知耻后勇，居安思危，大家齐心一起来干，强国富民，振兴中华，让中华民族巍然屹立于世界先进民族之林。

马关春帆楼

伤心海角春帆楼，
甲午丧权举国羞。
今日风波重又起，
扬威耀武几时休。

解读

　　春帆楼位于日本马关海峡边的一座小山坡上。1895年4月17日，清政府代表李鸿章在此楼与日方代表签订了《马关条约》。《马关条约》使得台湾沦丧长达半个世纪，条约签订当年日本全国财政收入为1亿日元，而马关条约的赔偿款却合3亿日元。中国方面的统计则为2亿两白银的赔款、3000万两白银的"赎辽费"，还有每年50万两白银的威海卫驻军费，合34725万日元。春帆楼院内的碑文写道："今日国威之隆，实滥觞于甲午之役。"

　　2012年以来，日本内阁成员相继参拜靖国神社，否认殖民统治，美化侵略历史等等。日本正在重新形成战争体制，不能不引起中国人民和各国人民的警惕。

台湾抗日吟

台胞泣血哭国耻，
志士孤怀抗日心。
宁死忘生临大难，
悲歌慷慨不屈身。

解读

此诗作于 2014 年 8 月 12 日。

1895 年 4 月 17 日，清政府被迫签订丧权辱国的《马关条约》。签约割让台湾的消息传出去，广大台胞悲痛万分，当时在北京的台湾举人和台籍官员联名上书，要求坚决抗敌。丘逢甲等志士在孤立无援的困境下，自主保台。徐骧率义军顽强抗击日寇，在战斗中身负重伤，高呼"大丈夫为国死，可无憾"，壮烈牺牲。

从 1895 年 6 月到 10 月，台湾同胞孤悬海外，在极为艰难的条件下，自发组织起来，保卫家园，前仆后继，慷慨悲歌，数万台胞英勇牺牲，誓不臣倭，用鲜血和生命来捍卫祖国的神圣领土。无奈日强台弱，无援战败，在近代中国人民反抗外来侵略的斗争史上写下了可歌可泣的一页。

孙中山观潮

万马奔腾惊大地，

狂涛猛进上云霄。

吞天沃日何能挡？

澎湃心潮比浪高。

解读

八月十八潮，壮观天下无！钱塘江潮的美丽与壮观，自宋代以来，就吸引着无数的游人与慕客。

1916 年 9 月 15 日，正值传统农历八月十八，我国近代伟大的革命先行者孙中山先生偕夫人宋庆龄等数十人从上海到海宁盐官观潮。先生一行到达盐官后，出南门，从江边石塘，经占鳌塔，过观潮亭，到达当时刚刚建成的"三到亭"内停驻休息。

一席谈笑间，刚刚还一平如镜的江面上，忽然似雷轰鸣，不远处的浪涛包裹着一阵江风呼啸而来，似千军万马，奔跑向前，无有停歇。潮涌复平，天地已然色变。先生感慨万千，挥笔写下："世界潮流，浩浩荡荡。顺之则昌，逆之则亡。"

改革开放不久，诗人慕名来到海宁。短暂的等待后，平静的江面忽然似雷阵阵，一如几十年前孙中山先生观潮的情景。须臾间，浪涛源源不断翻滚向前，向上，似乎要一直冲向云霄，将整个的天地吞没。

伴随着这一自然伟力的奏鸣，诗人沉浸在一片激昂当中：思接先贤，敬仰先生在祖国积贫累弱之时，把握世界发展潮流，建立共和；敬仰先生为祖国的民主与自由，倾其一生，无怨无悔。思接当下，中国的改革开放正如这滔滔江水，以万马奔腾之势席卷着华夏大地，驱动着年轻的国人，努力向前。

在这茫茫的天地之中，在过去与未来的思绪当中，诗人久久难以平静……

（史吉宝）

孙中山故居

一椽逆子成国柱，
五桂飞云育英雄。
济世情怀心尽瘁，
毕生精进求大同。

解读

孙中山先生故居位于广东省中山市翠亨村。故居的门口挂着一副对联："一椽得所，五桂安居。"意思是，栋梁之材用得其所，五桂山下的百姓都能安居。五桂：翠亨村附近一座山名为五桂峰。现在，在村庄的广场上挂着一口铜钟，钟面上铸有孙中山先生手书的"共进大同"四个大字。中山先生的远祖，曾经参加过反清复明的民族运动，在清廷的压迫下，受尽荼毒流离的痛苦。孙中山从小就孕育了反叛传统、改造社会的性格，他自称要做"洪秀全第二"。他为振兴中华奋斗了一生，在临终前仍微弱地呼喊："和平——奋斗——救中国"。尽管他在有生之年没有看到国内的和平统一和国家的繁荣，但他的革命精神和高尚人格，始终激励着他的同侪和后人。

陈望道取火

负笈东瀛怀壮志，
大江澎湃涌新潮。
柴房秉烛引火种，
如炬宏文照路标。

解读

陈望道（1891—1977）中国著名语言学家，曾任复旦大学校长。

陈望道于1915年赴日留学，4年间曾在多所大学学习，主修语言，同时，他阅读了《资本论》等大量马克思主义著作，寻找救国的新道路。

1919年夏回国后，到杭州教书，任浙江第一师范学校国文教员，与同事夏丏尊、刘大白、李次九共同提倡白话文，并推行教育改革，指导学生创办《浙江新潮》杂志。1919年11月，一师学生施存统在陈望道的指导下在该杂志上发表的《非孝》一文引起轩然大波，《浙江新潮》被当局查封，校长经亨颐被调离。一师学生与在杭州其他学校学生4000多人上街游行请愿，结果遭到当局镇压，数十人被打伤，这就是有名的"一师风潮"。风潮之后，陈望道无法在一师立足，正值此时，他接到了邵力子的来信，请他翻译《共产党宣言》。

1920年3月，陈望道在故乡义乌分水塘村，在柴房里秉烛笔耕，闭门翻译《共产党宣言》。一日三餐由祖母送去。由于过分投入，误将墨汁当作红糖，留下了误蘸墨汁吃粽子的美谈。

1920年夏，毛泽东在上海读到了陈望道翻译的《共产党宣言》校对稿，他后来接受美国记者斯诺采访时说："这本书铭刻于心，让我建立起了对马克思主义的信仰，从而确定了一生奋斗的目标。"

抗战英烈杨靖宇

苦战周旋雪里奔，
只身搏斗献英魂。
一腔热血全洒尽，
腹内留存唯有根。

解读

杨靖宇（1905—1940），河南省确山县人。著名的抗日民族英雄。1932年，受命党中央委托到东北组织抗日联军，历任抗日联军总指挥、政委等职。率领东北军民与日本侵略军血战。他在弹尽粮绝的艰难情况下，孤身一人与日军周旋战斗5昼夜，最后壮烈牺牲，年仅35岁。

初读此诗，一个"苦战"，一个"只身"，鲜明地表现了杨靖宇当时的处境之难之险。与大量日军周旋几昼夜，令人不仅钦佩他的勇敢，而且赞叹他的智慧。下一句，"热血全洒尽"，"留存唯有根"，描写杨靖宇牺牲后，残忍的日军将其割头剖腹，发现他的胃里净是树根、泥土和棉絮，竟无一粒粮食。诗句也指明，在杨靖宇这样英勇抗争的爱国志士的身上，体现了我们中华民族的民族之根。既有诗意的承上启下，又将杨靖宇勇斗日寇而牺牲的顽强精神表述得淋漓尽致，悲壮之感怆然而生。

日军头目岸谷隆一郎当时看到解剖结果，长时间默默无语。此后，岸谷隆一郎穷毕生精力研究中国抗日将士的心理。研究越深入，他内心受到的震撼和折磨也越大。最后，他毒死了自己的妻子儿女后自杀。他在遗嘱中写道："天皇陛下发动这次侵华战争或许是不合适的。中国拥有杨靖宇这样的铁血军人，一定不会亡。"

（陈小芳）

抗战英烈左权

烽火家书抵万金，
铮铮铁骨舐犊心。
太行肃穆千林暗，
举世同悲殉国魂。

解读

左权（1905—1942），湖南省醴陵县人。8岁上学，几度辍学。17岁考入县立中学。在县中读书时，阅读《新青年》、《向导》等进步刊物，萌生了改造社会的志向。1924年，不满20岁的他就进入黄埔军校学习。1925年加入中国共产党，同年12月被派送到苏联学习。1930年，左权回国后到中央苏区工作。曾参加中央苏区历次反"围剿"作战。全国抗战爆发后，左权临危受命，担任八路军副参谋长、八路军前方总部参谋长等职。1937年12月，他在写给奶奶的家信里写道："日寇不仅要亡我之国，并要灭我之种，亡国灭种惨祸已降临到每一个中国人的头上。"

1942年5月，日军精锐部队包围了八路军总部，左权在指挥突围的战斗中，被日军炮弹击中，以身殉国，年仅37岁。当时，他的女儿左太北还不满2周岁。左权牺牲前，在写给妻子刘志兰的11封信中，每一封都大段大段地提到他心爱的女儿，舐犊之情跃然纸上。

左权是抗日战争中中国共产党牺牲的最高将领。2015年，台湾军方发行了"抗战英烈纪念月历"，在"国军少将"部分，左权位列其中。左权为救亡勇赴国难，得到国共双方的共同认可和高度评价。

抗战英烈赵尚志

日寇挥刀遭厉劫，
白山黑水血染红。
国家沦落蒙奇耻，
拼死抗争志向宏。

解读

赵尚志（1908—1942），辽宁省朝阳县人。1925年夏加入中国共产党。同年冬进入黄埔军校第4期学习。1933年10月，赵尚志创建北满珠河抗日游击队。游击队创立时他带领队员们庄严宣誓："我们珠河抗日游击队全体战士，为收复东北失地，争回祖国自由，哪怕枪林弹雨，万死不辞，赴汤蹈火，千辛不避，誓为武装东北三千万同胞，驱逐日寇出东北，为中华民族的独立解放奋斗到底！"

1935年1月，赵尚志任东北人民革命军第3军军长。1936年1月，任北满抗日联军总司令。面对日寇的疯狂屠杀，赵尚志率领抗联部队进行了英勇无比的战斗。在戎马倥偬中，赵尚志常常蓬头垢面，脸色黧黑，问其缘由，他说："日寇入侵，国土沦陷，国家蒙受奇耻大辱，我个人还有什么脸面？"

赵尚志率部远征松嫩平原，爬冰卧雪，风餐露宿，作战百余次。1942年2月12日，在一次战斗中赵尚志身负重伤被俘，他宁死不屈，壮烈牺牲。

抗战英烈彭雪枫

孤身赴晋明情理，

浩荡东征建巨勋。

未饮黄龙无限恨，

河山还我慰英魂。

解读

彭雪枫（1907—1944），河南省镇平县人，1925 年加入中国共产主义青年团，1926 年加入中国共产党。曾任新四军 4 师师长。

1936 年 10 月，彭雪枫以中共中央代表身份前往山西太原等地，专做阎锡山的统战工作。他孤身一人化名冒险入晋，与阎锡山揆情度理，廓清大势，对阎晓以民族大义，使其权衡利弊，转变立场。在太原期间，西安事变爆发，彭雪枫向阎锡山转达中共中央的抗战主张，促使其转变到"共维大局"的立场上来，为西安事变的和平解决、国共两党联合抗战作出了重要贡献。

1938 年，彭雪枫遵照中共中央指示，从豫东挺进豫皖苏，建立敌后根据地。这年 9 月，彭雪枫开始了浩荡东征，在短短一年的时间里，这支只有几百人的游击队就迅速发展成为 1.7 万人的抗日武装。最终这支铁军发展成为 12 万余众的武装力量，造就了他轰轰烈烈的抗日戎马生涯。1944 年 9 月 11 日，彭雪枫在指挥夏邑八里庄战役时，不幸被流弹击中，壮烈殉国，年仅 37 岁。

陈毅为彭雪枫殉国写了挽诗："服务人民事，廿年战血红。知君无限恨，未得饮黄龙。"当年岳飞壮志未酬，含恨终生，而彭雪枫九泉之下，足以自慰。

抗战英烈佟麟阁

立志从军年少时，
卫民雪耻毕生痴。
狼烟四起念鹏举，
忠烈英魂两岸思。

解读

佟麟阁（1892—1937），河北省高阳县人，中国国民党党员。他从小就立志从军报国。1913年4月，冯玉祥到河北招兵，佟麟阁闻讯立即投军，从此在冯玉祥麾下效力达二十余年。

1933年，长城抗战爆发，冯玉祥组织察哈尔民众抗日同盟军。佟麟阁被任命为察哈尔省政府代理主席等职。1936年11月，第29军成立军事教育团，轮训在北平各大学的学生，佟麟阁奉命兼该团团长，他坚持以"爱国卫民，誓雪国耻"的精神教育学生。

佟麟阁是习武之人，但又酷爱读书。他在军中带兵严，在家中教子亦严，常常给士兵和孩子讲述岳飞抗金的故事。岳飞，字鹏举，南宋爱国名将。

1937年卢沟桥事变后，时任国民革命军第29军副军长的佟麟阁，率部奋勇抗击日本侵略军。1937年7月28日，在激烈的战斗中，佟麟阁被日军机枪射中腿部，仍率部激战，其头部再受重伤，因流血过多，壮烈殉国。1942年12月31日，佟麟阁获准入祀首都忠烈祠。1969年3月获准入祀台湾台北圆山忠烈祠。

抗战英烈赵登禹

长城激战真豪杰，

日寇闻声心胆寒。

忠孝两全难可得，

沙场弹雨一身捐。

解读

赵登禹（1898—1937），山东省曹州县（今菏泽市）人，中国国民党党员。1914 年 9 月，到潼关去投军，成为冯玉祥的部下。赵登禹跟随部队南征北战，战斗中奋勇争先，屡立战功，被冯玉祥提拔为旅长。

1933 年 3 月，长城抗战爆发，赵登禹率部驰援喜峰口抗击日军。3 月 10 日，赵登禹组织夜袭，缴获日军机枪二十余挺、火炮十一门和作战地图若干。长城抗战结束后，赵登禹被提拔为第 132 师师长。

1937 年 7 月 7 日，日军制造"卢沟桥事变"，抗日战争全面爆发。7 月 25 日深夜，赵登禹接到了驰援北平并担负南苑守备任务的命令。7 月 28 日上午 8 时，日军向南苑发起猛烈进攻，赵登禹闻讯迅速到前线督战，他本人也挥舞大刀与日军展开近身肉搏。12 时 40 分左右，赵登禹不幸胸部数处中弹。他自知伤重无救，便对卫士说："军人战死沙场，原是本分，没什么可悲伤的。北平城中还有我的老母，你回去告诉她老人家，忠孝不能两全，她的儿子为国捐躯，也算对得起祖宗了。"说完就气绝身亡，时年 40 岁。1952 年 6 月 11 日，中华人民共和国人民政府追认他为革命烈士。

抗战英烈张自忠

功勋卓著喜峰口，
奇胜日军大别山。
宁死不辞堪自慰，
忠贞名将智勇全。

解读

张自忠（1890—1940），山东省临清县（今临清市）人，中国国民党党员。1917年入冯玉祥部，历任营长、团长、旅长、师长等职。1933年参加长城抗战，任喜峰口第29军前线总指挥，打退了日军，守住了阵地。1938年2月后任第59军军长，并率部参加了徐州会战。同年3月，他率部在临沂阻击日军，促成了友军在台儿庄的大捷，随后转战大别山。在此期间，张自忠被任命为第33集团军总司令。1939年4月，他又率部参加了随枣会战，再次阻敌告捷。同年12月，张自忠又率部参加了冬季攻势，重创日军。

1940年5月16日，日军以重兵对张自忠部队进行合围，为牵制日军主力，张自忠力战不退，与敌搏杀激战。他的身体七处负伤，依然拼死抵抗、指挥作战。他对部下说："今日是我报国时矣！"当天下午，日军冲上阵地，在被敌层层包围的不利形势下，张自忠被日军刺刀刺中要害，伤重而亡，时年50岁。弥留之际，他留下了最后一句话："我力战而死，自问对国家、对民族、对长官可告无愧，良心平安！"

抗战英烈戴安澜

立功异域声威震，

铁甲悲歌鞍未还。

岂忍狂潮今又起？

军民严阵再安澜。

解读

戴安澜（1904—1942），安徽省无为县人，中国国民党党员。少时家境贫寒，学习刻苦，学业优秀，于1923年考入陶行知创办的安徽公学高中部，开始接受新文化、新思想。1924年投奔国民革命军。1925年入黄埔三期学习，为表示平息帝国主义欺压中华民族蹂躏华夏大地的恶浪狂潮的决心，遂改名为安澜。

1926年参加北伐。1933年率部参加长城抗战。1937年，卢沟桥事变发生后，率部在太行山地区与日军作战。1938年春，率部参加台儿庄战役。1939年1月任国民党第5军第200师师长，率部参加多次战役，屡立战功。

1942年3月，奉命率部参加中国远征军赴缅甸作战，在同古的防御战中重创日军，国际舆论为之震动。中缅印战区美军总司令史迪威评价戴安澜："近代立功异域，扬大汉之声威者殆以戴安澜将军为第一人。"

1942年5月，戴安澜在战斗中身负重伤，在缅北茅邦村壮烈殉国，年仅38岁。戴安澜牺牲后，国共两党和美英盟国都对他的功绩给予高度评价。1956年9月21日，中央人民政府内务部追认戴安澜将军为革命烈士。

日本军国主义者现在又兴风作浪，中国军民正严阵以待，决不让他们的图谋得逞。

八百壮士

死守四行枪炮隆，
孤军血战寸心忠。
舍身不屈铮铮骨，
大义凛然气象雄。

解读

1937 年，淞沪会战期间，中国军队浴血奋战，给日本侵略军以沉重打击，粉碎了敌人"三个月灭亡中国"的迷梦。但是，在敌人优势炮火的攻击下，中国防线被突破，10 月 26 日中国军队全线撤退。

国民政府军第 88 师师长孙元良命令谢晋元率领 524 团第一营400 多人，死守上海阵地，掩护友军撤退。为了迷惑敌人，对外宣称一共有 800 名将士参加保卫战，史称"八百壮士"。

谢晋元接到师长命令，决心以生命报效国家，誓死完成任务。全营官兵据守四行仓库：金城、大陆、盐业、中南四个银行的仓库，这是当时上海唯一属于中国军队守卫的国土。第一营已经成为一支离开大部队的孤军。在日军猛烈炮火的重重包围下，谢晋元率部奋战了四天四夜，歼敌 200 多人，在中国抗战史上写下了光辉的一页。

目睹孤军英勇战斗的租界英军司令史摩莱少将说："我们都是经历过欧战的军人，但我从来没有看到过比中国敢死队员最后保卫闸北更英勇、更壮烈的事了。"

"八百壮士"在四行仓库血战四昼夜后，幸存的将士奉命撤入租界。1941 年 4 月 24 日，谢晋元被叛徒杀害，年仅 36 岁。新中国成立后，上海等地建立了晋元中学、修建了晋元路，以纪念这位抗战民族英雄。

雪窦山张学良幽禁地

望尽长空孤影远，

少年鬓发白生寒。

世间谁解此中恨？

樊内雄鹰欲上天。

解读

1937年，张学良将军被幽禁在溪口雪窦山时，曾写诗表达当时的心情："万里碧空孤影远，故人行程路漫漫。少年鬓发渐渐老，惟有春风今还在。"

张学良的一生从始至终都与"矛盾"二字交织在一起，可以说充满了悖论。他的思想观念无论怎样驳杂，但本质特征是鲜明而坚定的，那就是深沉博大的爱国主义精神。从东北易帜到西安兵谏，无一不源于民族大义，系乎国运安危。尤其是临潼兵变，反戈一击，捉蒋放蒋，强迫蒋介石"放下屠刀"，停止"剿共"计划，一致抗日，挽救了民族危机，帮助了中国革命。他的政治生涯是不同凡响的。张学良自己也说："我是一个爱国狂。"海外著名史学家唐德刚先生说："张学良政治生涯中最后一记杀手锏的西安事变，简直扭转了中国历史，也改写了世界历史。只此一项，已足千古，其他各项就不必多提了。"

冼星海

翻腾澎湃激情涌，
悲愤低回泣血吟。
动地惊天呼抗战，
山川处处大河心。

🌸 解读

冼星海，1905 年 6 月 13 日生于澳门，1945 年 10 月 30 日逝于莫斯科。他自小酷爱音乐，曾远赴法国巴黎，师从作曲大师杜卡斯，1935 年学成返回上海。两年后，抗日战争全面爆发，冼星海全力创作救亡歌曲，《黄河大合唱》是他的代表作。

周恩来赞誉冼星海"为抗战发出怒吼，为大众谱出呼声"。《黄河大合唱》是一部高度概括抗日战争年代中国人民反帝斗争的里程碑式作品，具有极强的艺术感染力和震撼力。从某种意义上说，冼星海的《黄河大合唱》可以与贝多芬的《第九交响曲》相互比美。由《黄河大合唱》改编的钢琴协奏曲《黄河》，至今成为世界音乐舞台上最受欢迎的曲目之一。

读罢该诗，突然感觉这不再是诗，而是一曲荡气回肠的吟唱！"翻腾澎湃"、"悲愤低回"，这不分明是动人心弦的韵律吗？诗人正是用自己的诗歌来咏哦冼星海《黄河大合唱》的高远意境。"山川处处大河心"，诗人表达了对冼星海高度的评价和由衷的敬意，而诗人自己，又何尝不拥有一颗赤诚的"大河心"！

（李晓娟）

江城子·钱塘江大桥

杭人自古叹钱江。水茫茫，费思量。无底流沙，莫测险如狼。汹涌翻腾潮涨落，桥欲架，怎埋桩？

茅公从小气轩昂。渡重洋，攻桥梁。受命于斯，造桥志兴邦。烽火连天终其事，真壮举，业辉煌。

解读

作者自注："以茅以升为首的中国现代桥梁工程先驱在钱塘江上建立了中国人自己设计和施工的第一座现代钢铁大桥，在中国桥梁工程史上树立了一座不朽的丰碑。"

钱塘江乃著名的险恶之江，水文地质条件极为复杂。江底的流沙厚达41米，变迁莫测，素有"钱塘江无底"之说。词的上阕，描绘了钱塘江的汹涌气势，写明了在江上架桥之难。

词的下阕，描写了茅以升远渡重洋学成归来，在极其困难的条件下，迎难而上，慨然受命，建造大桥的壮举。大桥竣工后，为了阻止侵华日军通过大桥运兵至中国南方，茅以升主动将大桥中段炸毁，抗战胜利后重新修复。钱塘江大桥建造于抗日烽火之中，茅以升亲历建桥、炸桥、复桥全过程，始终其事，克尽厥责。全词充溢着诗人对茅以升爱国壮举的崇敬之情。

（李晓娟）

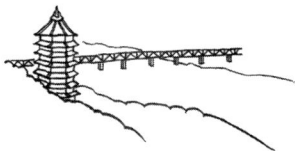

塞纳河

如丝飘带向西流，
三十六桥明月秋。
两岸风情千万种，
联珠合璧一舟游。

解读

这首诗把法国巴黎塞纳河以及它两岸景物风光，呈现在了人们面前。塞纳河发源于朗格勒高原，全长约776公里，流经的巴黎盆地是法国最富饶的农业区。巴黎就是在塞纳河城岛及其两岸逐步发展起来的。塞纳河对巴黎的形成、发展、水运、工业、生活，乃至景色都起着特殊的作用。诗中第一句"如丝飘带"写出了塞纳河的蜿蜒曲折以及它的那种身姿曼妙，而"向西流"则写出塞纳河的流向，"西"字中又有一种时代变迁、岁月流逝的情感。

塞纳河见证了法国的历史，"三十六桥明月秋"则把岁月发展中的情感与人的内心世界结合在了一起，用"三十六桥"不仅描绘了塞纳河上有36座桥梁，而且把时光的点点滴滴凝聚，而明月更是能够照射到人的灵魂深处，诗篇在某种程度上把塞纳河的风光万种和人内心的情感万千一丝一缕地牵在了一起。

诗篇的后两句主要写出塞纳河的美景以及遨游在塞纳河上的那种悠哉游哉之情，塞纳河承载了许多文学家、艺术家和哲学家对其的赞美和感叹之情，同时又积淀了许多历史情结，因此舟漂其上，又岂会少了那种"任我遨游"之情？

（王煜烽）

蒙马特高地

谁解圣心缘底物？
贞德跨马势昂扬。
当年战士殉身地，
夜夜笙歌香艳乡。

解读

"蒙马特高地"作为法国巴黎一个地名，同时作为一首诗名，它注定有一段历史，而且是一段刻骨铭心的历史，必将为世人所永记。"谁解圣心缘底物"一句话将蒙马特高地上那座圣心大教堂展现在人们面前，教堂又与信仰联结在一起，从而将高地与教堂的威严竖立在人们心中。

在这首诗中，女性主义的色彩比较强烈，尤其是女英雄的形象更为突出，圣女贞德的形象则是把女性的英雄色彩表现得淋漓尽致，她将女性主义与英雄主义完美地结合起来，从而赋予了蒙马特高地以贞烈的品质。

"当年战士殉身地"把普法战争这一段悲壮的历史重新上映在我们眼前，那种战火纷飞的场景和一段刻骨铭心的历史永远留在了人们心中，虽然壮士在战争中身亡，但是他们的灵魂永远留存在高地之上。无论岁月变迁和世俗轮回，巴黎公社起义的这一批战士的精神一直激励着一代又一代的法国人民，指导他们最终走向成功。

诗歌最后将整首诗的基调从豪放的笔锋中收起，转而变成一种柔性的色彩，用"夜夜笙歌"写出了世事变迁，使人难以预料，后人在这里建起了歌舞坊，过起灯红酒绿的生活，而"香艳乡"更把这种现实状况阐述得令人深思。

（王煜烽）

巴士底狱遗址

风云突变狂飙起，
民众铁流卷地来。
高狱荡平惊世界，
国王竟上断头台。

解读

作者自注："2011年8月9日，在巴黎参观了巴士底狱遗址广场。当年高耸的监狱早已于法国大革命时期被铲为平地，然而，法国人民永远记住就是在这里掀开了法国历史新的一页。"

1789年，法国巴黎民众奋然起义，并于当年7月14日攻克巴士底狱，揭开了法国大革命的序幕。这一天成为后来的法国国庆节。当时，法国国王路易十六在凡尔赛宫，听到巴黎民众攻占巴士底狱的消息后说："这不是造反吗？"其近臣回答道："不，陛下，这是一场革命。"

路易十六统治时期，是法国旧君主制最繁荣的时期，何以繁荣反而加速了大革命的到来？原来在繁荣、发展时期，精神却显得更不稳定，行政当局存在种种流弊，财政管理不善，特权者、贪婪者、腐败者层出不穷，民众的不满情绪加剧，于是，一场革命终于爆发了。

路易十六处于法国政坛风雨飘摇的时期，1793年1月18日，路易十六被法国国民公会判处死刑，1月21日即被执行处死。路易十六生前曾亲自参与了断头台的设计，将铡刀改成三角形，以便加快斩首的速度，没想到他自己最终也被送上了断头台。

枫丹白露

美泉喷涌草青青，
地阔林深任猎骋。
叱咤风云烟散尽，
马蹄阶下泪挥行。

🌿 解读

法国的枫丹白露宫在诗人笔下是那么的美。"美泉喷涌草青青"，这一句直接将枫丹白露宫园周围的景色呈现在世人面前，同时又与诗名照应，"枫丹白露"本意为美丽的泉水，因此诗篇的第一句就开门见山地将枫丹白露的原意以及引申意阐述给了读者，让我们的内心有一种见物生情的感觉。

第二句"地阔林深任猎骋"中"任猎骋"引用了典故。1137年，法国国王路易六世在"枫丹白露"原身这汪泉水边修建了一座供狩猎时休息用的城堡，位于1.7万公顷的森林之内，因此该句中的"地阔"是指枫丹白露宫的范围之广，而"林深"则是指狩猎的森林之大，"任猎骋"则写出了狩猎时的壮观场景。

诗篇的后半部分笔锋回转，从前半部分描述自然景观向人物以及历史事件转变。拿破仑把枫丹白露宫作为帝制的纪念物，从"叱咤风云"可以看出拿破仑辉煌的战绩，从一个士兵到将军，最后称帝的辉煌生涯，然而"滑铁卢战役"使他一生的辉煌就此落幕。

功成于此，而又在此随风飘逝，拿破仑在这里宣布退位，以眼泪将一生的荣耀慢慢挥去，枫丹白露承载了辉煌与泪水。

（王煜烽）

马赛曲

莱茵战曲势伟雄，

挺进巴黎一路攻。

五百健儿喷热血，

高歌马赛建奇功。

解读

作为法国的国歌，《马赛曲》在法国大革命期间，最受群众喜爱、流传最广。诗人在访问法国最古老的城市马赛之后写下《马赛曲》这首诗，整首诗对英雄的马赛城表达出了永不磨灭的印象。

诗中把《马赛曲》的前身《莱茵军进行曲》的雄壮气势描述出来，用"势伟雄"体现出了这首歌激励了一代又一代的法国人民。诗篇中把为法国奋斗的青春年少的英雄描绘得逼真热情，以"喷热血"之词体现了这些英雄无畏牺牲，敢于为铲除封建王权、建立共和国家奉献自己的一切。马赛人积极支持法国大革命，于1792年派遣500名志愿兵前往巴黎坚决保卫革命政府。他们高歌《马赛曲》，一路奋勇挺进。

《马赛曲》那首歌和《马赛曲》这首诗都表达了法国民众的一种高昂斗志和奋勇向前的精神，诗人表达了法国大革命时期人民的豪情壮志和拼搏之心，把整首诗的基调定格在激昂之中。

（王煜烽）

蒙田塔楼

智慧塔楼四百年，
古松高耸顶苍天。
书房烛火早虽灭，
犹见蒙田伏案前。

解读

蒙田塔楼作为法国作家蒙田一生大部分作品的创作之地，它承载了许多历史和情感，更承载了一个伟大作家一生的品质。作为启蒙运动以前法国的一位知识权威和批评家，同时也是一位人类感情的冷峻的观察家，亦是对各民族文化，特别是西方文化进行冷静研究的学者，蒙田的思想中绝大多数是对历史的一种思考和回顾，是对人性的沉思，因此诗人将"蒙田塔楼"称作是"智慧塔楼"，而又以"四百年"来表现历史之悠久。

塔楼旁边的松树随着年岁的增长早已高耸入云，直插云霄，这期间见证的是塔楼的历史之久，同时也把蒙田的一部分精神品质蕴含在了这古松身上，挺拔耸立，象征着一个伟人的那种正直的精神品质，同时这种精神品质又是随着时间流逝而更加刻骨铭心。

然而，无论是伟人还是默默无闻之人，终究还是敌不过岁月的摧残，书房烛火的熄灭，也宣告蒙田创作的停止，或者说是他生命的终结。蒙田曾想要做到世界上最难做到的事：过自己想过的生活，享有思想的自由，而且变得越来越自由。蒙田到了50多岁，他认为自己已接近这个目标。

虽然蒙田早已离我们而去，但是他的精神财富却永远留了下来，就像塔楼里，我们似乎仍能看到他伏在桌上的身影和它散发出的光芒。

（王煜烽）

雨　果

辗转飘蓬十九载，
暴风巨鸟恋天涯。
一生跌宕才思涌，
心似飞云逐浪花。

解读

　　诗人在法国参观雨果故居之后颇有所得，有感而发写下对雨果一生的描述和感叹。诗人以豪放的笔触将雨果一生的事迹呈现在了人们面前，诗人笔下的雨果充满了传奇色彩，这期间更体现了诗人对雨果的仰慕之情。

　　因路易·波拿巴发动反革命政变，雨果和他的政派失利，被迫流亡国外，前后流亡生涯长达十九年。诗中将雨果特有的情思完美地表述出来。雨果曾经说过："我是一只暴风雨中的鸟儿。我开始感到对云、对浪花、对风暴的需要。现在要我完全居住在城市是困难的，我对大西洋有一种眷恋。"诗人以一句"暴风巨鸟恋天涯"恰到好处地写出了雨果的这种浪漫不羁的情感，同时又以"心似飞云逐浪花"把雨果内心的那种情怀提高到了又一种境界。

　　作为19世纪前期法国积极浪漫主义文学和人道主义的代表作家维克多·雨果，他的一生跌宕起伏，更在诗人的诗中为他披上了一件神奇的纱衣。

（王煜烽）

莫奈睡莲

漫天芳草迷离色，
光影荷塘一瞬留。
莫奈莲花真亦幻，
朦胧奇境驻千秋。

解读

莫奈（1840—1926），法国著名的印象派画家。从1883年起，他定居于巴黎市郊，修建了一座植满睡莲的小花园。他一生迷醉于光和影的描绘。当自然光打在景物上时，人们原本以为固定不变的颜色发生了改变，光和影营造出了特殊的效果，莫奈渴望捕捉眼睛在这一瞬间的印象。

莫奈在晚年着手创作大型组画《睡莲》。1926年12月，在完成《睡莲》这幅巨作的第二天，莫奈这位印象派大师永远地告别了人世。

在《睡莲》的画面上，莫奈对于光和影的追求达到了极点，时间仿佛在画家作画的一刹那停留了下来。莫奈的画作不追求逼真的效果，而是致力于光影作用于视觉的瞬间。他所创作的《睡莲》组画，给人们留下了无限的流动感和永远的生命诗意。

本诗作者于2011年8月4日参观了法国巴黎奥朗吉里博物馆，深深惊叹于莫奈巨作《睡莲》所呈现的天光云影和花草水波。

罗　丹

浮生悲苦石中铸，

地狱精雕举世珍。

临死丹心犹沥血，

艰辛历尽得知音。

🌸 解读

《罗丹》这首诗以简短的 28 个字贯穿了法国罗丹这位伟大雕塑艺术家的一生。他一生的悲欢离合，苦痛磨难等等都是他艺术创作灵感的源泉。诗中写到他的人生悲苦尽在"石中铸"，可见其人生之悲之壮；诗人笔下的罗丹是一个伟人，更确确实实是一种精神的化身，是一种执着、不屈不挠精神的化身。

罗丹根据《神曲》创作的《地狱之门》，共塑造了 186 个艺术形象，成为享誉世界的名作。罗丹的作品《加莱义民》，这组大型纪念碑雕塑以恢弘而真实的历史情境，表现了一种极为悲壮而崇高的精神气节与牺牲行为。诗人眼中的罗丹也正是经历了这些历史情境后，有了情感的体验，最后有一位伟人的诞生。

整首诗的风格带着一种豪放不羁的情感，将罗丹一生跃然于纸上，笔锋回转之处，写出了诗人对罗丹的敬慕之情，最后，把艰辛历尽的一个伟大艺术家展现在了世人面前。

（王煜烽）

梵 高

浑身热血奔流急，
心似太阳烈火烧。
南国海天落日远，
悲伤罗纳自滔滔。

解读

这是一首以豪放为主调的诗篇，字字都体现出一种情感，一种令人内心汹涌澎湃的情感。以"梵高"为诗名，从而注定这首诗的不寻常，这位奔向太阳的画家，他的一生就像向日葵，在烈日下生长。

本诗开头就用"浑身热血"写出梵高那种激情和对生活的热烈情感，他身上的热血，是他奔向太阳的动力，唯有浑身热血，才会有梵高不屈的精神，在第一句中写到"奔流急"，梵高体内热血的澎湃和奔流，同时在奔流过程中又十分湍急，更显示出一种激情，为后面的情感奠定基础。

"心似太阳"则描绘出了诗人对梵高的最直接评价，一个奔向太阳的画家，他的内心犹如烈火在燃烧。梵高扑向太阳，在太阳的光芒下闪闪发光，最后融化在太阳的胸怀当中。

梵高在法国南部海滨罗纳河畔创作了大量油画，诗人将梵高的作品《落日》、《海》完美地蕴含到了诗篇当中，最后也将梵高的结局以"悲伤罗纳自滔滔"呈现在了世人面前，一代画家随着太阳的落下终于陨落了，但他永远活在世人的心中。

（王煜烽）

中国加入世贸组织

十五春秋坎坷路，
青丝染作白头人。
回眸笑数过来事，
开放强国最足珍。

🌿 解读

"十五春秋坎坷路，青丝染作白头人。"这一句充分地说明中国加入世贸组织的艰难和长久。"回眸笑数过来事，开放强国最足珍"，这一句体现了诗人笑看风云的心态，对中国加入世贸组织来之不易的珍惜和欣慰。我们回首 15 年，征途漫漫，风雨兼程；我们回首 15 年，孜孜不倦，努力奋进。15 年后，我们终于在风雨之后感受到了彩虹的美好。

从 1986 年到 2001 年，中国走过了漫长的谈判过程。中国第四任首席谈判代表龙永图说："我们谈判过程中遇到很多障碍，在当时看来许多困难似乎不可逾越，现在回过头来看，大山变成了小山包。"

这首诗给了读者很深刻的启示，如此艰难，中国也要加入世贸组织，因为入世对我国来说是一个重要的转折点。进入 WTO 之后，欣喜与压力同在，机遇与挑战并存，所以掌声过后应是奋进。我们应该更快、更好地融入世界经济社会；我们应该增加出口贸易，引进外资，激发国企竞争意识；我们应该扩大就业机会，鼓励创业创新。我们要真正体现强国实力，提高国际地位，实现中华民族之伟大复兴。

（叶城均）

中国申奥成功

海到天边终有岸，
山临绝顶我为峰。
登攀不止成正果，
更快更高数巨龙。

解读

"海到天边终有岸，山临绝顶我为峰"，海再宽再广，即使到天边，终会有岸。我们登上了绝顶，我们自身就是山的巅峰。这告诉我们做事要脚踏实地，不懈努力，一定会获得成功。

"登攀不止成正果，更快更高数巨龙"中的"巨龙"比喻中国。这一句描绘了中国不断奋进，攀登高峰，终于成功申奥，体现了更快更高的体育精神。

2001 年 7 月 13 日是一个历史性时刻，是一个让我们炎黄子孙都铭记于心的时刻，那一天，中国北京申奥成功，实现了中国人的百年"奥运梦"。这是一代又一代中国人共同努力的结果，这也是我们中国人的无上光荣。

诗人写下这首诗，表达了他对中国申奥成功感到无比激动的心情，抒发了他对中国强大实力的自豪感。曾经遭受百年屈辱的中国，曾经被西方列强侮辱为"东亚病夫"的中国人，在申奥成功之后，终于实现了多年的夙愿，增强了综合实力、民族自豪感和凝聚力。我们为中国巨龙骄傲，为申奥成功欢呼！

（叶城均）

圣火上珠峰

登攀冰壁雪风中，
山脊滑行气势雄。
圣火珠峰亲热吻，
祥云一炬照天红。

🌿 解读

此诗是诗人于 2008 年 5 月创作。当年在中国首都北京要举办奥运会。中国队员们要高举火炬，将它送上地球最高峰——珠峰。

队员们第一天攀登难度较大的北坳冰崖，到达了海拔 7028 米的北坳基地。

第二天，沿着山脊走向滑行，艰难地通过了 7500 米的大风口。

第三天，队员们到达登顶前的最后一站——8300 米的突击营地，准备发起冲击。

第四天，即 2008 年 5 月 8 日 9 时 17 分，当已经牺牲的登山英雄仁那的妻子吉吉坚韧而勇敢地擎起拥有桔黄色火焰的"祥云火炬"登上了峰顶，开始了人类第一次在珠峰峰顶传递奥运圣火的壮举，创造了人类和奥运火炬传递的奇迹。

圣火在珠峰传递，见证了人类打破挑战极限的神话。有资料显示：海拔 7000 米是陆地动物生长的极限。8000 米以上则被称为高山死亡地带。结果这一天，中国登山英雄登上了 8844.43 米的珠峰峰顶。在那里，高举火炬，百年奥运的圣火亲吻了地球之巅。全世界在电视屏幕上，看到了展示在峰顶的五星红旗、奥运五环旗和北京奥运会会旗。本诗就是诗人描写和讴歌中国运动员们这一英雄壮举的佳作。

全诗以登峰为线索，首写登冰壁，再写滑行山脊，最终赞颂到达峰顶。

　　首句下笔，以高呼攀登艰难之语开始，先声夺人。运动员们在漫天飞舞的大雪中"登攀冰壁"。冰壁，不同于石壁、山壁，更光滑、更难爬，而且有随时塌崖的危险，与生命攸关。天气又寒冷，温度低；又有大风，人易晃动、跌倒等等；艰难和危险，不是可以用文字来描尽的。但中国运动员要征服它们，攀登而上，这真是一个足以感动天地的英雄壮举。"冰壁"，突出他们爬越路线的不易；"雪风中"，是写他们所处环境的恶劣。

　　次句写运动员们的坚强意志。山脊，与山径不同。山径，毕竟有径，有道可行；山脊，是无路可行的，更为狭窄、陡峭，攀登异常危险。例如，黄山天都峰的鲫鱼背，穿行时要屏住呼吸，头晕眼花，一不小心，就会掉入万丈深渊，粉身碎骨，而珠峰上的山脊，更险更陡。但是运动员们意志更为坚定、沉着，攀越而上。一个"雄"字，点出了运动员们的英雄气概。

　　上述两句，用字不多，却淋漓尽致地写出了攀登的艰难和危险，以及英雄们的大无畏精神。

　　第三句，描写圣火终于到达珠峰，奥运火炬大放异彩。"圣火"，指奥运火炬。一个"圣"字，表达火炬的神圣与庄严，指出它的意义不同凡响。这个"吻"字，说明奥运火炬在珠峰顶上亲吻着，相互拥抱在一处，异常亲热。诗人用拟人化的手法，化静为动，化抽象为具体，写出了诗人的喜悦情怀，及对奥运会的热情歌颂。"祥云火炬"是人类之光，在地球的最高处燃烧、闪耀，昭示着我们的时代是一个伟大的时代。祥云，是火炬的名称，更象征着吉祥的云彩，象征着中国人民的吉祥好运。"照天红"，诗人用了夸张的手法，说圣火将整个天空都照亮了，这象征着中国人民举办奥运会，给人们带来了希望，带来了和平。"红"字用得极妙，不仅写出圣火的颜色，也反映出胜利后的喜悦。诗人对举办奥运会的快乐，对祖国的祝福，以及衷心的祝愿，溢于字里行间。

这首诗，可以说诗人以一双智慧的眼睛，发现了独特的题材，大胆进行构思创作。写圣火上珠峰的诗篇，是极少见的。2008年中国举办奥运会，各地传递火炬，激情飞扬，触动了诗人的灵感。火炬在世界屋脊上照红天空，"必先有所触而兴起，其意、其辞、其句劈空而起"，诗人情不自禁地要大声歌唱，为中国运动员的大无畏精神而歌，为他们坚韧不拔、百折不挠的精神而歌，为中国人向人类的极限挑战而歌，为中国人民创造的奇迹而歌。

这是一首赞美中国人民豪情壮志的优秀诗篇。

这是一首歌颂我们伟大时代的佳作！

这是一种成功的创新、新颖的变格。全诗用词"如食橄榄，真味久愈在"（宋·欧阳修）。诗意新颖，遣言贵妍。登珠峰是最摄人心魄的壮举，诗人将它化成了可感可敬的英雄形象，融入诗篇，不流于抽象，语言生动、形象。"火炬照天红"，道出了广大人民的喜悦心情，也展示出它的不平凡意义。

（邵介安）

贺北京奥运会

多灾多难练心志，
圣火终燃万里天。
东亚病夫成历史，
卧龙一跃上峰巅。

解读

此诗作于 2008 年 8 月。在 2008 年奥运年，中国成功地战胜了各种各样的挑战，包括雪灾、四川大地震等，这一系列的灾难对中国人是一种艰苦的历练。正如孟子所说："天将降大任于斯人也，必先苦其心志，劳其筋骨，饿其体肤，空乏其身，行拂乱其所为，所以动心忍性，增益其所不能。"（《孟子·告子下》）这一年，频频受阻的奥运圣火终于传遍五大洲，中国成功举办了一届"无与伦比的奥运会"，并夺得了金牌魁首。

作家梁羽生说："过去中国人被人称为'东亚病夫'，现在不但不是病夫，而且体育成绩很好，奥运会的奖牌名列前茅。中国是条卧龙，卧了这么多年，现在卧龙苏醒、腾飞了！"

当举国欢呼之后，诗人用笔记录下了内心的喜悦。中国在多难之中的崛起，从贫穷衰弱到卧龙腾飞，这并不是一个简单的过程，需要几代人的共同努力与不懈奋斗。北京奥运会的成功举办，显示了中国人民前仆后继、团结一心，这样才能将圣火引入中国，将中国走向世界。诗人通过北京奥运会看到了中国的崛起和强大，既是贺北京奥运会，更是贺整个中国！

（曹蕾）

雨　燕

湖边桃李愁风雨，
雨燕迎风一剪轻。
衔土勤飞连日夜，
鸟巢万口竟啄成。

🌸 解读

春日的桃花李花明艳夺目，然而经历一场风雨，一瞬间便凋零飘落，风光不再。雨燕却是另外一种姿态，它体型虽小，而飞行能力极强，速度快且敏捷。郑振铎写道："一身乌黑发亮的羽毛，一对劲俊轻快的翅膀，加上一双剪刀似的尾巴，凑成了那可爱的活泼的一只小燕子。"雨燕多集群活动，营巢于建筑物缝隙处或岩壁口。本诗以雨燕为代表，泛指燕子。燕子不惧风雨，辛勤劳作，以瘦小的身躯、有限的运力，凭着坚持不懈的意志，建成了一个又一个鸟巢。

对于鸟类来说，营建一个巢，是一件十分浩大的工程。根据鸟类学家的精确记录，一个小小的喜鹊鸟巢，需衔取巢材 666 次。至于大一点的鸟巢，则需取材上千次。在南非一片半干旱的平原上，有一个巨型鸟巢，长 20 英尺（约合 6 米）、宽 13 英尺（约合 4 米）、厚 7 英尺（约合 2 米），内含 100 多个隔间，可谓世界上最大的鸟类大厦，它的取材次数当以万计。

2008 年北京奥运会主体赛场，其设计形态如同孕育生命的"巢"，被命名为"鸟巢"，其寓意耐人寻味。论羽毛燕子没有孔雀那么漂亮，论嗓音燕子没有百灵那样婉啭，可是，人们喜欢燕子。"晴丝千尺挽韶光，百舌无声燕子忙。"（宋·范成大《初夏》）燕子，已不仅仅是燕子，它已经成为中华民族传统文化的象征，融入到了每一个炎黄子孙的血液之中。

风入松·"神舟五号"飞船发射成功

碧空万里好清秋，利箭送神舟。扶摇直上疾如电，翔天去，玉宇遨游。信步九霄云汉，千年梦寐得求。

飞船绕地越十周，振翅竞风流。图强百载鸿篇展，壮国威，誉满全球。一艇重回随意，已与俄美同俦。

解读

风入松：词牌名，古琴曲有《风入松》。传为晋嵇康作。词最初是伴曲而唱的，因此该篇的用词也是浅显易懂且朗朗上口。

2003 年 10 月 15 日，我国"神舟五号"载人飞船发射成功。该词的上阕主要描写的是"神舟五号"发射的情况，属纪实。"碧空万里好清秋，利箭送神舟。"这里点明了"神舟五号"发射的时间和当时的天气，秋意清新，碧空万里，天气晴好，让人能从字里行间读出一种雀跃、激动的心境。

"扶摇直上疾如电，翔天去，玉宇遨游。"火箭急速上升在玉宇苍穹中遨游，似有一种飞龙在天睥睨众生的豪迈，短短几个字就让人看到了"神舟五号"的英姿。

"信步九霄云汉，千年梦寐得求。"飞船"信步"在九霄云汉，放怀万里山河，确是带着中华民族几千年来的飞天梦。几千年的宿求得以实现，诗人虽然用了"信步"这个状似闲适的词，但激动和自豪的感情已经流露了出来。

词的下阕对"神舟五号"发射成功给予了极高的评价，同时充满了民族自豪感。"飞船绕地越十周，振翅竞风流。图强百载鸿篇展，壮国威，誉满全球。""神舟五号"载人飞船在轨自主运行了 14 圈成功返回地球，这一项历史性的成就不仅是对中国航天技术的肯定，更让中国"壮了国威","誉满全球"。

"一艇重回随意,已与俄美同俦。"这一句中的"随意"用得十分巧妙,任情适意,充分表现了"神五"返回地球的平安顺利,这一词正是对中国航天技术极大的肯定。而这"随意",也让中国成为了继俄罗斯、美国以后,第三个有能力自行将人送上太空的国家。

整篇诗词都洋溢着诗人对"神五"发射的激动心情,诗人在其中也充分表达了自己的民族自豪感,其实这不仅仅是诗人个人的感情,更表达了全体中国人民、整个中华民族的自豪之情。人类历史也终将记住这个属于中国更属于全人类的"辉煌的时刻"!

（陈小芳）

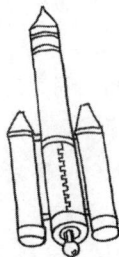

蛟龙探海

皓首苍颜两鬓霜，

十年辛苦不寻常。

蛟龙潜水七千米，

瀚海遨游探底翔。

解读

2012年6月，中国人在马里亚纳海沟进行的蛟龙号载人潜水作业创造了一项新的世界纪录。深度达到7062米！这一深度，使中国从此可在占世界海洋面积99.8%的广阔海域进行各种科考，探寻资源。从一张张图纸的设计到蛟龙号诞生，从1000米、2000米、3000米、5000米到7000米级的下潜深度，这条凝聚着蛟龙号团队十年心血的"中国龙"，终于实现了中国人千百年来遨游深海的梦想。

2012年，徐芑南76岁。他是蛟龙号总设计师。从风华正茂到皓首苍颜，他一直梦想着把中国潜水器送入深海。十年来，徐芑南克服了多种疾病，与崔维成等科学家一起，为蛟龙号突破7000米深度鞠躬尽瘁。

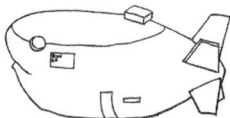

香山红叶

满山秋色艳如火，
一片红枫寄寸思。
梦里梅香通夜唤，
始知佳丽守多时。

解读

有感于高君宇与石评梅的化蝶传奇而作。高君宇曾任孙中山的秘书，他也是周恩来与邓颖超之间热诚的"红娘"。1922 年春的一个假日，高君宇在北京山西同乡会大厅进行关于科学、民主、自由问题的演讲，在场的石评梅感到句句说到了自己的心坎里，她确认自己遇到了真正的知音。石评梅出生于山西的一个书香门第，她的诗歌和散文当时与冰心、林徽因齐名。

高君宇对爱国事业的热忱，石评梅的清丽典雅及对青年命运的关心，使他们互萌了敬重之心。1923 年秋天，石评梅收到了高君宇的一封信，刚刚拆开，一片香山红叶悄然飘落在床头。1924 年秋天，高君宇随孙中山从广州到北京，一路劳顿，高君宇肺病复发住院。一次，石评梅来看望他，高君宇睡着了，石评梅便写了张纸条："当梅香唤醒你的时候，我曾在你的梦中来过。"

1925 年 3 月 6 日，高君宇病重去世，年仅 29 岁。石评梅太过悲伤，于 1928 年 9 月 30 日离开人世，年仅 27 岁。他们的墓位于北京陶然亭湖畔。新中国成立后，周恩来和邓颖超曾几度来到"高石之墓"前凭吊。

玛瑙寺

葛岭葱茏藏古寺，
青山信史共千年。
桃花逐浪杳然去，
先祖长居湖水边。

✿ 解读

杭州玛瑙寺建于公元946年，最初建在孤山玛瑙坡，并因此得名。公元1151年（南宋绍兴二十一年），因孤山扩建四圣延祥观，玛瑙寺迁移至葛岭山麓。

中国国民党荣誉主席连战的祖父连横，曾两次来到杭州：第一次是在民国初年（1912年），他到杭州后，留下了"他日移家湖上住，青山青史各千年"的诗句。当时，连横正在编著《台湾通史》，定居西湖的愿望一时无法实现。第二次是在1926年春天，当时，连横编著的《台湾通史》已经出版，他带着妻子沈少云来到杭州，居住在西湖葛岭山麓的玛瑙寺内。到了1927年初春，由于北伐军兴，杭州成为激战前沿，所以，连横夫妇不得不告别杭州，返回台湾。

2006年4月22日，连战一行来到玛瑙寺参观，并在寺内留下了"桃花流水杳然去，僧佛自在天地间"的墨宝。2008年12月18日开始，玛瑙寺以"连横纪念馆"的名义，供人们参观。

海南博鳌圣公石

三江喷泻势汹汹，

怒海掀涛上半空。

巨浪夹冲无所惧，

岿然不动圣公雄。

解读

　　圣公石位于海南博鳌九曲江、万泉河、龙滚河的入海口。诗人描写的是三江的雄伟景观，通过它来赞颂圣公石的坚强不屈的品质。

　　诗歌开头两句，以描写起笔。喷泻，是指水流冲击力量的巨大，气势冲天。喷，指水流经过峡谷，顿时数条江水汇聚，似千军万马冲锋在先，势不可挡；泻，是指水流冲向空中，又像倾盆倒下，哗哗哗地掀起了千层浪，水浪冲天，令人惊心动魄。我们从"喷泻"两个字中可以看到，诗人笔力非凡，功夫老到。用字仿佛有千钧之重。汹汹，水势急迫的样子，更现出三江激流澎湃的雄伟气势。第二句中的"怒"字，显得水流极不平静，浪花飞溅，恶浪滚滚，水流极为凶恶、恐怖。"上半空"，由于三江水力量惊人，冲到极高处，又重重地甩落下来，汇成急流而去。作者用夸张的手法，描写了三江水"惊涛拍岸，卷起千堆雪"的雄伟景观，令人胆寒。诗人描写三江凶险异常的水势，目的是渲染一种令人恐怖的气氛，突出圣公石的临危不惧、坚强勇敢的精神。

　　第三四句诗，是诗人观后发出对圣公石的由衷赞叹。夹冲，是指圣公石受到数股水的重重包围和压迫，左推右搡，三江水的猛烈冲击，可是圣公石，像中流砥柱一般，一动不动，坚强而勇敢地挺立在那儿。岿然：岿，kuī，高大独立的样子。诗人用"岿然不动"四字，形容圣公石的坚固、顽强，不可动摇的雄姿。"雄"：指圣公石像英雄一般。也可注解为圣公石的坚强、勇敢的品质。诗人在这里借物抒发了自己的胸臆和追求，也是对中国人民的赞美，歌颂人们在实现中华民族复兴的"中国梦"征程中，像圣公石一样，勇敢、坚强，敢于拼搏，取得一个个胜利。

本诗中的"雄"字，是全诗的主旨。诗人描写了三江和圣公石，其意是借物抒情。"仁者之勇，雷霆不易"。当前，中国人民在实现现代化的征程中，更需要圣公石的精神。"雄"字是全诗的灵魂。

本诗的语言风格是浑厚有力，粗犷豪放，气势雄壮，极为感人。诗句中处处用字气势不凡，字字铿锵，掷地有声。"立片言而居要，乃一篇之警策"。用寥寥数笔，在关键处点明题意，文句精炼，而含意深切，写三江，描圣公石，"蔚以雕画"，笔力千钧，倍受鼓舞。

（邵介安）

采桑子·海南天涯海角

南天一柱海边立，椰树云霞。

椰树云霞，万里清波抱宝沙。

绝非远古蛮荒地，海角天涯。

海角天涯，四季和风四季花。

解读

"天涯海角"是位于海南岛最南端的一个风景胜地。巨大的花岗岩礁群，雄峙海滨，巍然壮观。他是地球在喜马拉雅山造山运动时期海陆变迁时留下的地质遗迹。这些岩礁，有的势如猛虎，有的嬉如蛟龙，尤为著名的是两块高10米，长60米的相依相偎的巨石，上面分别刻有"天涯"和"海角"四个字，似乎渗透着一种既悲凉而又雄壮的氛围。

令人触目的是，在靠近海水不远处的一块锥形巨石上刻有"南天一柱"四个字，让人产生敬畏之心，一种顶天立地的豪情从人们心中油然而生。诗人怀着满腔豪情，写下了这首优秀的诗作。

词的上阕，首先写"南天一柱海边立"突出这里的气势不凡。"南天"，指出了地点。"一柱"：指的是巨石，像一根擎天柱巍然壮观地挺立着，颇有大丈夫的气概。"海边立"，指巨石立在海边上。一个"立"字，说明它的坚强不屈，在暴风大浪的压迫下，没有倒下，足见它的英雄气概。言少而意多，笔落千钧，意义极为深远。

"椰树云霞"。这是描写海南的植物及景观。这里椰树、蓝天、巨石、海水等等，组成了壮观的景色，十分诱人。诗人不写其它景物，而是用一双慧眼，捕捉海南特有的景观，写出了海南独有的美景。视角新颖，颇具匠心。

"椰树云霞"。这里运用叠句，不是简单的重复，而是强调这里的特色，目的是加深读者对这里的印象。这正如刘勰所言："酌奇而不失其真，玩华而不坠其实。"词意底蕴深厚。

"万里清波抱宝沙。""万里"：写疆域的宽阔，气势不凡。"清波"：指海水清澈而可爱，与"云霞"相呼应。"宝沙"：说明这里的"沙"不是普通之物，而是纯净可爱，价值之高。这句词，描写沙滩横亘于蓝天碧海之间，美得醉人，使人产生"不知何处有天涯"之感。这句词中，一个"抱"字，不仅写出海水缠绕沙滩之状，而是抒发了诗人热爱山水的深厚情感。一个"宝"字，点出了海南沙滩的可爱。

词的下阕。"绝非远古蛮荒地"。这是对历史的回顾，也是对今日盛世的写照。在古代，这里曾被视为"蛮荒绝地"，成为历代朝廷陷害忠良、发配流放的地方。据统计，历代被贬谪海南的志士仁人，竟达50人之多。因此，这里以其特有的历史悲剧而闻名于世。如今，"俱往矣"，这里已出现繁荣的景象，海南开发，商贾云集，群贤毕至，已成为富庶之地，成为人们大展身手的沃土。诗人用"绝非"词语对海南今日之辉煌，作了充分的肯定。

"海角天涯"。即是对此地域方位的描写，也是对过去历代朝廷陷害忠良的一种感慨，更是对今日新成就的一种由衷感叹。

"海角天涯"。诗人运用叠句对此热烈地歌颂，使人"感心动耳，荡气回肠"，产生无限的遐思和感慨。忆历史，看今朝，更加热爱这方土地。

"四季和风四季花"。这里写的"风"，有两种含意：一是指自然景象，一是指今日的和谐之风。如今，人们对这里赋予了崭新的内涵，展示着海南四季如春的风光。四季花，指鲜花常年开放，显示着这里春意盎然，生机勃勃，处处是美好的景象。

全诗借景抒情，通过海南天涯海角旖旎风光的描写，歌颂这里发生了翻天覆地的变化，处处是新气象、新成就，令人赏心悦目。

诗人用热情的语言，赞颂了我们这个伟大的时代。全诗格调高雅，主旨突出，可读性强。

"镂冰文字贵工巧"（宋·黄庭坚）。诗人用词是花了很大功夫的。如上片的"立"，写出南天一柱顶天立地的英雄气概；一个"宝"字，说明海南之可爱。下阕的"绝非"，表达了语气的坚决和肯定。这些词语，看似普通，其实是"掷地当作金石声"。

（邵介安）

凤凰古城

烟雨沱江入夜时，
纵横街巷万人熙。
灯笼红亮家家挂，
满镇姜糖满口饴。

❀ 解读

这首诗是一幅美丽的山水画，也是一幅具有古色古香有民族特色的风情图。

凤凰城座落在湘西，是一座风情别致的古城。凤凰是鸟中之王，传说古时有一对凤凰从这里拍翅而起，小城便有了这样一个美丽的名字，一直流传到现在。

"烟雨沱江入夜时"。烟：这里该是薄雾或水气。烟雨濛濛，似纱似雾，美丽的沱江被笼罩着，它的美丽的容颜仿佛不让人瞧着似的，显示出它的含蓄、娇美、更吸引人。入夜时：表明时间。诗人用深情的笔，描绘出了凤凰古城的梦幻般的迷人的夜景。

"纵横街巷万人熙"。熙：玩乐、嬉耍之意。这句诗是说，走过伫立在沱江之上的虹桥，循着台阶而下。经过一条宽约一人的夹道向右，便是纵横交错的古街了。窄窄的石板路上，人们熙熙攘攘，热闹非凡。万人，形容人数众多。一个"熙"字，表现出人们怡然自乐的心情。

"灯笼红亮家家挂"。挂灯笼，是我国古老的一种风俗，逢重大节日，都要张灯结彩，表示吉祥如意的意思。灯笼又红又亮，象征人们生活的美好，红火。家家挂，说明本地居民生活幸福，也表示出对广大游客的热情欢迎。这句话，画出了人们的美好、快乐的心态。

这里处处洋溢着热情、友好、安宁的氛围。

"满镇姜糖满口饴"。姜糖，是用生姜的汁液掺和一些饴糖而制成的一种糖类，对身体有良好的功效。满镇，说明姜糖之多；满口，说明人人爱，品赏乐享。饴，甜味。各地的游客到此游玩，边走边尝这里的姜糖，品尝着美味，该是多么快乐的事情啊！

凤凰城之所以这样名闻遐迩，吸引着广大游客，这与我国著名作家沈从文先生曾在此居住有关。沈从文20岁之前，生活在这座古城，20岁之后生活在对这座古城的印象里。张充和女士这样评价沈从文："不折不从，亦慧亦让；星斗其文，赤子其人。"恰好将"从文让人"四字嵌于其中，这也是对沈从文先生一生中肯又恰当的评价。凤凰古城由于沈从文先生的居住及其文章的介绍，尽得风流。

全诗中，诗人用饱含深情的笔，描绘了湘西的风土人情，歌颂了祖国河山的秀美和可爱，赞颂了劳动人民创造的物质文明和精神文明，反映了古人给我们留下许多丰富的丰厚的遗产，值得珍藏和爱惜，抒发了人与自然的和谐，歌颂了我们今天的美好生活。

全诗形象活泼灵动。凤凰城之古，农家乐之欢，沱江之美，游客之悦，处处跃然纸上。句句皆取动势，例如首句烟雨笼罩沱江，第二句在街上人们嬉耍玩乐，第三句家家悬挂红灯笼，末句品尝姜糖等等，字字都写出古城可感可亲可乐，"状难写之景，如在目前；含不尽之意，见于言外"，"更无一字不清真"。

（邵介安）

桃花村

消尽冬云草木新，
春来红树满山林。
村前遍是桃花水，
不向青溪洞口寻。

解读

"消尽冬云草木新，春来红树满山林"。消尽：说明冬天已完全过去，没有冰冻的痕迹了。冬云：指代冬天。草木新：草木皆绿、春意盎然。一个"新"字，点出了草木的欣欣向荣，旺盛的生命力，给人增添了无限的喜悦。红树：指桃花树，因为春天来了，千朵万朵桃花开，所以整株树木皆为红色。满：不是指一株桃树，而是漫山遍野都是此树。这两句诗是说：天空中冬天的乌云已经全部消尽了，季节转换，时序变更，美好的春天已经到来，草儿返青，披上绿妆，树木抽出新的枝条，长着嫩绿的叶片，仿佛穿上了新衣。春意浓浓，山坡上桃树一片绯红，像一片红霞笼罩着山野，美丽极了。这两句诗，诗人运用妙笔，写出桃花村春天的新景观。

"村前遍是桃花水，不向青溪洞口寻。"王维在《桃源行》一诗中写道："春来遍是桃花水，不辨仙源何处寻"。写的是武陵源中那位渔人，离开了桃源之后，第二年春天再去寻找洞口却找不到了。而此诗的作者黄学规写的是"不向青溪洞口寻"，其意是说，如今现实中的村庄就像桃花源一样美好，不必去寻找那个洞口了，这是对现实新农村的讴歌，也是对美好大自然的赞颂。诗句中的"遍"字，状村里桃花之多。"不向青溪洞口寻"，用衬托的方法，说明桃花之盛，处处是美景，不必去寻找那个"世外桃源"。作者手法多样，灵活变化，言少意多。

　　本诗写的是当今美丽新农村的一个缩影。诗人用一双慧眼，摄取了新农村的一个镜头，用热情洋溢的笔触，歌颂了当今新农村的新景象。

　　夸张手法的成功运用，是本诗的一大特点。例如"树"，诗人写的是"红树"，全树皆为红色，十分独特，美感性特强。又如写村里桃花之多，写它"村前遍是桃花水"，说明整个村各条水流中都是桃花的花瓣，足见桃花之多也。

　　本诗从《桃花源记》等古代诗文中，汲取营养，并进行变化，予以创造，是古为今用的一个范例。

（邵介安）

南歌子·泸沽湖

峻岭崇峦上，雄伟格姆山。

满湖碧水映峰巅，宛若晶莹美玉嵌人间。

篝火村头亮，笛声彻夜欢。

摩梭儿女善歌弦，都道泸沽自在赛神仙。

解读

泸沽湖，又名左所海，俗称亮海，位于四川省淳山彝族自治州与云南省宁蒗彝族自治县之间，湖面海拔约 2690 米，面积约 48 平方公里，湖水清澈，风景优美。泸沽湖四周最高的山峰是格姆山，海拔 3754 米。

本词上阕，首先描写了泸沽湖及其周边的自然景色，通过"峻"、"崇"、"雄伟"三个形容词将格姆山的雄壮准确地表现了出来，巍峨山峰景象如在眼前。在描写完格姆山之后，下一句自然的由山到水，碧水峻山，浑然天成。而对于泸沽湖美若晶莹美玉的比喻也更似作者情不自禁的一声由衷赞叹，更显情真景美。

美丽的泸沽湖周边的居民主要为摩梭人，而在摩梭的神话传说中，格姆山是格姆女神的化身，转山节是摩梭人朝拜格姆女神的节日，这一天摩梭人身着盛装，围着山峰上的女神庙转三圈，一边转一边撒五谷，敬献贡品，祈求女神福佑。摩梭村寨每晚都要举行篝火晚会。传说摩梭人会跳 72 种舞蹈。

本词下阕通过对"篝火"、"笛声"等意象，把能歌善舞的摩梭人的生活生动具体地通过语言具象化了。全诗引人入胜，仿佛将读者带到了这个温馨的自然仙境，欣赏摩梭人在母亲湖的湖光山色中最大限度地展示自己淳朴的本色。

（陈小芳）

灯　塔

茫茫雾海浓黑夜，
一塔光明指路恩。
五代传薪心底亮，
百年孤独守灯人。

解读

1883 年，东海白节山灯塔建成，几十年后，叶来荣带着一家老小来到小岛上，成为一名灯塔工。他这一守便是一辈子，而且竟开启了一家五代人的命运。第三代守灯人叶中央被评为全国最佳灯塔工、上海市劳动模范、全国劳动模范。1982 年，叶静虎接了父亲的班，成了白节山灯塔的第四代守灯人。叶超群是叶静虎唯一的儿子，2013 年 4 月，大专毕业的他在爷爷和父亲的影响和支持下，也登上灯塔，成为叶家第五代守灯人。

叶中央说："只有灯塔一直亮着，航行在茫茫大海上的船只才会安全。人要有事业心，我希望我的子孙世世代代把我的事业传承下去。"叶静虎说："从灯塔下来后，干什么活儿都不怕苦了，也不怕累了。"叶超群说："作为一个海岛人，我也很喜欢灯塔。"

灯塔被喻为"大海的眼睛"，给夜航者指明一条前行的路。然而，灯塔工在荒凉的小岛上却与寂寞相伴。叶氏家族五代守灯人演绎了一部百年孤独的灯塔传奇，令人敬佩不已。"五代传薪心底亮，百年孤独守灯人"是对叶氏家族由衷的赞美。

青　灯

青灯一盏任风雨，
淡水半杯且代茶。
日日从容勤秉笔，
心平脚稳度年华。

解读

这是一首描写著名作家沈从文在"文化大革命"中不屈不挠生活的事迹。

"青灯一盏任风雨，淡水半杯且代茶。"青灯，指油灯，陆游诗云："白发无情侵老境，青灯有味似儿时。"风雨，比喻"文革"期间的动乱环境。且，暂且。这两句诗是写沈从文在灯下笔耕不息，在险境中，生活异常艰苦，以水代茶，他抱着从容的态度，乐观地对待生活。

"日日从容勤秉笔，心平脚稳度年华"：秉，执，握的意思。这两句是写沈从文老先生持之以恒不断地进行写作，心态平和，脚步平稳，踏踏实实地过着不平常的岁月。

这首诗歌，歌颂了沈老不怕环境艰难困苦的高尚品质，以及他在逆境中表现出可贵的安详而从容的思想境界，和扎扎实实一步一个脚印善待生命的生活态度。"文革"中沈老被安排在干校劳动改造，条件十分清苦，他在油灯下，凭着记忆写完了一部约 20 万字的中国服装史。这首诗不论是对处在逆境中的人，或是处在顺境中的人，对沈从文的人生态度和不怕困难的精神，都值得效仿学习，为之动容。

本诗细节描写颇为出色。"青灯一盏"，这是一件小事，却生动地勾勒出沈从文的艰苦环境，"淡水半杯且代茶"，七个字描绘出沈老的从容生活态度。作者善于捕捉细节描写，以少胜多，"笔短趣长"，"常使意气有余。"

（邵介安）

琴　痴

布履黑衫儒雅翁，

傅聪八十步姿轻。

曾经断指挥琴键，

霹雳万钧手下鸣。

解读

"琴痴"：痴，chi，入迷。题意可释为颂扬如醉如痴的钢琴艺术家。

这是一首歌颂著名钢琴家傅聪坚持练习钢琴，勤学苦练，百折不挠，从而取得卓越成就的佳作。

"布履黑衫儒雅翁，傅聪八十步姿轻"。履：鞋子。儒雅，犹言"温文尔雅"。"风流儒雅亦吾师"（杜甫）。这两句是说，时年八十岁的傅聪，穿着布鞋子，一袭中式黑色的衣服，看上去是个温文尔雅的长者；他却步履轻盈地登上舞台，为观众进行演出。

"曾经断指挥琴键，霹雳万钧手下鸣。"这两句是说，傅聪曾经在断指和胸背摔伤，被绑着绷带的异常痛苦和困难的情况下，挥动着琴键，仍然保持着每日高强度的练习。钢琴在他弹奏下，发出雷鸣般的响声，震撼着演奏大厅和听众的心灵，博得全场热烈的掌声。

这首诗歌，热情地歌颂了钢琴家傅聪不畏艰难、不屈不挠终于成才获得卓越成就的事迹。从而揭示了一条真理：只要持之以恒，锲而不舍，任何事情都会获得成功。

本诗在写作上颇具特色：傅聪在成为著名钢琴家的征途中，要写的事迹是很多的。可是诗人有一双慧眼，截取了"断指挥琴键"这一典型事例，充分表现了钢琴家的百折不挠、勤学苦练的优秀品质。

"以少胜多，情貌无遗"，钢琴家的形象活生生地出现在我们面前。宋人陈骙说，"事以简为止，言以简为当"。本诗写作就有这种艺术特色。作者善于取材和剪裁，作品效果是感人至深的。

（邵介安）

朱光潜

缕缕哲丝融水色，

未名湖畔久凝思。

为人略带三分拙，

处事兼存一线痴。

解读

　　一代美学宗师朱光潜生前喜欢到北京大学未名湖畔散步，往往会在湖边长椅上休息，这时他就要抽上一斗烟，青烟伴随着他深沉的哲丝慢慢地在空中飘散，然后融入水色之中。朱光潜一生自我砥砺，矢志从求，在他80多岁时，依然承担起繁重的维柯《新科学》的翻译任务。1986年朱光潜病逝，终年89岁。在他逝世前的3天，他神志稍许清醒一些，趁家人不防，竟艰难地沿梯独自悄悄向楼上书房爬去，家人发现后急来劝阻，他嗫嚅地说："我要赶在死前把《新科学》的注释翻译完成。"

邵逸夫

善种福田能大舍，
一生勤勉不贪闲。
夫妻濡沫长相守，
坦荡开怀笑语欢。

解读

邵逸夫是香港影视界的名人，他于 2014 年 1 月 7 日安然离世，享年 107 岁。

早在 1973 年，邵逸夫就设立了邵氏基金会。从 1985 年起，他平均每年向内地捐赠一亿多港元，用于支持各项社会公益事业。截至 2012 年，共捐赠内地教育事业 47.5 亿港元，捐建项目总数超过 6000 个。

邵逸夫是个"工作达人"，他曾说："我的最大乐趣是工作。"在 90 岁以前，他还每天坚持上班，晚上只睡 5 个小时，中午小睡 1 个小时，其余时间都在工作。

邵逸夫一手建立了香港庞大的影视帝国，旗下美女如云，令人钦佩的是，他与妻子黄美珍相濡以沫长达 50 年。直到妻子病逝 10 年后，才迎娶了第二任妻子方逸华，与其平淡执手度过了人生的最后 17 年。

邵逸夫性格开朗，胸怀坦荡，为人幽默，笑口常开，他常说："笑是生活幸福的一剂良药。"面对巨大的工作压力，邵逸夫能做到发自内心的、放松的开怀大笑。

咏紫荆花

田氏融融院内花，
同根并长自繁华。
分居离异凋零后，
兄弟复合聚一家。

解读

作者自注："此诗作于 1997 年香港回归之时。相传香港古时候有田氏兄弟三人合居，彼此友爱，田家院内三株同根的紫荆花，枝繁叶茂。后来兄弟们离散，紫荆花即枯萎凋谢，三兄弟深受触动，遂又合居，紫荆花勃然复生，长势更盛。"

本诗以紫荆花的故事为比兴，运用香港人所熟知的传说，揭示了"分则凋零"，"合则兴盛"的道理。整首诗写得十分形象而含蓄，却明白地表明：香港回归顺应历史潮流，符合发展需要。

事实正是如此。2015 年 7 月 1 日香港《商报》发表社论说："回归 18 年，香港的成就举世公认。世界经济自由度指数排名，香港连续 21 年获评为全球最自由经济体。"从回归之初的亚洲金融危机，到席卷全球的国际金融风暴；从禽流感的出现，到重创香港的非典，等等。每当香港低迷下行之时，中央总是推出挺港措施。这充分说明，"一国两制"是香港保持长期繁荣稳定的基石，日益强大的祖国，是香港发展的坚强后盾。

（李晓娟）

香港狮子山

百年风雨沧桑路，
狮子山魂撼心弦。
港岛长城同一脉，
紫荆璀璨再加鞭。

🌸 解读

此诗作于 2017 年 7 月 1 日。经历 100 多年的风雨沧桑，香港于 1997 年 7 月 1 日终于回到祖国的怀抱。百多年间，狮子山见证着香港奋斗的艰辛历程，鼓舞着世代香港人顽强不息。狮子山，端坐于香港九龙与新界之间，对香港人来说，狮子山象征着香港的精神高地。《狮子山下》这首歌，铭刻于香港人的心田："人生中有欢喜 / 难免亦常有泪 / 我们大家在狮子山下 / 相遇上总算是欢笑多于唏嘘 / 人生不免崎岖 / 难以绝无挂虑 / 既是同舟在狮子山下 / 且共济抛弃区分求共对 / 放开彼此心中矛盾 / 理想一起去追 / 同舟人誓相随 / 无畏更无惧 / 同处海角天边 / 携手踏平崎岖 / 我们大家用艰辛努力写下那不朽香江名句。"

香港回归以后 20 年来，取得了举世公认的巨大成就。香港人常说："狮子山触得到长城，血脉里感应。"祖国是香港的坚强后盾。香港一定要珍惜机遇，同心合力，谋求更大发展。发展是香港的第一要务。习近平主席说："'一国两制'在香港的实践一定能够再谱新篇章，香港一定能够再创新辉煌！"

香港钱穆字碑

月牙湖畔巨榕雄，
瀚海迷濛心境空。
钱穆字碑凝重立，
天人高论价无穷。

🌸 解读

著名国学大师钱穆曾在香港中文大学新亚书院任教。现在，中文大学月牙湖边矗立着钱穆论述天人合一的字碑，碑的前方面临大海。作者于 2014 年 11 月 2 日曾在字碑前驻足拜读，深受教益。钱穆一生以教育为业，五代弟子，冠盖云集，余英时、严耕望等人皆出其门下。著名物理学家钱伟长是他的侄子，幼年时亦受其教，打下了深厚的国学功底。《天人合一》是钱穆生前所写的最后一篇文章。钱穆写道："中国文化中，天人合一论，实是中国传统文化思想之归宿处。我深信，中国文化对世界人类未来求生存之贡献，主要亦即在此。西方人喜欢把'天'与'人'离开分别来讲。中国人是把'天'与'人'和合起来看。中国人认为，'天命'就表露在'人生'上。离开'人生'，也就无从来讲'天命'。'天命''人生'和合为一，这一观念，是中国古代文化最古老最有贡献的一种主张。"

香港黄大仙祠

秀气满园多胜迹，
碧波轻漾忆大仙。
一生行善修心乐，
咫尺山林天地宽。

解读

　　香港黄大仙祠为浙江金华黄大仙祠的分蹟（jī）。祠内风光秀美、泉水叮咚。民间传说，黄大仙原名黄初平，于晋朝公元328年出生在一个贫困的家庭。他8岁时开始于金华北部的赤松山一带牧羊，在山野中潜心修炼，长达40年。后来，兄长黄初起跟仙师相聚。当兄长询问羊群的下落时，仙师带领他到山岗的东面，用手指着远方，对白石群呼喝，转瞬间，石群变成了羊群。兄弟俩一生行善苦修，最后，双双得道成仙。这个传说反映了人们"行善修心"的愿望。

香港南莲园池

亭榭唐风呈古韵，
荷间锦鲤戏池中。
久居闹市喧嚣地，
难得南园雅意浓。

解读

南莲园池座落于香港九龙钻石山，占地三万五千平方米。该园
以中国古代自然山水园林——唐代山西"绛守居园池"为设计蓝本，
用泉水、山石、林木、花草、亭阁、曲径、桥梁等组成实物的一代
景观名园。园的布局以池为中心，呈横向半月形，泉水引自北山的
溪流，池内植荷，池中有岛，岛上有阁。东边水面宽广开阔，色彩
斑斓的锦鲤鱼穿梭游戏其间。在祥和的气氛下，游人可以悠闲自得，
净化身心，感悟自然天地万物生机的意境。虽然园的周边面对喧嚣
拥挤的城市环境，游人仍可在园中体验园中有画、园中有诗的美感，
正如唐代诗人白居易所云："人间有闲地，何必隐林丘。"

大屿山愉景湾

山环海抱不知年，
暮雨朝云去复还。
世上桃源人未识，
繁花自落水潺潺。

解读

　　香港是国际大都会，这座繁华喧闹的城市，也有悠闲宁静的去处，尤其是环抱蓝天碧海、山峦青翠的大屿山，这里是让人们远离烦嚣、亲近自然的一片净土。位于大屿山东北面的愉景湾，是一个充满自然情趣的宁静小岛，抵步后首先映入眼帘的是辽阔的海景，尽头是一望无际的沙滩。沿着海滨长廊漫步，可以尽情欣赏蓝天、白云、椰树和鲜花。这里没有拥挤的人潮，只有稀少的游人在悠闲漫步。花开花落，流水潺潺，少有人为的干扰，让人尽享大自然清新宁谧的风貌。

澳门街景

栉比华楼光耀眼，

三巴孤立断墙门。

休随众客趋博彩，

心若莲花才是金。

🌸 解读

1999 年 12 月 20 日是澳门回归日。莲花是澳门特别行政区区花。澳门很长时间以博彩业为主要产业，众多的博彩楼华灯灿烂，人流不息。栉比，zhì bǐ，即鳞次栉比，像鱼鳞或梳齿那样紧密地排列着。华楼，指澳门街上流光溢彩的赌楼。三巴，即大三巴。大三巴牌坊是澳门最具代表性的名胜古迹，为 1580 年竣工的圣保禄大教堂的残壁。"三巴"是"圣保禄"的方言译音。大教堂建成后，曾两次毁于火灾，1602 年再次重建，历经 35 年于 1637 年完工。1835 年又一场大火把教堂烧毁，只剩下今天看到的前壁。

习近平主席 2014 年 12 月 20 日在澳门回归 15 周年之际亲临澳门，指明澳门经济发展的新方向。澳门人正在摆脱对博彩业的过度依赖，走经济适度多元可持续发展的道路，以实现经济均衡发展。

"休随众客趋博彩，心若莲花才是金。"我们不妨把诗的意境从澳门街景提升到人生的层面。人生不是赌场。人生的收获和成就不能依靠赌博取得。踏实干事，心境淡泊，这才是人生最可宝贵的财富。

澳门神像

大昌神像压船头，

八面来风万里鸥。

化险为夷心底愿，

渔舟出海载乡愁。

❀ 解读

　　澳门神像雕刻已经被列入"国家级非物质文化遗产"名录。著名的大昌神像雕刻店已经在澳门经营了80多年。澳门的神像雕刻起源于渔民及民间的宗教信仰。由于海上作业风险大，渔民多有信仰习俗，在船上放置各种神像随船出海，以求化险为夷。现在，作为见证民间信仰的神雕行业，被澳门人保留了下来。其实，神像雕刻也承载着澳门人的文化与乡愁。澳门是一个中西文化交汇之地，神像雕刻等非物质文化遗产的传承，也具有向世界展示中华文化的特殊意义。

珠海渔女

不恋天宫仙女乐，
为求真爱下人间。
渔夫滴血还魂草，
海誓同心千万年。

解读

　　在珠海有这样一个民间传说，很久很久以前有一位美丽的仙女不留恋天宫神仙的生活，为了获得真正的爱情，她下凡到了人间香炉湾。她与青年渔夫海鹏相识相爱，因触犯了天条，结果死于海鹏的怀中。海鹏受高人指点，每天用自己的鲜血浇灌一棵枯萎的还魂草，终于使还魂草复活生长，仙女也随着苏醒过来，成为一位渔女。她与海鹏海誓山盟，永生永世相爱不弃。他们结为夫妻，结网打渔，下海捕蚌。有一天收获了一颗特大的珍珠，渔女把它高高举起，珠光闪闪，辉耀人间，幸福因此永远伴随着他们。

深圳茶溪谷

群山满目竹苍翠，
溪谷闲云自去留。
大美天成藏静气，
茶翁古镇水悠悠。

🌿 解读

　　茶溪谷是深圳一个著名的主题公园，位于大梅沙，面积近9平方公里，是国家生态旅游示范区和世界级度假旅游目的地。茶溪谷是一个依山而筑、环境优雅的度假公园，主要包括茶翁古镇，茵特拉根小镇，湿地花园等景区，呈现了一个绿色的世界、花的世界和中西文化交融的世界。漫山遍布苍翠的竹林，游步道四通八达，瀑布和溪水长年流淌。

　　本诗撷取"翠竹"、"闲云"、"静气"、"流水"等意象，用以描摹茶溪谷，也表达了观察者自身的审美情趣和实地感受。

深圳大华兴寺

云梯直上红尘远，
微妙莲花彻骨香。
自见灵台心地净，
人间长路伴吉祥。

解读

　　大华兴寺坐落在深圳的观音座莲山。观音座莲山状如莲心，被四面山水簇拥，后人为恭敬观音菩萨，在此修铸了一座高大的四面观音金像。观音菩萨是佛教中慈悲和智慧的象征。观音菩萨有平等无私的广大悲愿，最能适应众生的要求，也最为民间所熟知和信仰。观音菩萨常现女身，以慈母的德性和形象，抚慰一切有种种痛苦的人。

　　南怀瑾说："任何人都有可能是观音菩萨的化身，学佛者也都应该把任何人都当成观音菩萨。如此修持佛法，容易得益。"这正是所谓"佛在心中莫远求"。佛教提倡"自识本心，自见本性"，这也是大华兴寺的灵旨所在。一个人如果能够做到认识自身、自我净化，就会长伴吉祥。

深圳世界之窗

豪放舞姿玛雅风，

恢宏殿宇泰皇宫。

一园囊括五洲景，

世界协和藏此中。

解读

深圳世界之窗位于深圳湾畔，是中国文化主题公园第一品牌，旨在弘扬世界文化、荟萃人类文明。园中再现了世界上130余处著名名胜古迹。园内还有多台异域民俗风情表演。

本诗例举两个代表：一是玛雅舞姿，二是泰国皇宫。现在，人们在园内欣赏豪放热烈的玛雅舞姿，可以触发对古代灿烂的玛雅文明的无限遐想。玛雅文明约形成于公元前1500年，公元前400年建立早期奴隶制国家，公元3—9世纪为鼎盛期，15世纪突然衰落。玛雅文明曾是南美洲古代印第安文明的杰出代表。泰皇宫是曼谷中心一处大规模的古建筑群，经历代君王不断扩建，形成了现在这样举世闻名的皇宫。这是泰国保存最完美、最辉煌、最有民族特色的皇家宫殿，被称为"泰国艺术大全"。深圳世界之窗对泰皇宫仿造得非常精致。

除了泰皇宫，世界之窗还再现了法国巴黎的埃菲尔铁塔、德国的科隆大教堂、美国的尼亚加拉大瀑布、巴西的议会大厦和埃及的金字塔、狮身人面像等等著名景观。

觉　醒

沉沦百载任欺凌，

破碎河山天地倾。

坤厚向来能承物，

睡狮觉醒浴火生。

解读

1840—1842 年爆发了第一次鸦片战争，英帝国凭借 1.9 万人的军队，迫使清王朝签订了丧权辱国的《南京条约》，租借香港岛，赔款 2100 万银元。此后一百多年，中国备受列强欺凌，任人宰割，廉耻扫地，暗无天日。

1937 年，"七七"事变之前，日本统治者扬言三个月灭亡中国。"七七"事变发生 20 多天后的 7 月 31 日，蒋介石对身边的亲信透露："只可支持六个月"。

早在 1931 年"九一八"事变中，中国丢掉了东北。1937 年"七七"事变后，又丢掉了华北。在整个抗战期间，协助日军作战的伪军人数竟高达 210 万，超过侵华日军数量。

让侵略者始料未及的是，中国出现了一个全新的力量：中国共产党广泛地动员民众，组织民众，武装民众，依靠民众，构筑起协力抗战的铜墙铁壁。全民抗战，这是百年沉沦中的民族觉醒。毛泽东说："战争的伟力之最深厚的根源，存在于民众之中。"

《周易·坤卦》云："坤厚载物"。意思是地体深厚能普载万物。诗中"坤厚"，比喻人民大众。在中华民族存亡绝续的危难关头，全中国人民团结一致，殊死决战，终于打败了日本侵略者，赢得了民族解放战争的完全胜利。

百年潮

百年潮涌扫积霾，
势似黄河天上来。
崛起艰辛忧患继，
追风踏浪壮胸怀。

解读

　　"百年潮涌扫积霾，势似黄河天上来。"鸦片战争以来，中国人民不畏强暴，前赴后继，经过一百多年的奋斗，经于巍然屹立于世界民族之林。中国洗刷了"东亚病夫"的耻辱，演绎了"东方巨人"的奇迹，实现了从"站起来"到"富起来"，再到"强起来"的沧桑巨变。在人类历史上从来没有一个民族在如此短的时间内迅速发展。

　　"崛起艰辛忧患继，追风踏浪壮胸怀。"中国在艰难崛起之后，也出现了新的问题，面临着风险与挑战，所以还必须继续增强忧患意识，确保经济与社会持续健康发展。中国梦正承载着中华民族数千年的夙愿前行，其力量如泰山一样伟岸，其气势似黄河一般壮阔，中国人民必将追风踏浪，与时俱进，满怀信心，继续勇往直前！

正　道

求索百年觅正途，
乱花迷眼未能孚。
高蹈宏略改革路，
华彩当惊世界殊。

解读

"求索百年觅正途，乱花迷眼未能孚。"觅：mì，寻找。纵观百年抗争，志士仁人上下求索，寻找一条挽救中国的道路。各式各样的救国方略五花八门，乱花迷眼：改良主义、社会达尔文主义、无政府主义、实用主义、民粹主义、工团主义、资本主义等等，最终都行不通，纷纷碰壁，没有成功。孚：fú，使人信服。未能孚，没有令人信服。

"高蹈宏略改革路，华彩当惊世界殊。"中国向何处去？从1978年开始，邓小平领导中国人民走上了改革开放的成功之路。30多年来，中国社会、经济等各个方面都发生了翻天覆地的变化，其关键是由于改革开放的推动。习近平主席说："实现中国梦必须走中国道路，这就是中国特色社会主义道路。"如今，改革开放的航船正劈波斩浪驶向中国梦的彼岸。

民　魂

百代功名看气宇，
千秋事业赖精神。
崇德向善齐凝聚，
纯正民魂举世珍。

❀ 解读

鲁迅在《学界三魂》中指出："唯有民魂是值得宝贵的，唯有它发扬起来了，中国才有真进步。"有一种特殊的基因，支撑着中华民族一次又一次从灾难中奋起，这种基因就是伟大的中国精神。什么是中国精神？正如一位著名学者所说："中国精神积淀在十二个理念上：自强不息，道法自然，天人和谐，居安思危，诚实守信，厚德载物，以民为本，仁者爱人，尊师重道，和而不同，日新月异，天下大同。"弘扬中国精神，传播正能量，人民群众崇德向善，见贤思齐，形成一种非常好的气宇和境界，必将为实现中华民族伟大复兴的中国梦凝聚起有力的道德支撑和强大的精神力量。人民群众有了这种精神，就插上了使梦想变成现实的飞翔的翅膀。

砥　柱

恶浪排空捲巨澜，

中流立足不等闲。

顶天扎地谁能撼？

砥柱原来自大山。

解读

砥柱：山名，在今河南省三门峡东。挺立在黄河激流中的砥柱山，任凭浪涛冲击，岿然不动，常被用于比喻人的英勇坚强，能在任何险恶的环境中，以坚毅的意志和无敌的勇气起到支柱的作用。

《晏子春秋·内篇谏下》："吾尝从君济于河，鼋衔左骖，以入砥柱之中流。"北魏郦道元在《水经注·河水篇》中写道："昔禹治洪水，山陵当水者凿之，故破山以通河，河水分流，包山而过，山见于水中若柱然，故曰砥柱也。"由此可知，当年大禹凿山导水，引黄河绕砥柱而过，同时，也证明砥柱本来就是一座山。

数千年来，为什么砥柱经受惊涛骇浪的冲击，依然屹立于大河之中？因为它深深扎根于河底岩石之上。根基扎实，毫不动摇。故砥柱成为中华民族历经磨砺、刚强无畏气概的符号，成为炎黄子孙不惧艰险、自立自强精神的象征。

告　慰

血雨腥风昏暗日，
列强霸道乱神州。
身捐魂毅惊天地，
地覆天翻壮志酬。

解读

"血雨腥风昏暗日，列强霸道乱神州。"甲午战争中国战败后，列强不断入侵，疯狂杀掠，中华民族濒临亡国灭种的境地。

1931 年，日本军国主义悍然发动"九一八"事变，占领了中国东北全境；1937 年，又蓄意制造"七七"事变，发动了全面侵华战争。日本军国主义疯狂的侵略行径，给中国人民带来了巨大灾难，在人类文明史上留下了极其黑暗的一页。

"身捐魂毅惊天地，地覆天翻壮志酬。"在中国共产党倡导建立的以国共合作为基础的抗日民族统一战线旗帜下，中国人民"地不分南北，人不分老幼"，义无反顾投身到抗击日本侵略者的洪流之中。习近平主席说："中国人民同仇敌忾、共赴国难、铁骨铮铮、视死如归，奏响了气壮山河的英雄凯歌。杨靖宇、赵尚志、左权、彭雪枫、佟麟阁、赵登禹、张自忠、戴安澜等一批抗日将领，八路军'狼牙山五壮士'、新四军'刘老庄连'、东北抗联八位女战士、国民党军'八百壮士'等众多英雄群体，就是中国人民不畏强暴、以身殉国的杰出代表。正所谓'诚既勇兮又以武，终刚强兮不可凌。身既死兮神以灵，魂魄毅兮为鬼雄。'"经过长达 14 年的顽强抗战，赢得了近代以来中国反抗外敌入侵的第一次完全胜利。在血与火的洗礼中，古老的中国凤凰涅槃，浴火重生。现在，中国人民正在奋发有为地为实现中华民族伟大复兴的中国梦而继续奋斗。这对所有先烈和英灵是一个告慰。

新日月

百年孱弱尽悲鸣，
今若鲲鹏浩气生。
万众一心新日月，
神州跃起世人惊。

解读

这是一首感怀时政的诗。诗的一、二句意谓：中国近百年软弱无能，积贫积弱，老百姓饱受欺凌，发出了痛苦的叫喊；新中国建立后，中国人民彻底翻了身，特别是 1978 年实行改革开放以来，国力日益增强，今天的中国像只大鹏鸟展翅高飞，浩然之气与时俱生。孱弱，孱，chán，懦弱无能。鲲鹏，指古代传说中的大鱼和大鸟。《庄子·逍遥游》云："北冥有鱼，其名为鲲。鲲之大，不知其几千里也；化而为鸟，其名为鹏。鹏之大，不知其几千里也。怒而飞，其翼若垂天之云。"诗的三、四句意谓：中国人民在党中央领导下，万众一心，为建设社会主义创造了崭新的局面，中国的腾飞崛起令全世界惊叹。新日月，指新的历史阶段。神州，指中国。

历史是一面镜子。近代中国近百年备受世界上列强的侵略，由于落后屡遭挨打，屡屡签订不平等条约，导致中国积贫积弱，到了岌岌可危的地步。"一唱雄鸡天下白"，中国共产党领导民众推翻了三座大山，中国人民站立起来了。经过三十多年的改革开放，中国更加强大了。习近平总书记说："今天的中国，已经成为一个具有保卫人民和平生活坚强能力的伟大国家，中华民族任人宰割、饱受欺凌的时代已经一去不复返了，中国人民正在意气风发地沿着中国特色社会主义道路，为实现'两个一百年'奋斗目标、实现中华民族伟大复兴的中国梦而奋斗。中华民族的发展前景无限光明。"

这首诗在写作上充分运用了对比的方法，如将"百年孱弱"与"神州跃起"对比，"尽悲鸣"与"新日月"、"浩气生"对比，又妙用比喻的方法，将"鲲鹏"比喻为中国的腾飞。作者化抽象为具体，描写生动，用典自然，足见作者诗词功底之深厚。

（许汉云）

长风歌

汉唐神韵扬青史，
岁月沧桑沦睡狮。
百载衰微今崛起，
长风破浪正当时。

解读

汉唐是中国历史上最强盛的朝代。汉代张骞奉汉武帝命于公元前139年出使西域，于公元前126年方归汉，前后共十三年。公元前119年，张骞又奉命出使。两次出使，加强了中原和西域的联系，开辟了中国通往西方的"丝绸之路"。

唐代玄奘于唐太宗贞观三年（629），西行远赴印度取经，贞观十九年回到长安，前后达十六年，促进了中印文化的交流，对中国佛教思想的发展及东传影响极大。

中国自明代中期开始不再面向海洋，而是背朝海洋，拒绝与世界进行交往，国力渐进衰落。至清代后期采取闭关锁国政策，国势急剧败落，成为世界上弱肉强食的睡狮。在近代国力极其衰败的百年之中，无数志士仁人奋起抗争。特别是经过全民抗日的伟大战争，中国取得了近现代史上首次战胜外国侵略者的完全胜利。

现在，中国已经崛起。在日益全球化的大趋势下，中国正顺应历史大势，确定自己在全球化进程中的定位。以习近平为核心的领导集体提出"一带一路"倡议，可谓应运而生，正当其时。

李白当年诗云："长风破浪会有时，直挂云帆济沧海。"但李白一生未得期望之机，他在天有灵该羡慕现代中华子孙遇上了千载难逢的好时代！

敦　煌

汉武长城古塞边，
张骞出使亚欧连。
咽喉重镇通西域，
丝路流光千万年。

✿ 解读

敦煌，从地理位置来看，位于河西走廊最西端。历史上，汉武帝曾在河西走廊"列四郡，据两关"，将河西地区与中原地区统一管辖。

"汉武长城古塞边，张骞出使亚欧连。"在汉武帝时期的古长城和玉门关等关塞遗址中出土的大批汉代竹简、木牍，反映了汉代河西地区与古代西域各国往来交流的情况。汉武帝于公元前两次派遣张骞"凿通"西域之路，从而将汉帝国与欧亚大陆连接了起来。

"咽喉重镇通西域，丝路流光千万年。"从汉代开始，敦煌就是中西交通的"咽喉之地"，逐渐成为真正意义上的丝绸之路重镇。敦煌是古代丝绸之路上最璀璨的明珠。丝路促进了沿线国家的经济发展和文化繁荣，它所反映的开放包容的时代精神是人类文明的瑰宝。丝路精神将千秋万载传承不息。

丝　路

永续千年丝路遐，
绵延万里达天涯。
雁栖湖畔心相济，
合力盛开友谊花。

解读

习近平主席说："'一带一路'倡议，唤起了沿线国家的历史记忆。古代丝绸之路是一条贸易之路，更是一条友谊之路。"

"永续千年丝路遐，绵延万里达天涯。"2000多年前，汉代张骞出使西域，开始打通东方通往西方的道路。唐宋元时期，陆上和海上丝绸之路同步发展。15世纪初的明代，中国著名航海家郑和七次远洋航海，郑和船队曾经抵达遥远的非洲海岸。古代丝绸之路打开了各国友好交往的窗口，积淀了和平合作、开放包容、互学互鉴、互利共赢为核心的丝路精神。

2013年秋天，习近平主席在哈萨克斯坦和印度尼西亚提出共建丝绸之路经济带和21世纪海上丝绸之路，即"一带一路"倡议。到2017年，全球100多个国家和国际组织积极支持和参与"一带一路"建设。4年来，建设成果丰硕。

"雁栖湖畔心相济，合力盛开友谊花。"2017年5月14—15日，30位国家元首和政府首脑齐聚中国北京雁栖湖畔，举行国际合作高峰论坛的圆桌峰会，共同规划今后"一带一路"建设合作大计。习近平主席说："'一带一路'建设正站在新的起点上，开启新的征程。""让我们一步一个脚印推进实施，一点一滴抓出成果，造福世界，造福人民！"

追 梦

列强蹂躏河山碎，
外患内忧烈火煎。
世纪磅礴中国梦，
心潮奔涌再扬帆。

解读

1840年鸦片战争爆发以来，帝国主义列强蜂拥而至，灾难深重的中国内忧外患，无战不败，神州陆沉，山河破碎，中华民族到了危如累卵、大厦将倾的时刻。从1840年到1919年，中国与外国签订的不平等条约竟达750余个。

100多年以来，无数英雄豪杰奋起抗争，古老的中华民族踏上了一条充满悲壮、极其艰辛而又浩气长存的复兴之路。习近平主席说："我以为，实现中华民族的伟大复兴，就是中华民族近代最伟大的中国梦。"

今天，伟大的中国人民自强不息，坚韧不拔，走上了变革图强、高歌猛进的复兴征途。梦想的太阳，已经在东方地平线上喷薄而出。

协睦万邦

寥廓苍穹容日月，
大洋居下纳千川。
明灯高照前行道，
协睦万邦别有天。

解读

"寥廓苍穹容日月，大洋居下纳千川。"无垠的天空以其高而相容运行不息的日月，广阔的海洋以其低而吸纳奔流趋下的江河。这不仅是为人处世的智慧，也是治国理政的境界。老子说："江海所以能为百谷王者，以其善下之，故能为百谷王。是以圣人欲上民，必以言下之。欲先民，必以身后之。"《老子·第66章》意思是，海洋之所以能够容纳百川，就是因为它的位置低，所以海洋才能成为百川的归宿。因此，圣人要想领导人民，就必须用谦下的言词对人民表达；要想引导人民，就必须把个人利益放在人民利益的后面。

"明灯高照前行道，协睦万邦别有天。"中国梦是照耀中华民族前行的明灯。中国的梦想和发达国家的梦想、发展中国家的梦想可以相互借鉴、相互包容、相互尊重。人类的梦想是相通的。中国梦和世界各国人民的梦，是一幅和谐共赢的美丽多彩的画卷。中国秉承协和万邦的历史传统，努力与世界各国、各族和睦相处、共同发展，人类必将迎来更加美好的明天！

癸巳新春感赋

踔厉小龙倔韧魂，
梅花浴雪唤新春。
千山腾跃云天阔，
华夏辈出追梦人。

解读

本诗作于2013年。2013年迎来农历癸巳年，巳属蛇，故称蛇年。十二生肖蛇占一席。蛇无爪锋之利而震慑百兽；无足趾之强而踏遍青山。水中漫游，无鳍而进；陆上疾走，无足而行。蛇所具有的顽强生命力与旺盛生殖力，是永恒生命的象征。出土文物佐证，伏羲与女娲的本始形象，乃人首蛇身。伏羲、女娲神话便是崇蛇意识的浓缩与升华。古人蛇崇拜经多次磨合与融汇，最终形成中华图腾——龙。蛇无疑是龙的主要原形。蛇之生生不息、顽强坚忍、不畏强敌、以柔克刚、逶迤前行、勇敢无惧，皆可激励我们于坎坷之途锐意进取。踔厉：chuō lì，精神振奋。

浴雪的梅花唤醒新春，腾跃的群山呈逶迤之势，寰宇之内，气象恢宏。生机勃勃的自然环境烘托了现实社会，"华夏辈出追梦人"，一代又一代中华儿女为实现中华民族伟大复兴的中国梦而努力奋斗！

满目春

筚路褴衫万绪纷，
驱车全力启山林。
披荆碎石辛勤育，
灿烂繁花满目春。

解读

诗的一、二句意谓：驾着柴车，穿着破衣，要干的事情纷繁复杂，但我们要用尽全力去开发荒山野林。筚：bì，是荆、竹、树枝之类；路：同辂，lù，就是大车。筚路，即柴车。褴衫，即蓝缕或褴褛，破烂的衣衫。启，就是开发。诗的三、四句意谓：我们在建设的征程中，要披荆斩棘，克服困难，辛勤地劳动，用心培育它（指被开发的事物），只有这样，才能迎来万紫千红、满目皆春的新局面。

这首诗热情地歌颂了我国劳动人民艰苦奋斗、披荆斩棘、顽强拼搏，建设美好家园的精神。像当年的大庆油田工人，就是靠这种精神为祖国创建了规模巨大的油田。

习近平总书记说："我们在进行的中国特色社会主义事业，是前无古人的开创性事业，前进道路不可能一帆风顺，我们必须准备进行具有许多新的历史特点的伟大斗争。'其作始也简，其将毕也巨。'我们要永远保持清醒头脑，继续发扬筚路蓝缕、以启山林那么一种精神，敢于战胜前进道路上的一切困难和挑战，使中国特色社会主义道路成为中华民族伟大复兴的必由之路。"

本诗用典精确，贴近现实，意境开阔，内涵深邃。

（许汉云）

千里马

梅花冒雪自添肥，
马踏寒风奔若飞。
万壑千山身后远，
迎来红日尽朝晖。

解读

千里马，日行千里，谓速度之快也。古有"千里马常有，而伯乐不常有"之说，千里马往往比喻为杰出人才，伯乐都是"识马者"，喻为识别人才之人。本诗中的"千里马"，诗人却赋予了新意，即象征着新时代中国人民奋力拼搏、不断追求、努力创新的一种伟大精神。

"梅花冒雪自添肥。"梅花绽放的季节是在冬季，在气候恶劣的条件下，也能吐蕾含馨。冒雪：冒，不顾，此处引伸为"积着"的意思，即梅花瓣上堆积着厚厚的一层雪。添肥：梅瓣上由于有积雪，显得厚重。这句诗是言：天空纷纷扬扬飘着雪花，梅瓣上有积雪，变得又肥又重。诗人此句写雪，目的是突出千里马不怕艰难困苦、条件恶劣，仍旧发扬它的勇敢拼搏精神。

"马踏寒风奔若飞。"千里马踏着寒风，踩在雪地上，奔跑起来，四蹄翻盏，似飞一般。这句话七个字，写出了千里马奋勇争先、气势如虹的英雄气概。奔若飞：用的是比喻修辞手法，写出了千里马的速度。《木兰辞》中有"关山度若飞"，写的是战马的速度。

"万壑千山身后远。"壑：hè，深沟峡谷。壑和山，此处不是指的实体，而是比喻困难重重。它们要阻挡千里马的前进。而千里马却是一个"远"字，将它们远远地抛在后边。这句诗写了千里马不畏艰难险阻、一路直前，反映了千里马的大无畏精神和英雄气概。

"迎来红日尽朝晖。"晖：huī，阳光。千里马经过种种艰难曲折，迎来了一轮红日，从东方冉冉升起，大地上全是早晨太阳金色的光辉。此句诗反映了千里马终于取得了胜利，心中充满了喜悦之情。

纵观全诗形成了一种跳跃感。开始诗人竭尽全力描写环境的恶劣，重重困难，千里马不仅遇到了气候极坏的挑战，而且遇到了征途中"万壑千山"的险阻，以致到了一个极点，然后诗人笔锋一转，千里马终于迎来了"红日尽朝晖"，点出了千里马终于取得了胜利，风雨后终于见到阳光。诗歌描写曲曲折折，跌宕起伏，诗句隽永，意境高远，使读者领悟到了诗歌的深刻含义。

（邵介安）

春 风

浩荡春风拂大地，
鹤翔霄汉舞轩昂。
励精图治豪情壮，
策马扬鞭追梦忙。

解读

"浩荡春风拂大地。"浩荡：浩浩荡荡，言春风之盛。拂：吹拂。大地：指中国大地，神州处处也。浩浩荡荡的春风，吹拂着神州大地。

"鹤翔霄汉舞轩昂。"鹤翔：鹤，一种吉祥之鸟，长寿之禽，古有"松鹤延年"之说。霄汉：天际，高远至极。轩昂：xuān áng，气概不凡。这句话是说，吉祥的鸟儿白鹤，在天空飞翔，又高又远，飞舞的雄姿，气概非凡，不是其它鸟儿能达到的。这句话是比喻中国人民，怀着远大理想，具有非凡的气势，在努力地建设着自己的国家。

"励精图治豪情壮。"励精图治：是一个成语，是振奋精神、治理好国家的意思。图：设法；治：治理好国家。豪情壮：豪迈的感情、英雄的气概。壮：雄壮，宏大。这句诗是讲中国人民怀着豪迈的感情、非凡的英雄气概，人人精神振奋，正在建设好自己的国家。"豪情壮"三字，笔力雄健，表达出中国人民的精神。

"策马扬鞭追梦忙。"策：古代赶马用的棍子，此处名词作动词用，赶马。扬鞭：高高地举起赶马的鞭子。追梦：指追求梦想，就是中华民族伟大复兴的中国梦。一个"忙"字，写出了中国人民奋力追赶的精神。一字之妙，有千钧之重。

全篇诗歌像一幅浓墨重彩的写意画，歌颂了中国人民怀着满腔豪情，解放思想，志存高远，气势非凡，正迈着坚定的步伐，为实现中华民族伟大复兴的中国梦而奋斗。这是一首催人奋进的战歌，也是鼓舞人民去创造伟业的优秀诗篇。

本诗采用了象征的手法，写得有声有色，非常出彩。"鹤翔霄汉"，象征中国人民精神的放飞和对远大理想的追求；"策马扬鞭"，象征着中国人民正在奋力追赶世界一流水平。诗人用这种手法，突出了中国人民的精神。

用词巧妙，着力非凡，也是本诗的鲜明特点。一个"拂"字，说明神州处处荡漾着春风，满目无限生机；一个"舞"字，说明白鹤飞翔的雄健和美姿，迸发着青春的活力。一个"壮"字，点出了中国人民忘我的劳动态度。诗人用词"如食橄榄，真味久愈在"（欧阳修），文新意亦深。

（邵介安）

钓岛归来

万艇齐发赴大洋，
红旗猎猎气昂扬。
青山海上巍峨立，
钓岛归来鱼满舱。

解读

2012年9月17日，历时三个半月的东海伏季休渔正式结束，浙江、福建等地万余艘渔船开赴东海作业，其中约1000艘渔船进入钓鱼岛海域作业。

日本领导人扬言中国渔民若登钓鱼岛将被捕。在钓鱼岛问题上，中日双方立场不同。日本政府宣称钓鱼岛是日本的"固有领土"。其实，连冲绳原本都不是日本的固有领土。冲绳原是独立的琉球王国，而钓鱼岛又从未包括在琉球范围之内。中国至迟在15世纪初就已经发现钓鱼岛，并作为台湾的附属岛屿进行管辖，纳入了中国海疆版图，作为海上防区。

2012年4月，日本东京都知事石原慎太郎高调宣布"购买"钓鱼岛，掀起了反华浪潮。同年，9月10日，日本政府不顾中方忠告正式宣布"购岛"。对此，中国政府和人民一致坚决反对，并采取了一系列有效反制措施。

本诗从一个侧面反映了这一事件。

猎　狐

猎狐利箭啸寰宇，
追捕天网垂海涯。
贪虎途穷无遁处，
万民称快乐开花。

解读

习近平总书记说："近年来，一些国家因长期积累的矛盾导致民怨载道、社会动荡、政权垮台，其中贪污腐败就是一个很重要的原因。大量事实告诉我们，腐败问题越演越烈，最终必然会亡党亡国！我们要警醒啊！"

贪污腐败是老百姓最大的不满。中国如今已经形成了反腐败的高压态势。"国内打虎不设限，境外猎狐无盲点。"从 2014 年开始，中国开展了"猎狐"行动，当年从 69 个国家和地区抓获外逃经济犯罪嫌疑人 680 人。2015 年，中国又开展了"天网"行动，针对一百名外逃国家工作人员和重要腐败案件涉案人员发出了红色通缉令。2016 年 1 月至 6 月，共从 40 多个国家和地区追回外逃人员 381 人；截至 2016 年 7 月 15 日，"百名红通人员"三分之一已经落网。从"猎狐"到"天网"，由点到面，不留死角，不论地位多高，只要有贪污犯罪行为，就必然会撞到网上。

猎狐利箭，呼啸飞驰；密密天网，铺天盖地。贪虎途穷，无处逃遁；百姓叫好，衷心拥护。这正是当前中国反腐形势的真实写照。

言 志

杏坛学子言心志，
曾点悠然鼓瑟希。
惊叹此生诗意语，
春风沂水咏而归。

解读

有一天，孔子与他的弟子在沂水边停留，微风轻轻地吹拂，难得的惬意。孔子便问弟子们的内心志向。

弟子们回答踊跃，有说要当大官的、有说要当大将的、有说要当富豪的。当大家都在纷纷言说的时候，曾点却抚琴于微风之中。

孔子看到了曾点的举止，便问曾点的志向。曾点回答老师道："暮春者，春服既成，冠者五六人，童子六七人，浴乎沂，风乎舞雩，咏而归。"暮春三月，当春天的衣服已经穿在人们身上的时候，约上五六个成年人，六七个小孩子，在沂水旁沐浴，在舞雩台上吹风，唱着歌、咏着诗快乐地回家。

当曾点说出他的志向之后，孔子为之动容。春秋末期，诸侯混战，民心难安。虽有百家争鸣，人才辈出，却未能有效拯救人民于水火之中。一心想致天下太平的孔子的焦虑可想而知。

那么，当其他弟子说出他们的理想的时候，孔子为什么没有给予赞美或肯定呢？其实无论是做官还是为将，都只是手段、方式和方法。在这些手段、方式和方法的背后，其愿景和使命都应该是百姓的福祉。其他弟子只是说出了各自的方式和方法，但是，只是曾点清晰地描绘了最终的愿景。这也就难怪能获得忧国忧民的孔夫子的由衷赞叹了。

诗人借着孔子与弟子的言志，一方面是对万世师表孔子的敬仰，另一方面也表达了同样作为教师的内在的情怀。

（史吉宝）

立 志

愤斗心旗苦里升，

人生贵亮未来灯。

意无慷慨窜伏下，

年少当存志向弘。

解读

"元、亨、利、贞"是《易经·乾卦》中的四种德行，它是世人所希望达到的富有状态。

"潜龙勿用"是乾卦发展的最初状态。在这一阶段，事物处于最初的原始积累阶段，无论是求学做事业，都需要经历挫折和磨炼。虽然说是最初的阶段，但是否能在这一阶段明确人生发展的方向，坚定自身的信念，却又直接决定了未来成就的高下。

事物的发展都是曲折的、螺旋式的。那些自原始积累阶段的坚持与努力，随着时间的推移会形成新一轮成长周期的基础与动力。不断的努力也会形成一定的成绩，并逐渐被世人接受和认可。这一阶段，乾卦称为"见龙在田"。

但是，这一阶段的基础仍然不牢固，如果我们因为一点点的成绩就沾沾自喜，骄傲自满，就很容易在新的更大的挑战中败下阵来并中途夭折。这一阶段，乾卦中提醒我们要"君子终日乾乾，夕惕若厉"。

随着努力的深入，我们的能力会日益增强甚至出现螺旋式的发展。外在的矛盾和压力在发展了的能力面前，会变得越来越轻松。终有一天，我们可以"或跃在渊"和"飞龙在天"。达到这一阶段的我们，"元、亨、利、贞"四种德行开始大放光芒，人生开始精彩纷呈。

在本诗中，诗人提醒年轻的人们在困难的时候，在内心要升起奋斗的旗帜，不应当畏惧、逃避，而应当面向未来，坚定成功的信念，明确人生的发展方向，并不断地努力、努力、再努力，毕竟，年轻人当志在四方。

（史吉宝）

清风志

天地之间何至贵？

万千莫有大于民。

不移务本清风志，

固守立身公仆心。

解读

"天地之间何至贵？万千莫有大于民。"至：极，最高的意思。于：比。这两句诗是说，天地之间什么东西是最珍贵的呢？成千上万的事物没有什么比人民更伟大的了。

"不移务本清风志，固守立身公仆心"。前一句诗，是从《论语·学而第一》"君子务本，本立而道生"中引用变化而来。移：改变。务：从事，或确立的意思。本：根本，就是为人民服务。这两句诗是说：我们不能改变"全心全意为人民服务"这个根本的宗旨，要坚定不移不能动摇，要树立清正、廉洁的高尚的情操和志向；牢固树立正确的人生观和价值观，作为立身之本，做一个夙夜为公的人民公仆。

这首诗语言清晰，质朴，毫无雕琢之感，却道出了一个人应该树立正确的世界观，写出了为人处世的根本之道，也写出一个人办事的重要原则。《晏子春秋》云："民，事之本也"《史记》说："制国有常，利民为本"。说的也是这个道理。诗歌所言："务本"、"清风志"、"公仆心"，字字玑珠，十分珍贵。

诗人善于在心灵的激动中，保持着诗意的含蓄；而在含蓄中，又尽情地抒怀。抒情真挚而动人，它道出了人民的共同心声。

（邵介安）

登泰山

不凭车缆凌绝顶，

必自登高步步攀。

风雨危途多峻道，

披云笑傲第一山。

✎ 解读

泰山是中国的名山，又称"天下第一山"，海拔 1545 米。杜甫诗云："会当凌绝顶，一览众山小。"作者曾于 2012 年 8 月 3 日登上了泰山绝顶，时年 72 岁。为什么说"不凭车缆"、"必自登高"呢？原来登泰山有三种方式：一是乘汽车至中天门，再步行上山；二是从山脚步行到中天门，再乘缆车上山；三是全程步行。作者采取的是第三种方式。为什么说"风雨危途"呢？原来登山那天，台风"达维"袭击山东，上山途中狂风骤起，暴雨如注，而且山势险峻，尤其是"十八盘"，崖壁如削，蹬道倾角呈 70 度至 80 度，俨然是一架陡峭的"天梯"。作者与几位年轻的朋友，用了七个小时，终于艰难地徒步登上了泰山绝顶。因台风过境，山顶上云雾缭绕，如置仙境。山顶有一方平地，近而察之，正如姚鼐在《登泰山记》中所云："山多石，少土。石苍黑色，多平方，少圆。少杂树，多松，生石罅，皆平顶。"

孤　峰

孤峰不峻群峰宏，
一水易涸百水盈。
匹马难驰腾跃势，
众人相助志成城。

解读

诗人用一首诗，呈现了相互交替的两幅画——一幅是"孤峰"、"一水"、"匹马"，另一幅是"群峰"、"百水"以及万马奔腾；两幅画的气势完全不同——"不峻"对照"宏"，"易涸"对照"盈"，"难驰"对照"腾跃"，前后的对比如此鲜明，让我们就在这画面的交替之间，深刻地感受到了个体的势单力薄与群体的无穷力量。这时再读"众人相助志成城"，便不禁产生深深的共鸣。

这是一首劝勉诗，劝勉人与人之间的互助、合作、相互支撑，但作者没有简单的说教，通过比拟的手法，在不露声色、从容淡然、不疾不徐之中，引我们领悟到唯有"相助"，才能"成城"——润物细无声的教育境界，体现了诗教的魅力。

（李晓娟）

芒　鞋

秋风苦雨泥泞路，
世道艰难烦事多。
若要芒鞋留脚印，
休将岁月任蹉跎。

❧ 解读

本诗以秋风苦雨开头，以珍惜岁月结尾，写眼前景，抒心中情；
因自然现象，谈人生哲理。

秋是一个萧条悲凉的季节，"秋风苦雨泥泞路，世道艰难烦事多。"
秋景所引起的是一种凄切悲伤的情绪，在秋风苦雨中，又行走在泥泞
不堪的道路上，处在这样的情景中，一般人会产生凄寒之感，更何况
面对各种烦事，心中焦躁郁结，无法排解，心乱如麻。

"若要芒鞋留脚印，休将岁月任蹉跎。"芒鞋在宋·苏轼《定风波·莫
听穿林打叶声》中也出现过："竹杖芒鞋轻胜马，谁怕？"芒鞋即草鞋，
在雨中行路用它，虽然轻巧，但是拖泥带水的，根本不能留下一个完
整的脚印，那么要如何才能走出自己的一串脚印呢，诗人告诉我们，"休
将岁月任蹉跎"！快快不要沉浸在这悲秋的气氛中无可自拔，而是要
珍惜时间，不要被那些烦心事困住了脚步，坚定前行，走出这苦雨，
走出这悲秋的围城。

唐代诗人无尽藏的《嗅梅》，"尽日寻春不见春，芒鞋踏遍陇头云"，
多少禅修之人为了见到自己的本来面目，不辞辛苦，苦苦寻觅而不可
得，春天到底在哪里？《芒鞋》的哲理在于，我们往往为现实的烦琐
所羁，一叶障目，而不知该如何走出生活的围困，其实路就在脚下，
只要心中明朗，脚踏实地，坚定行路，定能蜕变涅槃，不辜负生命之名。

（陈小芳）

岁　月

朝菌不解晨昏短，

蟪蛄岂知岁月长？

最是无情东逝水，

兼程勤对满头霜。

解读

上天赋我以生命，大地赋我以形体，但却没有赋我以永恒。我拼命地想赋予这片天地更多更多的价值与意义，但是，天地却告诉我，生命就像那流水，匆匆来，匆匆去。

那清晨的菌类是不会懂得什么是日升月落的，那寒蝉也不会懂得什么是春去秋来的。但是，身为万物灵长的人类却明知生命的有限，却又无可奈何于这匆匆如东去流水般的光阴。人生的无奈莫大如斯。

古语有言，"人生七十古来稀"，本诗写于2012年，诗人已入七旬两年有余，虽然当代社会，七旬的年龄不算年迈，但是，暮年的白发也常常提醒着诗人光阴的易逝。

在这样的年龄，对于生命的如斯的解读应该是正常的，诗歌不是"少壮不努力，老大徒伤悲"式的警示，而是一个长者对生命自然现象本身的一种阐释。也许，如果我们透过诗歌，可以发现诗人的只争朝夕生命的勇气，就像法国思想家、散文家蒙田所说："我们的生命是短暂的，但是，生命的价值却会因为每个人的觉悟高低而不同：我眼看生命的时光无多，我就愈想增加生命的分量。我想靠迅速抓紧时间，去留住稍纵即逝的日子：我想凭时间的有效利用去弥补匆匆流逝的光阴。剩下的生命愈是短暂，我愈要使之过得丰盈饱满。"

（史吉宝）

自 勉

岁寒酷暑未停留，

继晷焚膏何欲求？

正气一身无媚骨，

平生甘效老黄牛。

解读

此诗作者是大学教授，曾担任多年领导职务，退居二线之后甘为一名普通教师，将所有精力倾注在对学生的教育上。不管作者在什么岗位，他都以谦和、勤勉、平和、睿智的人格魅力，获得了所有人由衷的敬重与真心的追随，此诗便是作者人格与追求的最好写照。

"岁寒酷暑未停留"，作者曾经在大年除夕依旧笔耕不辍，曾经为回复学生的作业而牺牲整个国庆假期——作者的努力与勤勉有目共睹，如此继晷焚膏、夜以继日地努力，终究是为了什么？这些努力，与职称晋升无关、与功名利禄无关、与讨好他人无关，这只是对学生、对教育的一种无怨无悔的付出。"正气一身无媚骨，平生甘效老黄牛"，这是作者对自己的要求，也正是别人对作者的评价。此诗应为所有为人师者共勉。

（李晓娟）

自　励

清心寡欲玉壶鉴，
怀璧不如诗礼香。
碌碌未休追日月，
一生乐做读书郎。

解读

　　"清心寡欲玉壶鉴"，引用了唐代诗人王昌龄"一片冰心在玉壶"的典故。王昌龄诗句的原意为，晶莹如冰之心藏于内，高洁似玉壶之形现于外，比喻为人内外皎洁，品质高尚。鉴：鉴戒；镜子。"玉壶鉴"意思为，以王昌龄为鉴戒，做到廉洁清白，坦荡磊落。"怀璧不如诗礼香"，本诗对"怀璧"与"诗礼"这两者之间的关系进行了阐述，作者笔下的书籍则更是发散出其独有的香味，在与"怀璧"对比之下，书香之味则更显现出内涵和哲理。人的一生总是在忙忙碌碌当中追寻自己想要得到的事物，然而想法永远在一定程度上会高于现实，所以一个人在实现目标的过程中，永远需要静下心来学习。而且中华民族具有爱好学习、诗礼传家的优良传统，所以作者在诗中将这种美德与自身对知识的渴求结合起来，以"一生乐做读书郎"为训，勉励自己，从而更上一层楼！

（王煜烽）

耕　耘

岁月无情催我老，
助人固本劝读书。
花繁叶茂应肥土，
莫忘耕耘日日锄。

解读

　　这是一首劝人诗，也是一首自勉诗。在作者心中读书是"固本"之事，若将人生比喻为一颗大树，读书则是树下的沃土，要想大树枝繁叶茂，必须勤耕不辍，来不得半点松懈。"岁月无情催我老"，作者意识到老之已至，"助人固本劝读书"便格外言真意切，"花繁叶茂应肥土，莫忘耕耘日日锄"——作者将自己的经历与人生感悟，凝结成两句肺腑之言，满含着对后辈的殷殷希冀。读完此诗，仿佛看到一位长者年逾古稀仍伏案苦读，也仿佛看到他对后辈充满期待的眼神。我愿意与所有年轻人以此诗共勉。

（李晓娟）

陋室吟

三间陋室无珍宝，
唯有书橱立满墙。
都道书香能致远，
原来此物沁心芳。

✿ 解读

陋室吟：陋室，简陋而又平常的房子；吟，有二种解释，一为吟咏之意，一为古典诗歌的一种名称，例如《秦妇吟》。在此诗中，笔者认为第一种解释较为确切一些。

"三间陋室无珍宝，唯有书橱立满墙。"这两句诗是说，诗人住的是三间简陋狭小的房子，极其普通而又平凡，没有豪华的设备和摆设，更无珍宝之物；只有许多书橱立在墙壁旁边。"三间"言房间数量之少，"书橱立满墙"言书籍之多。一少一多，反映了诗人非常热爱阅读书籍，从中我们可以看到诗人高远的追求。

"都道书香能致远，原来此物沁心芳。"致远：能到达很远的地方。沁心，渗入，润物细无声，如同春雨。芳：芳香，美丽。人人都说，读书能开阔视野，能怡心养性，有了丰富的知识，就能站得高，看得远，洞察事物。书籍是人类进步的阶梯，中国自古就有爱读书的优良文化传统，孔子韦编三绝，李密挂书牛角，战士作家高玉宝边从军边读书，张海迪高位截瘫自学多种外文……人们遨游在知识的海洋中，吸收智慧的阳光和雨露，学到了知识，涵养气质，完善人格，于民族可以提高整体素质，优化文明修养，引领优雅风尚。多读有益的书籍，人的精神会变得富有，心灵得到阳光雨露的滋润，像鲜花盛开，溢出芳香，所以诗人说："原来此物沁心芳。"

这首诗反映了诗人一生追求阅读,崇尚知识,对知识的无比热爱,强调了书籍对人类社会的进步以及对个人修养的提高的重大作用;同时也反映了诗人对生活的低标准要求,道出了他的广阔视野和博大的胸怀。

《陋室吟》全诗仅有 28 个字,内容极为重要。既有室内环境描写,又有书香议论,兼有浓郁的抒情气氛,诗人将三者有机结合起来,深刻地反映了主题。这是难得的一篇佳作。

"要琢磨每个字,每一句话,要研究通篇的风格。一切都要恰到好处,都要站得住脚……"这是苏联作家富曼诺夫的写作要求。《陋室吟》这首诗,诗人非常讲究遣字用词,做到意境美和完整性。例如"唯有"一词,突出室内无它物,只有许多书籍;"都道":大家都说,反映了人人都知道读书识理的重要性和必要性;又如"沁心芳":写出了读书滋润心灵的过程和特征,不是三天打渔两天晒网就能完事的。可谓语言朴实,用词极为准确。

(邵介安)

春播秋果

不怕荒年不靠天，

山鹰岂惧众峰巅？

春播秋果辛勤聚，

人是半仙全赖肩。

解读

一部人类的发展史，就是一部与自然的奋斗史。没有食物，人类就耕田畜牧，自给自足；道路难行，人类就创造车船，日行千里；夜晚漆黑，人类就发明电灯，使夜如昼。在困难与艰险面前，凭借着巨大的勇气和毅力，人类走出了农耕文明，跨过了工业文明，迈进了信息文明。

是什么赋予万物之灵的人类如斯的能力？叩问历史，相信那一定与人类的胸怀和勤劳有关。

诗人雨果曾说过："世界上最宽阔的是海洋，比海洋更宽阔的是天空，比天空更宽阔的是人的胸怀。"因为这种宽阔辽远的胸怀，人类虽个体渺小，却能如那飞翔在山巅的雄鹰一样，俯瞰大地而无所畏惧。

千里之行，始于足下。九层之台，起于累土。罗马的造就非一日之功，文明的实现也非朝发夕致。只是因为不断地辛勤劳作，不断地努力向上，日复一日，年复一年，历经数千载，才成就了这一切的一切。

迈入信息时代的我们，有足够的理由自豪与自信，自豪、自信于我们所创造的世界。虽然我们不知道这世界上有没有所谓的神仙，虽然我们未必能清晰地定义何谓神仙，但是，在这茫茫宇宙当中，凭借着自强不息的毅力与勇气，凭借着勤劳与智慧，创造了繁华如斯的社会的人类，谓之神仙也无愧。

（史吉宝）

骆　驼

千里风沙负重来，
孤行落寞未曾哀。
脚跟稳健高昂首，
怀远直前尽己才。

解读

　　骆驼是一种反刍动物。头小颈长，体型高大。毛褐色，眼为直睑，鼻孔能开闭，四肢细长，蹠有厚皮，适应沙漠地带行走。诗人取材于这一沙漠动物，以一双慧眼、一个新的视角，写出了骆驼的坚强性格和高贵品质。读后令人荡气回肠，感动不已。

　　"千里风沙负重来"。千里：写出骆驼行走的艰辛和路途的遥远，长途跋涉，极其劳苦。风沙：沙漠之风，十分猛烈。飞沙走石，行人眼睛都难以睁开。骆驼在跋涉行程中，遇到了恶劣的环境。负重来：它身上背着沉重的东西，一步步地在前行着，没有停住步伐，仍旧勇往直前。诗人在这句诗中，用了短短七个字，生动形象地写出骆驼的坚强，不畏劳苦，默默奉献的高贵品质。此言虽短，情韵却长。

　　"孤行落寞未曾哀"。这句诗用字极为巧妙。"孤行"：孤单地行走着。沙漠地城广大，或一匹骆驼，或一队骆驼，都显得孤单。落寞：处于寂寞的状态。沙漠中人烟稀少，所以显得"孤单"。诗人用"落寞"，反衬出骆驼的勇敢和坚强。未曾哀：说明它在沙漠中，寂寞远行，一直以来都是不惧怕的，心中从来没有悲哀的念头。读后给人以鼓舞，给读者增添了克服困难的勇气。

　　"脚跟稳健高昂首"。脚跟：指前行的步伐。稳健：稳，指脚步极稳，没有歪斜，没有被风沙吹倒，也没有被重负压垮；健，说明骆驼行走有力量，非常健壮，挺有劲道。高昂首：骆驼在负重时，高高地昂着头。诗人以独特的视角，描写骆驼的步伐和头部的方位，赞扬它吃苦耐劳，在艰难中前行的特有气质。

"怀远直前尽己才"。怀远，胸怀远大。与上面三句诗相呼应，点名了骆驼不惧风沙，甘愿负重，"未曾哀"，"高昂首"的原因，直前：勇往直前，百折不挠。尽己才：尽，全部，用尽。把自己的才能全部贡献出来。这也是它"怀远"之结果。

这是一首对骆驼的赞美诗，诗人用朴实而又热情的语言，歌颂骆驼默默奉献于人类的高贵品质。诗人也是借物喻人，歌颂各行各业的劳动人民，不怕艰难困苦，勇敢坚强为人类创造巨大的物质财富和精神财富。

此首诗在写作上立意高，视野阔，格调美。郭沫若先生说："因为诗——不仅是诗，是人格的表现，人格比较圆满的人才能成为真正的诗人。真正的诗，才是诗人的诗，……我们读了，都是增进我们的人格。诗是人格创造的表现，是人格创造冲动的表现"。诗人笔下的骆驼形象既平凡又高大，既朴实又美丽，既普通又高尚，诗中处处流露出对骆驼的赞美，这也就是对劳动人民的赞美，讴歌劳动人民，读后给人积极向上的鼓舞力量。这首诗，是诗人胸臆的抒发，是一首上乘之作。

其次，这首诗用环境描写来烘托主题，也是一个鲜明的特色。诗中写了"千里风沙"，"孤行落寞"，写骆驼所处的恶劣环境，我们可以想见，茫茫大沙漠，荒无人烟，没有飞鸟，没有绿意……但是骆驼还是背驮着重物，心胸宽阔，没有痛苦和悲哀，昂着头前进着。骆驼的意志何等坚强，品质何等可贵，读后掩卷思考，"使人思而得之"，"语尽而意无穷"。

（邵介安）

英　雄

莫临挫折叹计空，
奇瑰多出绝境中。
巧借穷途成杰作，
败而取胜是英雄。

解读

人生之中，由于时机、条件的不成熟，挫折、失败其实是常态。如果我们误判常态为穷途末路，则将丧失大量的成功机会。

为什么挫折、失败是常态而奇瑰往往出自绝境，穷途能成杰作呢？从事物的发展规律来看，事物存在着正反两面，基于大量的理论探索和实践经验，才可能实现否定之否定，才能总结出成功的规律。

以开国领袖毛泽东主席为例，他对中国革命战争实际是农民革命战争，中国革命路线应当是农村包围城市，中国革命的战术应当是先游击战后运动战等战争规律的总结，也不是一蹴而就的，而是在对大量的农村革命调研、工人革命实践、革命根据地创建的基础上才形成的。在发现中国革命的规律之余，他也仍然经历了以王明为代表的"左"倾路线的错误而导致的红一方面军第五次反"围剿"的失败，并由此踏上了史诗般的四渡赤水、翻雪山、过草地的两万五千里长征之路。如果在众多的挫折、困难甚至失败面前，就退缩、逃避，那又何来今日中国的辉煌呢？

作者黄学规不仅是位诗人，也是国内挫折研究专家。在挫折教育领域，他首创了"三育一体化"的教育模式，并率先在国内跨学科综合研究挫折教育。在这一领域，他先后出版了《挫折与人生》《人格与人生》、《审美与人生》等专著。这首诗是诗人对挫折规律的研究与总结，对于大众而言，具有特殊的警醒意义。

（史吉宝）

逆　战

屡遭折戟休言败，

稳健全凭心力攻。

一念不生真妙境，

神威逆战铸奇功。

❧ 解读

2016 年在里约奥运会上，中国女排在极为不利的情况下，逆转夺冠，堪称奇迹。

中国女排在夺冠的过程中，关键的一战在中国队与巴西队之间展开。在这之前，中国女排对巴西女排曾经历过 18 连败。而且，巴西队在过去两届奥运会上都击败了美国队，连获两届冠军。

女排教练郎平说："这一次比赛我们把自己的位置摆得比较低，正视比赛中肯定会遇到很多困难。比赛中不要想得太多，脑中有杂念球就很难打。关键是打消杂念。我一直在等待球员的扭转。"扭转的时机终于来了。在与巴西队的比赛中，中国女排姑娘们沉着应战，心定力强，不容一丝杂念，专注打好每一个球，一分一分地咬，真可谓一旦入妙境，便见马如龙，最终以 3∶2 战胜巴西队。从此，提振了信心。接着，又击败了两支强队：荷兰队和塞尔维亚队，登上了世界女排的巅峰。

开局低迷，继而奋起，绝地反击，顽强拼搏，以弱胜强，最后成功登顶。

中国女排以荡气回肠的完美逆袭，为祖国赢得一枚弥足珍贵的金牌。习近平总书记说："中国女排不畏强手，英勇顽强，打出了风格，打出了水平，时隔 12 年再夺奥运金牌，充分展现了女排精神，全国人民都很振奋。"

快乐谣

不思八九心常乐，
一二平常似雾消。
成败古今多少事，
从来当日变前宵。

解读

南宋词人辛弃疾在《贺新郎·用前韵再赋》中写道："叹人生、不如意事，十常八九。"诗人在本首诗开头就讲到"不思八九心常乐"，道出了人生的快乐其实就在我们自身的心中。心中若有乐趣，则无论何时何地都能感受到温暖，然而在人生不如意之事十有八九之外还存在一二，诗人笔下的一二也是淡如云烟，以其独有的规律发展着。在阐述人生的常乐之道之后，诗人笔锋陡转，把古今成败之事跃然于纸上，将成败的寻常与人生的喜忧完美地结合起来，用"当日变前宵"引出生命的流逝以及事物发展的自然规律。

（王煜烽）

知　足

知足常乐少烦恼，
心到无求气自平。
世事纷纭难美满，
浮沉进退皆人生。

解读

"求不得苦"，是佛家所说的人生八大苦之一。因为所求而不可得，内心会生起种种苦恼。因为种种苦恼，会滋生种种妄为，因为种种妄为，于是开始生死流浪。

我们的世界由于种种条件的限制，它难以有效满足所有人的要求，难以实现有求必应。但是，人的欲望却往往超越了社会的现实承载，内外天平往往失去平衡。

那么，这样的失衡是否可调整呢？外在的道路似乎并不通畅，剩下来似乎只有内在的道路了。

道家有语："为学日益，为道日损。损之又损，以至于无为。无为而无不为。取天下常以无事，及其有事，不足以取天下"。在这里，如果我们将"为学日益"改成"为求日益"，道理其实也是相通的。这便 如诗人所说，"心到无求气自平"。当我们将内在的欲望不断放下，假以时日，我们最终会处于无所可求的状态。处于这种无所可求的状态，我们的精神世界将可通达四方，欲望在这种高空俯视下，会显得卑微与渺小，而升华了的我们的内心世界也不再因为这些失衡的欲望而生苦恼，原先的苦恼在广袤无边的精神世界中会如那云烟，只是人生的点缀。

当我们持续地处于这种状态，外在的世界将如那落英缤纷，而洞悉了虚实、生灭的我们，自可闲庭信步于这世事的繁荣与落寞、人生的得意与失落、因缘的聚散与离合。

（史吉宝）

夕 阳

残照熔金映树梢，
清江秀水自滔滔。
无言相视超然落，
夜色尽头红日烧。

解读

　　"残照熔金映树梢，清江秀水自滔滔。"本首诗前一二句，诗人为我们描绘了一幅很美丽的画面。诗句中，"熔金"二字体现了夕阳光辉的美丽，就像融化掉的金子，撒在树梢上。而"清"、"秀"二字则体现出了江水的清澈、碧绿。可见诗人身处自然美景之中。诗的后两句"无言相视超然落，夜色尽头红日烧。"蒙蒙的夜色中，夕阳即将落下地平线。而在这种氛围之下，诗人并未有太多伤感，反而觉得超出自然，心中的块垒放下。由此可见，整首诗诗人主要想表达的是一种超然物我的态度，一种不以物喜不以己悲的情怀。

　　众所周知，当一个人完成了生命的积累，达到了一定的能量，他并不是因为想说什么去说什么，而是世间的万物生灵找到他，让他说出。譬如一位深得禅悟的画家，他的作品表达的一定是宇宙箴言，替万物生灵去绘画。同样地，对于诗歌创作，一位好的诗人，他的作品也一定是在为宇宙谈经说道。在这首诗中，诗人仿佛已经与夕阳、与江水、与树林、与天空融为一体，他所表达的是自然的和谐与宁静。

　　以简驭繁，超然物我，妙道在心，且行且歌。生活有苦有乐，有得有失才叫真实。爱惜分分秒秒，拥有一颗安闲自在的心，对于周遭的一切事物，不怨，不怒；不躁，不急；不奢恋，不强求；不暴喜，不忘形。对于世人来说，这便是生活最好的姿态。

（陈小芳）

晚　霞

远望群峰夕照残，
胸中风物水云宽。
芳馨君子岁将晚，
日暮烟霞灿满天。

解读

此诗作于 2016 年 2 月，诗意是：面对远方群山之上将要沉落的太阳，长者的内心却如云似水般平静而宽缓。要像那晚年的君子，他的德行仍然散发着芳香，恰如日暮的天空霞光四射，满天灿烂！

晚年并非意味着消磨时光、无所作为。历史上很多大家的名作均成就于晚年时期。歌德、雨果、达·芬奇、毕加索、齐白石、黄宾虹、沙孟海等等，他们到了晚年仍然充满活力，都是活得越久人生越精彩的典范。

60—70 岁之后让自己的生命大放异彩的人，如今变得越来越多。他们虽然年龄增长，却更热衷于开拓自己的人生新阶段，人们把这个阶段称之为"黄金一代（Gold　Generation）"。

中国明代洪应明曾说："日既暮而犹烟霞绚烂，岁将晚而更橙橘芳馨，故末路晚年，君子更宜精神百倍。"

老有所学、老有所乐、老有所为，许多长者已经形成共识。虽然面临"末路晚年"，但要走好最后一程路，人生最后的岁月更须珍惜。岁月可以在皮肤上留下皱纹，却无法为心灵刻上一缕痕迹。从无限的时空中不断接受美好、希望、欢乐、勇气和力量，一个耄耋老人也会感到自己的心依然年轻。

春

十里东风吹碧草，
柳摇新绿换年华。
行人渐老心休怨，
常驻青春岁月遐。

解读

古人描写"春"的诗句颇多，有"春风知别苦，不遣杨柳青"，流露出一番离愁伤感之情；有"羌笛何须怨杨柳，春风不度玉门关"，写尽边塞的荒凉和征战之苦的心情。当我们读到《春》这首诗，令人为之一振，诗歌中充满着青春的活力与朝气，一片春意盎然。此诗是一首思想境界很高，富有特色的佳作。

"十里东风吹碧草，柳摇新绿换年华。"这两句诗是说，春天来到了人间，东风在大地上轻轻地吹着，田野上，公园里……一片片绿色的小草，展开一幅生气勃勃的画卷；杨柳枝在春风中得意地摇曳着，披上了绿装，旧桃换上了新符，新的一年美好时光又呈现在人们的眼前。

"行人渐老心休怨，常驻青春岁月遐"。"行人"，指活在世上的人。遐：远；长久。这两句是说，活在世上的人，随着岁月的流逝，年龄渐渐变老了，但是不要埋怨人生易老，只要心灵永葆青春，就会使自己朝气蓬勃。

这首诗，生动地体现了积极的人生态度，鼓励人们积极进取，奋发向上，是一首优美的春的赞歌。在诗中，作者明确点出"常驻青春岁月遐"，一个人心中永远保持着活力，就不会怨恨人生的苦短，就有旺盛的斗志和拼搏精神。作品的主题是积极的，健康的，对人生有着积极鼓励作用。

　　作者为什么会这样构思与立意？这是与诗人正确的世界观、人生观分不开的。古人云："诗言志"，《春》这首诗中就是作者高尚情操的生动反映。

　　历代写《春》的诗不计其数，要写出新意实非易事。这首《春》歌写得不落俗套，能于寻常之中挖掘新意与哲理。本诗先写景，再写情，情由景而生，水乳交融，浑然一体，意境深远。

（邵介安）

春　光

春光自古不常驻，
寡欲忘怀岁月长。
一世安神无憾事，
何愁白首对夕阳？

解读

"春光自古不常驻，寡欲忘怀岁月长。"这两句诗意谓：时光脚步匆匆，不停地流逝，从古以来，它不会停歇；清心寡欲，一生行善，清廉守节，就会忘记烦恼和忧虑，对一个人来说，可以延年益寿。一"短"一"长"，反映出人生观不同，心态各异，生命的长度和宽度是不同的。

"一世安神无憾事，何愁白首对夕阳？"一个人的一生一世，一辈子做好事，助人为乐，神情就会淡定，不受外界干扰，就不会作遗憾的事；若这样作了，还愁什么自己对着晚年（夕阳）而感叹呢？

本诗抒发了对人生的见解。诗人告诉我们，人在世上，应该积德行善，清心寡欲，清廉守节，那么他（她）生活得就很出彩了，就有很高的价值，相对地说，也能延长自己的生命。本诗是对人生的规劝，也是对生命的赞歌。

诗人的立意是很高的，也是很积极的，健康的。古人云："生当作人杰，死亦为鬼雄"。强调的是人对社会的贡献。今人说："活着为人民，生命值千金"，这里说的是个人与集体、社会的正确关系，对生命的正确理解。我们应该确立"为人民服务永远在路上"，"生命不息，服务不止"的正确世界观。《春光》这首诗，对广大读者有着重要的启示意义。

　　这首诗的写作是很巧妙的。本诗是一首说理诗，作者不直接讲出来，而是化为形象，赋予激情，充满着诗情画意，读者不知不觉地接受了诗人所要表达的主题思想，受到了人生的启迪。还有用了反问的修辞手法，不直接作答，不仅主题思想表现得具体、深刻，而且语气也显得铿锵有力。

（邵介安）

暮春吟

绿杨飞絮白云暖，
暮雨落花燕泥香。
有寄无求心自在，
丹心皓首笑夕阳。

※ 解读

　　这是一首赞美夕阳红的借景咏志诗。诗的一、二句意谓：暮春季节，绿杨林中的花絮飞向天空，一片片白云，阳光灿烂，呈现出融融的暖意；傍晚春雨淅沥，花朵垂落在春泥上，还散发着淡淡的清香。诗的三、四句意谓：人们步入晚年，虽然有所寄托，但无刻意去追求什么，只要过得充实自在就行了；人只要有一片丹心，虽然银发满头，也能笑对夕阳。

　　这首诗流畅地写出了暮春季节绿杨飞絮，暮雨落花，春泥飘香的自然景色，这也是一种自然规律，用不着为此伤感，需要的是随着年龄的增长，人要不断调整好自己的心态，求得"心自在"，"丹心皓首"，仍有所作为，依然充溢着人生的乐趣。这首诗的积极意义是显而易见的。

　　人到老年，应该保持怎样的状态呢？杨澜曾提供了一个答案："老得优雅。"笔者根据这个答案，从老年人的精神需要出发，为老年朋友编写了一本提供休闲阅读的书，其书名为《老有所读》，其中选了八则"人生之老"的故事：《老得优雅》、《老得漂亮》、《老得快乐》、《老得明白》、《老得知福》、《老得有感悟》、《老得白发当花看》、《老得会享受生活》。现在我读了这首《暮春吟》后，对"老"的内涵又有了新的认识。

诸葛亮在他未出山之前就在他栖居的茅庐里悬挂着一副对联："淡泊以明志，宁静以致远"。它精炼地概括了诸葛亮一生清心寡欲、修身养性、顺其自然、不求荣华的品德操守，这是人生的一种高尚追求，《暮春吟》完全印证了这样的境界。

（许汉云）

秋　光

满目秋光自在吟，
东篱淡菊送清芬。
吾心静谧嚣尘远，
浮躁奢华不染身。

解读

"满目秋光自在吟，东篱淡菊送清芬"。此诗作于 2013 年，诗人已经 73 岁，但在诗人的眼里，秋天处处是明丽的，丝毫没有萧杀悲凉之感。诗人内心感到十分快乐，心中洋溢着喜悦，自由自在。园子东侧的篱笆下，长着数丛菊花，已是深秋了，菊瓣色彩变得淡淡的，但它们仍然散发着清新怡人的芳香，诗人陶醉在这快乐的园子里。"东篱淡菊"是从陶渊明诗句"采菊东篱下，悠然见南山"变化而来。这两句诗，反映了诗人心胸豁达大度，淡定自然，对人生采取的乐观主义态度。

"吾心静谧嚣尘远，浮躁奢华不染身"。谧：安静。诗人心中非常平静，心态自然平和，远远地离开嚣尘，过着恬静舒适的生活；诗人对市井里的聒噪，纷扰杂乱，浮夸急躁，急功近利，花天酒地的生活，感到十分厌倦，自己一点也不去沾染。这两句诗，点明了诗人情趣高雅，淡定自然的生活态度。"远"字原为形容词，这里化为动词，即对那种奢侈的生活，远远地抛弃。

这首诗抒发了诗人清静的心境，以及对人生乐观豁达的态度，不追名逐利，恬静平和，积极向上，是作者内心的独白。

清人刘熙载云："诗品出于人品"。沈德潜也云："有第一等襟抱，第一等学识，斯有第一等真诗"。确实如此。诗歌就是诗人的一面镜子，也是内心情绪的反映。

人品与诗品是相互联系的,人的思想境界高,写出来的诗意境就高。"文如其人"。《秋光》这首诗,由于诗人境界高远,对人生采取积极向上的乐观态度,所以满目都是明亮的秋光,即使是"淡菊",也是"送清芬"的;心情也是"静谧"的。

古人也写过秋天一类的诗词,但他们的笔下却是"岁去人头白,秋来老叶黄",一片哀叹之调。"秋风萧瑟天气凉,草木摇落露为霜",心中充满孤单和寂寞。"秋来处处愁断肠",悲痛到了极点。这是他们所处的时代环境等因素所致。

刘勰说过:"褒见一字,贵逾轩冕;贬在片言,诛深斧钺。"他的话,说明写诗用词的重要性。《秋光》这首诗,用词准确、鲜明而生动。一个"满"字,反映出处处是赏心悦目的秋景。一个"送"字,却写出淡菊的优良品质。一个"远"字,表明了对浮嚣生活的厌恶态度。是非分明,用词功力颇深。

（邵介安）

枫　叶

秋风飘舞丹心叶，
似向人间寄锦笺。
一季繁华别世后，
俯身揖土背朝天。

解读

　　一片树叶的飘落，可能引发人们对生命的无限感叹。本诗不是落叶伤时的凄楚，也不是春泥护花的赞美，而是从一个新的角度阐发着生命的意义。

　　枫叶在秋风中飘舞，然后静静地落下。遍地的落叶大多正面着地，背面朝天。鲜红的枫叶在它生命即将远逝的一瞬间，仍然眷恋着生它养它的大地母亲。它在感谢大地母亲的孕育。满地的落叶诠释了生命的传承，它平静地期盼大树来年的勃发和繁荣。

　　生命的齿轮永远在转动，生老病死的故事也周而复始地上演着，这是成长后的领悟。没有悲怆，没有哀鸣，枫叶静静地聆听着大地的耳语，企盼着繁华如锦的春天来临。

　　世间的名利财富，都如镜花水月，"借问路旁名利客，何如此处学长生"？

清　心

千江流水倾东海，
万壑松声出素琴。
世事纷扰神淡定，
曲肱一枕自清心。

解读

"千江流水倾东海，万壑松声出素琴。"壑：hè，指大山间。素琴：质朴的本色的不加雕饰的琴。这二句是说，东海胸怀开阔，能够吸纳千江万水；朴实的素琴能够弹奏出千山万岭松涛发出的声音。这是比喻一个人心胸开阔了，就能容纳和吸收世上各种知识，保持着内心的美好，"清如玉壶水"，就能做出许多为人称道的好事。

"世事纷扰神淡定，曲肱一枕自清心。"肱：gōng，胳膊由肘到肩的部分，泛指胳膊。这二句是说，世上的事情纷繁复杂，林林总总，五花八门，但我们内心，即精神状态要淡泊名利，不被社会歪风邪气所迷惑；在复杂世事面前，用胳膊当做枕头，心清如水，处变不惊，不被乱象牵制，头脑清醒，就会舒舒服服地睡上美觉。这两句诗，鲜明突出地点明了诗歌的主旨。

这是一首立意极高的诗歌，抒发了诗人追求一种品行纯洁，不被世俗骚扰，保持心清如水的高贵品质。这是特别可贵的，也是特别令人称道的。当今社会，有人被金钱权力所迷惑，结果受到法律的制裁；有人弄虚作假，被媒体舆论所抨击等等。当我们读到这首诗，感到特别的清新和兴奋，受到深刻的启示。这首诗现实性很强，是具有强烈时代精神的一个作品。

本诗用词清新、妥贴、自然，犹如"清水出芙蓉，天然去雕饰"。

例如"淡定",是今天的时尚用语,作者用在诗歌中,反映"诗歌来源于生活",非常自然、贴切。"淡",指安静状,"淡兮其若海"(老子),引伸为不经意,不热心;"定",即安定,不为所动。"淡定"一词充分展现出诗人所追求的思想境界。坦然地面对人生纷扰,是历尽酸甜苦辣之后的淡定,参透悲欢离合之后的从容,悟彻成败荣辱之后的豁达,洞明是非曲直之后的聪慧。又例如"自清心","自",可指自己,也可解释为"自然而然地"。"清心":原为中医的一个名词,这里借来指一种纯净、寡欲廉洁的思想。我们从本诗中,可以看出诗人所欣赏的是一种保持平常心的人生境界。这是对生命意义的把握进入到一个更高的层次。

(邵介安)

心　境

顺逆沉浮成往事，
马蹄雪尽顿觉轻。
耆年自有耆年乐，
心境舒缓如水平。

解读

"顺逆沉浮成往事"。顺：顺利，指人生、工作等一帆风顺；逆：逆境，即人生受到的艰难曲折。沉：地位或名声下降或沉没，消失；浮：地位、名声上升，提高。这句是说，一个人的一生中，遇到的顺境和逆境，地位的上升和下沉，随着人已步入老年，这些都成了过去的事情。意即不必计较得失，这里指出一个人应具有大度的气量，以及具有乐观主义精神。

"马蹄雪尽顿觉轻"。王维诗云："雪尽马蹄轻"。作者在此引用，并予以深化、创新。这句诗从字面上讲，白雪融化后，马儿在地上行走，会感到轻快的。此是比喻，意为人遭到各种困难挫折之后，不去计较，乐观地对待，淡泊名利，身心会感到愉快和轻松的。

"耆年自有耆年乐"。耆：qí，年老。这句是说，老年人自有老年人的乐趣，心境应该平静，"自得其乐"也。

"心境舒缓如水平"。老年人的心境，应该舒展，自在而且非常平静，舒缓应该同水一样平，保持着平和的心态。这里道出了老年人应该保持应有的正确的心态。

这首诗像一道美丽的风景线，像夕阳那样红，像枫叶那样美，诗人诚恳地表达了年长者应该淡泊名利，精神不怠，不怨天尤人，有所作为，找到年长者的快乐，使自己的一生具有应有的价值。平静的心态，才是生命中的彩虹，永恒的风景。本诗劝告人们，应该保持晚年美好的情操和高尚的道德品质。

独上高楼，另创新意，这是本诗写作上的一个亮点。"心境"是很难描写的，往往流于空洞、说教，而诗人在这首诗中，用"马蹄雪尽顿觉轻"，来比喻人生经受种种艰难挫折后，感悟到了真正的人生，变得快乐、积极向上、奋勇前行。这不仅给读者留下具体、生动的形象，而且具有一种美感，对人生有着重要的启迪。

（邵介安）

养　心

山高无语仰朴厚，
深水平波澈底澄。
玉碧冰清尘不染，
云轻心静得安宁。

解读

　　这是一首抒写人生追求淡定守静、玉碧冰清精神境界的励志诗。诗的一、二句意谓，一座高大的山，无声无语，默默地守望在那里，令人敬仰的是它的一种朴实、厚重的形象；一条条大江大河水深浪平清澈见底，给人是一种深邃、淡定的感觉。三、四句意谓，碧绿色的玉石和洁清的冰块一尘不染，白云在天空轻轻流动，给人带来了心中的平静安宁。

　　大山崇高博大，大河大海深邃澄澈，是大自然展示给人们的一种可亲可敬的风貌形象，这也是人们所仰望的精神境界。一个人能淡定自若、淡泊名利，把名利、地位看成是浮云般的身外之物，不为其所诱惑，不戚戚然、惶惶然、忿忿然、怅怅然，而是泰然处世，超然物外，那么他的人生就始终能处于玉碧冰清、山高水澄、守静安宁的境界。这是这首诗所表达的旨意，其实也是诗人心灵的真实写照。笔者与诗人相处很早、很久，交往很亲、很深，诗人的言行品格时时打动与感染于我。笔者读了诗人许多诗句，对其抒写励志的诗，如《岁月》、《耕耘》、《自勉》、《英雄》、《立志》、《知足》等尤为喜爱，得益匪浅。

本诗直抒胸臆，全诗是诗人内心情感的真实表白，读来感人肺腑。诗中以山、水、云、玉为比照物，具体形象地描绘了一个高尚的人应具有的品格，比喻新颖、清新、自然，感染力强。

（许汉云）

自　安

寂寞寒江独钓雪，

孤云飞鸟敬亭山。

清心恬淡超拔境，

静气从来在自安。

🌿 解读

　　此诗中，作者化用唐代诗人柳宗元和李白的诗句，营造了一个静谧安宁的境界，启示人们应当有一种清心恬淡而致远的高尚品质。

　　"寂寞寒江独钓雪"。这是诗人从柳宗元一首著名的短诗《江雪》中化解而来。柳宗元原诗是："千山鸟飞绝，万径人踪灭。孤舟蓑笠翁，独钓寒江雪。"诗歌描写了在一个寒冷荒凉的冬野之处，一个老翁，在江上钓鱼。柳宗元反映了老翁的孤独生活。而诗人黄学规是借用它来改造，叙述一个人应该有淡泊宁静、远离红尘的生活环境，脱离浮躁、清新自然，过着平静自适的生活。

　　"孤云飞鸟敬亭山"。此句诗是从唐代诗仙李白《独坐敬亭山》变化而来的。李白诗原有二十个字："众鸟高飞尽，孤云独坐闲。相看两不厌，只有敬亭山。"原诗的主旨是，心里感到孤独，只有美丽如画的敬亭山与他相依为伴。诗人黄学规将此诗活用，笔锋陡然一升，告诉人们与自然和谐相处，与山川一样，淡泊而宁静。

　　"清心恬淡超拔境"。清心：指人应有清雅、纯洁之心。恬淡：恬，tián，坦然安静，淡泊名利。超拔境：超脱红尘，远离世俗浮躁。境：境地，思想境界。此句诗谓：人们应该脱离世俗偏见，追求一种清新高雅、淡泊名利的生活，摆脱世俗之束缚，心仪一种超越的品质。

　　"静气从来在自安"。静气：清新高雅的气质。指人的一种高度自我修养，也是指人类超凡脱俗的一种思想境界。从来：来源，缘由，来历。自安：指安详，心中平和，高尚的心灵。此句诗谓：一个人高雅的气质，纯洁的品质，来源于个人的自我修养，将人与事看得极为清明，人与人、人与自然构成和谐的统一。"无所往而不乐者，盖游于物之外也。"（苏轼）

诗人用清新、自然的语言，仿佛在与友人对话。作者通过描写，反映人生在社会上，应该追求静谧自安的境界，超凡脱俗，远离红尘与浮躁，对万物要看得清明，为人处世应该平和。

德国诗人歌德说："艺术在本质上就是高尚的，因此艺术家不必为那一个鄙陋或普通的题材而忧心忡忡。不，只要掌握了它，艺术就会使题材得到升华。"诗人将孤独的老翁等古典形象，运用聪慧的大脑和高超的手法，将它们取来改造、升华，创造出一个静谧的境界，深刻地表达了诗歌的主题。这是诗人思想境界高和写作技巧娴熟所致。

"静气从来在自安"。这一句不可小觑，它点明了主题，写活了整个画面，使山、水、云、鸟都明亮鲜活了起来，读者精神为之一振。这种精彩之笔确实难能可贵。

（邵介安）

知　音

梅花幸得雪知音，
寂寞山林相伴吟。
有雪梅花才抖擞，
无梅白雪少芳馨。

解读

　　这是一首借雪梅相伴来抒发胸臆的励志诗。诗的一、二句意谓：冬天到了，雪花纷纷扬扬飘落下来，梅花绽放是十分幸运的，因为它得到了雪花这个知心朋友。寂寞的山林因为有了雪花飞舞而相伴吟唱。三、四句意谓：绽放的梅花，因为有了雪花飞舞作伴而显得更加精神抖擞，而白雪如果没有梅花相伴，也会缺少芳香。馨（xīn），芳香。

　　古代有一首梅雪争春的诗："梅雪争春未肯降，骚人搁笔费评章，梅须逊雪三分白，雪却输梅一段香。"本诗表达的是梅雪同吟，相得益彰。梅花有白雪相伴是幸运的，绽放时才能显得格外精神抖擞，山林也因此不再寂寞，而白雪有了梅花相伴，才能得以芳香沁人。元代王冕写道："雪似梅花，梅花似雪，似和不似都奇绝。"可见，梅花和雪是不能分离的，只有和谐相处在一起，才能显得有奇绝的特色，也才能显示它们的高洁的品格。梅和雪相伴为依，是大自然天生的一对"知音"。

　　其实，人间也是十分重视寻找知音的。《列子·汤问》上记载的"高山流水"，讲的就是善于弹琴的俞伯牙如何和善于听琴（欣赏音乐）的钟子期结为知音的故事。人们常说，人生在世，得一知音足矣。意即要寻找可靠的朋友作为"知音"。

本诗用拟人的手法，借用梅雪相伴相知，托物言志，直抒胸臆，诗的意境开阔、高雅。

（许汉云）

乡　思

诗仙月下最多情，
一句故乡肺腑声。
游子离家千万里，
乡思不断伴行程。

解读

故乡，是一杯芳香浓烈的酒，也是一盅飘着淡淡清香的新茶，是一种挥之不去的美梦，也是游子时时不息的话题。

这首诗歌是诗人读了李白的《静夜思》之后，触动了自己的怀乡情绪而写下的佳作。

"诗仙月下最多情"。诗仙，指的是唐代大诗人李白。作者说他的诗歌是"最多情"的。用了一个"最"字，一个"多"字，写出诗仙对故乡的怀念情感是十分深厚的。

"一句故乡肺腑声"这里的"一"字，是"全部"的意思，不仅仅是一句，而是统指全篇诗句；"肺腑声"，是指从心底由衷发出的声音。说明了李白的诗作对故乡的情感，是很感人的。

上述两句诗，既是作者对李白诗的赞美，也是写自己对故乡的深情怀念。思乡是古今中外游子的共同感情。

"游子离家千万里"。"千万里"说明离家之遥，但仍乡思不断，说明游子乡愁之切，之深。"千万里"，言路途之长，但思绪比这个路途更长，真可谓是思乡情感"绵绵无绝期"。

"乡思不断伴行程"。"不断"，说明思念之久。一个"伴"字，一般语境下作"同伴"、"伴友"（名词）解释，而此处作者将它进行活用，作为"结伴"（动词）用，思乡之情时时、事事、处处伴随着自己，始终牵挂在心头。

这两句诗生动地点明了诗歌的主题。

乡愁，就是离开了那个地方，还想着那个地方。本诗以深情的笔触，清新朴素的语言，强烈地抒发了作者热爱故乡的美好情感。

本诗先写读李白的诗，再由它联想，触动到自己热爱故乡之情，联系自然，毫无牵强之感。用了夸张和拟人的修辞手法，形象生动，字里行间饱含着浓浓的思乡之情。

（邵介安）

采桑子·白鹤

芦苇荡浅高高立，水碧花香。

水碧花香，毕竟芳泽是异乡。

眼前风物终非恋，展翅昂扬。

展翅昂扬，志在云天万里翔。

解读

"采桑子"又名"伴登临"、"罗敷"等，唐代教坊的大曲中有《采桑》、《杨下采桑》等曲调。《采桑子》这一词牌名由此而来。鹤，一种鸟类，外形似鹭和鹳，常活动于平原水际和沼泽地带。作者以"白鹤"为题，展开丰富的想象，歌颂了它"展翅昂扬"的雄姿和"志在云天万里翔"的志向。

这首词，意在言外，脍炙人口，犹如一幅动态的画卷，令人爱不释手。词的上阕从环境写起。水泽边长着一丛丛的芦苇，杂草茂密，有一堆堆的小土丘和乱石。一群披着洁白羽毛的白鹤，或在浅水塘中走来踱去，或用一只细细的长足，支持着身体立在那儿。滚动着圆圆的小眼睛，注视着荡中的水族们。芦苇荡水碧绿可爱，晶莹澄澈，在蓝天的映衬下，显得格外诱人。芦苇荡边长着一簇簇的野花，这群象征长寿、幸福的鸟儿——白鹤，深深爱上了这里的优美而宁静的环境，但白鹤心里想着，美好的水潭，舒适美好的地方，这里毕竟不是自己行程的终点和归宿。

这首词的上阕，点出了白鹤志存高远的宏伟理想，以及宽阔的胸怀，不安于现状的进取品质。正如古人所言"大丈夫当雄飞，安能雌伏"（《后汉书·赵典传》）、"丈夫志，当景盛，耻疏闲"（宋·苏舜钦）一样。上阕连用"水碧花香"的叠句，前一句表示环境的优美，后一句强调不留恋"芳泽",不图舒适安闲的生活,要展翅高飞。

词的下阕则写白鹤去实现理想的征程。一群白鹤看到眼前美丽的风光,心想暂时休息尚可,但从长久计,这里并非自己的留恋之处,应该展翅翱翔,放大眼光,去拥抱蓝天。下阕连用叠句"展翅昂扬",重点强调了白鹤的雄心壮志,使人感到白鹤的视野远大,其意层层递进,舒展开阔。

"志在云天万里翔"是全词的中心句,也是全词的"词眼"所在,表达了白鹤不贪图安逸,不追求享受,立志实现远大的抱负。

这首词立意高,格调美。清人吴德旋说:"作文立志要高。"写白鹤可表现许多主题,或表现延年益寿,或反映环境安谧宁静……作者站在高处,视野开阔,生动形象地表现了白鹤对理想的追求,不安逸于现状,怀着雄心壮志,去创造自己美好的价值。

全词用了许多比喻手法,例如"水碧花香"比喻环境的优美;"芳潭"比喻美好的栖居之地;"展翅昂扬"比喻不怕艰辛实现远大理想,等等。全词描写具体、形象、生动,高瞻远瞩,独标风韵,自成为一首含意深刻的佳作。

(邵介安)

正直行

如临险谷知廉耻，
凡事三思身后名。
青史品评真似镜，
光明磊落正直行。

解读

这是一首抒发作者廉洁自律、正直坦荡的励志诗。诗的一、二句意谓：一个人做人、做事要十分谨慎，似身临危崖险谷，要懂得操守，知道什么是廉洁的，什么是羞耻的，处世办事要深思熟虑，要顾及生前身后的名声。三、四两句意谓：历史是公正的，对一个人的品行、功过是非会做出正确的评判，它会像明镜一样照得清清楚楚；一个人要胸怀坦荡、公正无私心、光明行事、落落大方、正直向前。

这首诗以平实的语言从正面阐述了品行高雅的人所应有的情操、品德，正直无私、胸怀宽阔、廉洁奉公、光明磊落，要清醒地懂得青史鉴人的道理。"青史品评真似镜"，这句诗很有哲理性。学史可以看成败、鉴得失。唐太宗李世民十分强调治国理政要"以史为鉴"，他说："以铜为镜，可以正衣冠；以古为镜，可以知兴替；以人为镜，可以知得失。"一个人，尤其是为政者，自觉注意经常照照镜子、端正衣冠、坚持操守，那是人生的一件大事。这首诗对当前的反腐倡廉，很有现实意义。

明代的爱国名臣于谦曾写了一首千古传颂的《石灰吟》，诗中教育人们：做人要像石灰一样经得起严酷的考验，不怕千难万苦，勇于自我牺牲，做一个无比坚强的人，一个"留取清白在人间"的正直人。

这首《正直行》正是这样人生境界的写照。再联系到诗人的另一首诗，《梅雨潭》中的"缘何天下独钟爱？全赖幽潭水自清"，清楚地看出作者一以贯之坚守廉洁自励的志向和追求。

（许汉云）

普陀千步沙

海空一碧到天涯，
风骤雨急卷金沙。
莫道回头才是岸，
少年偏爱雪浪花。

解读

作者自注："1986 年夏，临千步沙观大海，心潮起伏，欣然命笔。"千步沙在普陀县普陀山东海滩，长约 1750 米，阔约 100 米，是普陀山最大的一片沙滩。千步沙东临大海，每遇大风激荡，潮水飞溅，状如雪崩。海岸立一石碑，上书"回头是岸"四个大字。

"海空一碧到天涯，风骤雨急卷金沙。"这两句描绘了普陀海岸的壮观景色，碧蓝的天空望不到尽头，水天一色，一个"到"字增加了延伸感，扩大了画面的视野。突然，一场疾风暴雨袭击海岸，游人忙于回头躲避风雨，一个"卷"字，写活了风雨的气势。

"莫道回头才是岸，少年偏爱雪浪花。"然而，少年无畏无惧，勇击潮头。"莫道"两字，引出诗人的感慨，"偏爱"两字，写足了少年涌动的活力。诗人借景抒情，表达了对少年不畏风雨、勇搏风浪精神的赞赏，同时，也充满了对年轻一代搏击人生、超越自我的无限希冀。

（李晓娟）

渔歌子·渔港之夜

夜港静泊万里篷，
海山一色影朦胧。
灯闪闪，雾濛濛，
云帆梦里盼长风。

解读

作者自注："1985年，途经浙江大陈岛，观渔港夜色得此篇。"

夜幕笼罩下的渔港，给人们一种宁静的感觉。"静泊"，渔舟在夜色苍茫之中，静静地靠岸停航。仿佛世间的喧嚣在这里静止，只留下一份温馨祥和。渔民的生活饱经风浪，可本诗中体现了一种生活情趣。渔民不是孤单的，他们有"万里篷"为家，有海山美景相伴。

"灯闪闪，雾濛濛"，在朦胧的夜色雾气之中，我们似乎看到了那跳动的火苗忽闪忽现。渔人此时并不焦虑，他睡着了，做了一个美梦，他梦见长风吹散了雾气，渔舟迎着朝阳起航。

该词寥寥数语，将渔港的迷人夜景作了传神的描述。"静"、"影"、"梦"仿佛是夜的孪生姊妹，消却了白日的奔波与劳碌，将心灵带入一种宁静悠远的境界。然而，这种静谧，却暗含着一种"千帆待发"的力量，现在的休憩，正是为了驾驭"长风"，再赴征程。一种昂扬的斗志在这渔港之"静"中呼之欲出。

（李晓娟）

淳安千岛湖

泱泱大湖万顷波，
千岛如诗韵自和。
碧水连天云淡淡，
长思海瑞若清荷。

🌿 **解读**

这是一首写景思贤的抒情诗。

坐落在淳安县境内的千岛湖，它的水域面积有573平方公里，是杭州西湖的108倍，比世界闻名的日内瓦湖仅小9平方公里，比新加坡国土面积还大9平方公里，是国内绿化面积最大，绿视率最高的内陆人工湖。千岛湖水面，或烟波浩渺，或靓丽清幽，风光旖旎，如诗如画，尤其是那一泓秀水人见人爱，游得天下宾朋醉。有诗赞曰："淳安风景天上有，千岛秀水人间稀。"

这首诗的一、二句意谓：浩瀚的千岛湖，碧波荡漾，变幻多姿，美不胜收，如一卷长诗，具有天然自和的神韵。诗的三、四句意谓：千岛湖的碧水与天相连，天光云影共徘徊，此情此景不由让我们永久思念在此地任过知县的清官海瑞，敬慕他如"香远益清"、出淤泥而不染像清荷一样的品格。这首诗原有一注释："海瑞曾任淳安知县，蔬饭杯茗，清廉自守，深受百姓爱戴。"短短数言，将海瑞在淳安为官时崇尚节俭、为民务实办事、清正廉明、深得民众爱戴的情景表达无遗。

这首诗写作上的特点是将写景与写人融合在一起，写景是为写人作铺垫，语言明白畅晓、朴实无华。读这首诗，既要欣赏千岛湖优美风光，更要缅怀清官海瑞，思念他那如清荷般的为官品德：勤政为民，不贪、不腐、不污，清白留人间。这首诗的现实教育意义是不言而喻的。

（许汉云）

雁荡山大龙湫

穹崖旷谷仰高崇，

千尺险峰奇不同。

海上名山幽且壮，

飞来天瀑撼神雄。

解读

雁荡山被联合国教科文组织评为"世界地质公园"。它的岩石记录了一亿多年前火山爆发、塌陷、隆起的完整过程。联合国伊德博士说："雁荡山是一部由岩石、流水、生命组成的交响曲，是世界的一大奇观。"

"穹崖旷谷仰高崇，千尺险峰奇不同"，北宋科学家沈括在《梦溪笔谈》中称雁荡山"峭拔怪险，上耸千尺，穹崖巨谷，不类他山"。雁荡山的最高峰百岗尖海拔1056米，气势雄伟。

"海上名山幽且壮，飞来天瀑撼神雄"，雁荡山素以山水奇秀驰名中外，被誉为"海上名山、寰中绝胜"。大龙湫瀑布单级落差196米，奔腾而下、蔚为壮观。诗人做了一番铺垫，终于让"主角"出场——飞来天瀑撼神雄。我们仿佛在经过一番攀登之后突然看到了心仪已久的大龙湫，却被它从天而降、无可比拟的气势所震撼。

清代诗人曾写下"欲写龙湫难着笔，不游雁荡是虚生"的诗句。本诗则以由形仰到神撼，写出了诗人亲临雁荡的无限感叹。

（李晓娟）

楠溪江

入云林壑净无尘，
环曲清流见底纯。
山水怡人宠辱忘，
朝华夕秀益心身。

🌺 解读

作者自注："此诗作于 1998 年。楠溪江为国家级自然风景区，相传南朝陶弘景曾在此隐居，著有《答谢中书书》美文传世。"

"入云林壑净无尘，环曲清流见底纯。"这两句描写楠溪江优美的自然环境。两岸青山夹峙，山间白云缭绕。楠溪江的山，秀丽葱茏、素雅清新；楠溪江的水，清澈澄明、五色交辉。作家汪曾祺动情地说："我可以负责地向全世界宣告：楠溪江是很美的。"

"山水怡人宠辱忘，朝华夕秀益心身"。这两句由自然景色过渡到人的自然感受。山在水里，水在山间，远眺溪光山色，俯赏水草野花，令人心无旁骛、宠辱皆忘。人与大自然相通相融，共游共适，达到物我两忘的境界。大自然的极致之美，其补益身心、怡人神志之效，远远超越于药石补品之上。

（李晓娟）

梅雨潭

唐宋先人多踪迹，

唯因梅雨触真情。

缘何天下独钟爱？

全赖幽潭水自清。

❀ 解读

　　梅雨潭是浙江省温州市仙岩山的一处名胜，是温州一带瀑布潭最有特色的潭之一。梅雨潭的潭水很深，飞瀑落在水面上，溅起的水花晶莹多芒，远远望去，就像一朵朵小小的白梅在水上绽放。这便是"梅雨"二字的由来。在历史上，有多位文人骚客慕名前来梅雨潭游览，其中就有现代杰出散文家、诗人、作家——朱自清。他曾写下一篇散文《梅雨潭》，又名《绿》来描述梅雨潭的美景，为世人广为流传。本诗同样也是诗人在游览过梅雨潭后所作，借此表达游后的感受。

　　本诗的意思简洁明了，唐宋诗人词人的足迹遍布天下，他们领略过许多名胜，然而只有梅雨潭能触动他们内心真正的情感。为何天下如此多美景，大家只钟爱梅雨潭？大概只是因为梅雨潭的潭水，在那幽幽的山谷中，特别清澈干净吧。众所周知，文人总是推崇一种高风亮节的气质，因此对透明、清澈、干净的事物情有独钟。作者用简单的文字，自问自答的方式，借古人对梅雨潭的喜爱突出了潭水的清澈透明，又借潭水的清澈透明体现人们追求的高风亮节，两者交相辉映，相互衬托，不仅提升了自身的形象，同时也使本诗更有韵味。

（陈小芳）

江郎山

海底丹霞冲浪起，
东南拔地第一峰。
迢迢万里天仙去，
痴意江郎旷世情。

✿ 解读

江郎山，位于浙江省江山市，山高海拔 800 多米，怪石突兀，奇峰挺立。2010 年，包括江郎山在内的"中国丹霞"被联合国教科文组织列入《世界遗产名录》。江郎山被华东 56 位地质专家勘定为"中国丹霞"第一奇峰。

"海底丹霞冲浪起，东南拔地第一峰"。约在一亿三千万年以前，江郎山这里还是海底，丹霞地貌起始于第三纪晚期的喜马拉雅造山运动。经过亿万年前那场地壳崩裂、岩浆奔流、海底升起的地质运动，在陆地上升起了各式各样的奇峰。这两句诗交代了江郎山的来由，称赞它是东南"第一峰"。"冲浪起"，表示丹霞山脉是经过剧烈的海浪冲击和地崩裂变才形成的，说明了它的来历非凡，可谓罕见。拔地：在地上超出或高出。在平地上突出，可谓自然特有的景观。"第一峰"，是指江郎山的名次排列，称得上是雄伟、高大、美观的景物。

"迢迢万里天仙去，痴意江郎旷世情"。江郎山有三座山峰，相传他们是三兄弟，他们都喜欢并爱上了天上的一位仙女，每天在这里向天空痴痴地张望，最后变成了三座石峰。迢迢：形容相距之遥远。旷世情：旷，kuàng，当代无人可与相比的情意。这两句诗是讲：相距十分遥远的美丽仙女离他们而去了，可痴情的江郎还在深情地张望着仙女，这种情意是当代没有人能堪比的。

这首诗通过江郎山由来的描绘，歌颂了它的美丽、雄伟而奇特的自然景观，表达了对大自然的敬畏之情；同时借用美丽的民间故事，表达了人间男女之间纯洁而动人的美好爱情。

古代的造山运动与美丽的民间故事相结合，组织成一个统一体，有力地表达诗歌的主题，这是本诗结构上的第一个特点。由于自然景观的奇特，人们饶有兴趣地展开想象，将自己的情感、意愿等寄托在内，充满了情趣美、和谐美。茅盾先生说："结构是全篇的架子。既然是架子，总得前、后、上、下都是匀称的、统一的。"本诗既有科技的含量，又有神奇的美丽传说，统一在优美的诗篇中，可谓结构之精巧。

用词精准、传神，这是本诗写作又一个特点。庄子言："不精不诚，不能动人。"说明写诗作文，遣词造句必须精诚。杜甫也言："两句三年得，一吟双泪流"。说明写诗必须下足功夫。诗人黄学规在诗中用了一个"起"字，看上去似平常的一个词，但用在"冲浪"之后，诗意大增，使人想起江郎山形成的雄伟和博大的非凡气势；一个"拔"字，最平凡的字了，却写出了江郎山的高耸突兀之状；一个"情"字，也很普通，却道出了人间的美好情感……这正如晋人陆玑所言："其会意也尚巧，其遣言也贵妍。"

（邵介安）

踏莎行·桂林山水

翠幕青峰，层层岚雾，葱茏秀影倚天处。山如碧玉上云端，清风素月瑶台路。

水色天然，波光爽目，一江倒映飞白鹭。画山九马跃石崖，神奇俊俏奔腾速。

❧ 解读

桂林是国家历史文化名城。战国属楚，秦时属桂林郡地。山环水抱，风景优美，杜甫赋诗盛赞："五岭皆炎热，宜人独桂林。"自宋以来，桂林就有山水甲天下的美誉。

桂林诸山，皆如平地拔起，奇峰罗列，秀影葱茏，独倚天际。唐代韩愈诗云："江作青罗带，山如碧玉簪。"《桂林山水》一词独具慧眼地描写了桂林的山和水，表达了一种无法用画笔勾勒的自然神韵。诗人赞叹，白云缭绕，清风沐月，桂林之山，大概与天上的瑶台相接吧？碧波荡漾、倒映山色的桂林山水，吸引了从天上奔驰而来的神马吧？

从这首词优美飘逸的文字中，读者不仅欣赏着大自然秀丽的风光，更是随着诗人想象的翅膀，在优美的意境中流连、徜徉。

（李晓娟）

浣溪沙·金鞭溪

两岸峰奇古木幽，
衣衫染翠水潺流。
一溪碧玉画中游。
山气沁心知畅快，
林风拂面悦轻柔。
天然灵韵不胜收。

解读

张家界，奇峰三千，秀水八百。集峰、谷、壑、林、水为一体的张家界，被称为奇异仙境。金鞭溪就是仙境中最美的一条溪水。

"两岸峰奇古木幽，衣衫染翠水潺流"。呈现在我们眼前的，是葱绿山色、清幽古木之间潺潺的清溪。金鞭溪穿行在峰峦幽谷之间，溪水明净，跌宕多姿，小鱼游弋其中，花草遍布溪畔，人沿清溪行，恰似画中游。

"山气沁心知畅快，林风拂面悦轻柔"。诗人换了一个角度，从奇峰秀水的描述转到自我心理的感受。山气沁人心脾，微风拂面如洗，此景此情，和谐相融，天人合一，怎能不令人心旷神怡、陶醉其中！

（李晓娟）

张家界金鞭岩

秦皇填海赶山巅，
龙女机灵巧换鞭。
更有神鹰勤护守，
留得奇嶂耸云天。

解读

张家界，是中国第一个国家森林公园，位于湖南西北部，属武陵山脉。20世纪70年代末，著名画家吴冠中与张家界邂逅，自那以后，张家界这颗明珠猛然闯入了世人心中。张家界的山大多是拔地而起，山上峰峻石奇，或玲珑秀丽，或劲瘦似剑。金鞭岩是张家界的著名景点。

"秦皇填海赶山巅，龙女机灵巧换鞭"。相传古代秦始皇在此用金鞭赶山填海，龙王十分不安，派遣龙女佯与秦始皇成亲，龙女趁机用假鞭换走了秦始皇的赶山鞭。翌日，秦始皇用鞭赶山不动，怒扔鞭子，成了金鞭岩。金鞭岩平地直上，高插云霄，很像一根刺破青天的长鞭。

"更有神鹰勤护守，留得奇嶂耸云天"。在金鞭岩的一侧，另有奇峰，勾嘴瞪眼，略展双翅，活像一只时时护守着的神鹰。该诗短短四行，既向我们讲述了一个关于金鞭岩的神话传说，又让我们领略了金鞭岩之俊之美。透过这美丽动人的故事，可以感知到千百年来人们对美好事物的向往。

（李晓娟）

山花子·张家界天子山

势阔气通凌太空，
千峰秀峭竞玲珑。
天子阁边御笔立，赛天宫。
人最聪明仍渺小，
自然伟力傲苍穹。
跨越时空千万岁，变无穷。

解读

　　天子山是张家界最为壮观的景区，主峰海拔 1256 米，登上天台观赏，峰柱林立，云团奔涌，美若仙境。

　　"势阔气通"、"千峰秀峭"，将一座座拔地而起的山峰气势，描述得淋漓尽致。"天子阁边御笔立"，既是对天子山顶天子阁和旁边御笔峰的描述，又包含了一个美丽的民间传说。御笔峰的三座石峰直指云天，高低参差有致，刀削无土的石峰上，青松巧饰，极像一排倒插的毛笔。民间传说，古代一位大王兵败后，在此遗弃御用之笔，故名"御笔峰"。

　　"人最聪明仍渺小，自然伟力傲苍穹"。张家界千姿百态的奇峰怪石，都是经过亿万年之久的地壳变动而形成的。面对鬼斧神工的大自然，人类显得非常渺小。时空的穿越是无穷无尽的，地球乃至宇宙的演变永不止息，人类将顺变而存、顺变而进。

（李晓娟）

猛洞河漂流

猛河碧水九天来，
峡谷狂奔山欲摧。
骑艇沉浮穿浪过，
漩洄百转见琼台。

解读

"猛河碧水九天来，峡谷狂奔山欲摧"，这两句概括了猛洞河流坡降度大，水急滩多浪奇，高大的峭壁直插水面，两岸并相靠拢，形成幽深的峡谷景观。"九天"，表示河水源头极高，都快与天相接；"狂奔山欲摧"说明水流湍急，两旁的山体在磅礴奔腾的水流冲击下，如摧似裂。

"骑艇沉浮穿浪过，漩洄百转见琼台"，这两句表现了漂流的人们在猛洞河湍急的河水中沉浮百转，穿梭在浪花之中，经过多次漩洄终于看到亭台楼阁的情景。

本诗描述的是猛洞河景观险峻、漂流惊险的场景，用词朴实无华，通俗易懂，但意义却发人深省。全诗实际比喻现实生活的不易，人生有艰难险阻，沉浮不定；在河流浪花中穿梭的人们只有经历百转才能看到琼台，说明我们需要勇往直前，以百折不挠的精神，勇于挑战，经历挫折，才能看到希望和美好。

本诗充分表达了诗人对不畏艰险、勇于挑战的品质的赞扬，当我们读完这首诗，可以更加坚定自己的信念和理想，再苦再累无惧无畏，等待我们的一定是灿烂的阳光和美丽的笑容。

（叶城均）

云南大理

百里苍山天地间，
云横玉带自悠闲。
水光万顷冰清月，
洱海一别梦里还。

解读

云南大理，是我国著名的风景胜地之一，久负盛名。大理，位于云南省大理白族自治州中部，洱海沿岸。汉置叶榆县，南朝梁废；元设太和县，为大理路治；明清为大理府治；1913 年改为大理县。名胜古迹有三塔寺、蝴蝶泉等。

在这首诗歌中，作者一开头，就用抒情而豪放的笔触，把大理座落在百里苍山之间的方位写出来。在诗人的眼中，大理是大自然的骄子，这里的名山古迹是大自然的杰作。百里，言范围之大，地域之广。苍山是雄伟而壮观的山脉。美丽的大理就坐落在这大自然的怀抱之中，山川形胜，美丽如画。这就为下文的"玉带云"和"洱海"的描写作好了铺垫。在这壮观美丽的"百里苍山"中，我们不难看出诗人热爱祖国河山的深厚感情。

第二句，诗人紧紧抓住大理最有特色的景物——玉带云进行描写。百里苍山之间，云聚云散，或如轻烟，或似浓墨，或升或降，玉带云是这里富有特色的一道自然景观。

玉带云多出现在夏秋雨后的初晴之际，苍山腰部出现一条乳白色的带状云，缭绕在山间，将百里苍山上下分为二截，故有"玉带云"之美称。玉带云随风变幻，忽而化为朵朵雪莲，开在苍山之间，忽而又似柳絮在风中飞舞。民间传说，"玉带云"的出现，是观世音下凡，会带来"风调雨顺"的好年景。"自悠闲"，一是写玉带云任意东西的自由状，二是写出诗人观看时的快乐心情。云儿会使人悠然自得、心情放松、宠辱皆忘，人会陶醉在这画图之中。

古今诗人笔下常常写到云，心情不同，云的情调也不同，景随情迁，正所谓"愁云"、"残云"等等。在《云南大理》中的云，却是吉祥的云，欢乐的云，是在美丽的画面上锦上添花，反映了诗人心情的愉悦和我们这个时代的美好。

大理不仅云有特色，而且洱海是一大景观。洱海是云南第二大淡水湖，形似人耳而得名。其南北长42公里，东西宽约3-9公里，总面积达250平方公里。洱海，水质清澈透明，水天一色，蔚为壮观。洱海的水，苍山的云，已成为云南大理田园生活永恒的画卷。水透明，才会发光。万顷，形容湖水之多。冰清月：水体清澈冰冷，月影浸沉在洱海中，显出它的皎洁和可爱。一个"冰"字，语意双关，既点明水质的清澈，也反映了诗人心地的纯洁和愉悦心情。

最后一句，写出了诗人对洱海等自然景观的怀念和向往。为了表达这份思念，诗人用"梦"来表现。一个"还"字，点出了诗人的梦境。俗语说："日有所思，夜有所梦。"因为这里风景太美丽了，但又不得不分别，所以常常"魂牵梦萦"。诗人用衬托的方法，写出了大理的美景。

《云南大理》是一首浓郁的咏景抒情诗，写出了诗人亲历大理的印象和感情。字字句句描写河山的壮丽，热爱河山之情溢于言表。诗歌将形胜和神情结合起来，"质实"与"清空"进行完美的统一，色彩斑斓，历历奇景，瑰丽画面，给人留下无穷的想象。

抓住特色描写，是本诗写作的一大亮点。大理的自然景观是颇多的，但是诗人独具慧眼，紧紧抓住大理最典型、最有代表性的景物进行描写，例如玉带云，水光，洱海等等，以点带面，用个性反映了共性，鲜明地反映了主题。

（邵介安）

山城之晨

层峦青黛抱山城，
烟净芳洲江水平。
门户此时虽尚闭，
晓鸡早已引吭鸣。

❧ 解读

　　这是一个清新美丽的早晨，山中的小城，被层层的山峦所环抱，四周都是碧翠葱茏，经过一晚的沉淀休憩，空气特别通透，格外清冽怡人。远处盈盈江水映入眼帘，更使得山城有了水一样的滋润与灵气。同时，这也是一个静谧的早晨，"门户"、"尚闭"，山城尚未完全从熟睡中醒来，风景里还没有人的痕迹，报晓的晨鸡反而更增添了一分清晨的安宁。这又是一个蕴藏着生命张力的早晨，透过作者的描述，我们仿佛看到朝阳已隐隐升起在远方的山头，小城已慢慢褪去夜的朦胧，在朝阳下渐渐呈现出清晰的轮廓，引吭高歌的晓鸡是早上的第一声呼唤，人们很快就将从睡梦中醒来，去开始他们忙碌充实的生活。作者将"动"融于"静"、以"静"描写"动"，整首诗貌似只写静态的景，实际上却蕴含着动态的、积极的生命活力，这一静一动，将山城之晨描述得立体而丰满。

（李晓娟）

壶口瀑布

千军万马奔腾急，
断壁飞流势撼天。
怒吼巨壶掀骇浪，
龙槽十里石尽穿。

解读

壶口瀑布在山西省吉县城西南 25 公里黄河之中。此地两岸夹山，黄河由北向南滚滚而来，水面由约 400 米骤然收缩为约 50 米，水流湍急奔腾。黄河水至壶口暴跌而下，落差约达 40 米，气势磅礴。壶口其形如巨壶沸腾，掀起惊涛骇浪。由于瀑布水流的巨大冲击力，天长日久把下方坚固的岩石冲刷成一条巨沟，人们称之为龙槽。龙槽长达十里，宽约 30 米，深约 50 米。瀑布在此大谷峻岩之间急流飞泻、巨涛翻滚，可谓石破天惊、撼人魂魄。

壶口瀑布的奇观，有力地验证了"滴水石穿"的哲理。它不仅因其雄伟的自然景观，更因其深刻的人文内涵，吸引并鼓舞着炎黄子孙。人们把它视为中华民族自强不息、众志成城的精神象征。

当年，冼星海、光未然惊叹于壶口瀑布的壮观景象，激发了艺术灵感，创作出唱遍全中国的《黄河大合唱》。《黄河大合唱》雄壮而激奋，深刻地反映了抗战时期群众的革命精神，成为时代的强音、民族的心声，震撼着神州大地，鼓舞着中国人民奋勇抗战，夺取抗战的胜利。

济南趵突泉

涌流上奋水如轮，
昼夜不歇日日新。
清照相邻居漱玉，
泉泉澄碧育诗魂。

解读

　　该诗前半部分描写了济南趵突泉的"景"，后半部分则以物及人，表达了对宋代女词人李清照的追忆，向人们呈现了一个景色优美且文化厚重的趵突泉。"涌流上奋水如轮，昼夜不歇日日新"，一个"奋"字、一个"轮"字，将趵突泉的神和形描述得栩栩如生，让人仿佛看到了那奔涌而起的、在阳光下透明而清澈的泉花；泉水永无停歇却日日都是新鲜的活水，与后文的"泉泉澄碧"遥相呼应。相传李清照早年曾在济南七十二名泉之一的漱玉泉比邻而居，时常对泉梳妆，作者睹泉忆人，一句"清照相邻居漱玉"，将读者由眼前的景物带入到久远的时空，探寻景中蕴藏承载的深沉的文化和历史。但作者不止于此，一句"泉泉澄碧育诗魂"又将"景"、"人"、"现在"与"历史"巧妙交融起来，睹碧泉思诗魂、借碧泉赞诗魂。作者就在这寥寥数语之中，将济南趵突泉从表面到深层，全方位地展现在读者面前。

（李晓娟）

中华柏

高寒岭上柏冠雄，
沐雨栉风气象宏。
俯瞰天涯一片绿，
千山万壑郁葱葱。

解读

高寒岭上的一棵古柏有许多历史故事。高寒岭位于晋、陕、蒙三省区的交界处，岭高海拔 1426 米，为周边之最；这里冬季最冷时达零下 31 摄氏度。在岭的最高处，有一棵巨大的柏树，树冠的剪影极像一幅中国版图。作家梁衡写了一篇著名的散文《中华版图柏》，记叙了他三次探访高寒岭的所见所闻，引人深思。

北宋时期，范仲淹曾在高寒岭一带领兵戍边。庆历四年，范仲淹曾与当时朝廷谏官欧阳修视察过高寒岭。经科学测定，这棵中华古柏的树龄至 2016 年已达 971 年，当地老乡说是当年范、欧来时所栽。现在人们已经在高寒岭建了一座"范欧亭"，以纪念他们的功绩。历经千年风雨的扑打，这棵古柏浑身已经刻满了道道皱纹，但它依旧岿然不动。

从古柏傲立的山巅往四周放眼望去，千山万壑里长满了各种形状的松柏，郁郁葱葱，绿满天涯。

柏树是一种很长寿的树种，生命力极强。它喜阴耐寒，专在背阴、积雪、崖畔处生长。其根或深扎黄土，或裂石穿岩，或裸露崖上，随山势地形奔突屈结，天赋其形。

一千个春来秋去，如今这棵中华古柏仍在寥廓寂静的高寒岭上守望着北疆、守望着历史。从它身上折射出中华民族历经磨难、顽强不屈的精神，令人肃然起敬。

人月圆·北戴河观月

茫茫大海重云暗，暮色渐黑浓。

近涛拍岸，远潮狂啸，仰望高空。

惊人骤变，水天接处，突显火红。

沧波万里，一丸冷月，光照如灯。

解读

此词记录了诗人在北戴河一次非同寻常的观月感受。

北戴河位于河北省秦皇岛市西南15公里。海滨南临渤海，背依联峰山，地形优异，风光优美。海岸东西长约10公里，南北宽约2公里，海水清澈。

本词描写的是不一样的风景。词的上片是写茫茫的大海上，波涛汹涌，天空卷着乌云，重重地压下来。夜色又要降临了，愈黑愈浓。海浪拍打着堤岸，激起一朵朵浪花，发出哗哗的水声；远处的海潮呼啸着，奔腾着，似千军万马一般，惊涛骇浪，令人心惊肉跳；诗人立在岸上，似在沉思，又像在回忆，苦苦地在寻思着什么。上片字面上的意义，是写海上的自然景观，海浪卷起来，又呼啸着而去，诗人采用了如同电影摄取镜头的方法，以海为背景，将云、涛、潮等组成一幅幅画面，突出环境的异常险恶和恐怖，其实是显示着人类在前进中，会遇到各种想不到的困难，或生活的痛苦，或受到种种打击、陷害等等。一个"重"字，写乌云重重叠叠，显示着环境的恶劣；一个"浓"字，说明黑夜很深，处境的艰难；"拍"，浪大击岸，显示打击程度之大；"狂啸"，说明恶势力之强。这些风景，虽不寻常，但人生或多或少总会遇到的。

词的下片，诗人笔锋一转，由暗转明，从"忧"写到"喜"，海上奇景发生了可喜的变化。"骤变",指突然地起了变化,这个变化是惊人的。在茫茫的水天连接处,显出一片红彤彤的颜色,接着越来越红,连海平面也照亮了,一轮圆圆的月亮,又明净、又光洁,慢慢地升起来,令人欢呼、跳跃。在万里疆域的海上,皎洁的月亮升上了天空,茫茫大海上,人间都是明亮的月光。这光如灯一样,照耀着我们。"火红"用得极妙,一则是实写月升之状,二则更重要的是写出人们的喜悦之情。"丸"字用得极佳,丸,有微小的意思,因为海洋之广阔,宇宙之浩瀚,所以此处用"丸"字,再也没有比这更恰当的字了。词的下片写出了困难已经过去,黑暗已经消失,迷雾一扫而光,前景一片光明。灯,明月,是光明的象征,也是美的希望所在。

本词写云,写月,写潮,写灯,写光,看上去全为景物描写,但景中有情,景中有人,包含着深刻的寓意。大海,多一番波涛,人生,少一分平庸。花开花落,荣辱不须惊。人有时会遇到各种痛苦和挫折,内心受到压抑,思想感到迷惑,"祸兮福所倚",它也会孕育着幸福、喜悦和快乐。人生有时会风起云涌,但岁月可以显峥嵘。许多美景在绝望中出现。人生的风景线,并非都是风清月朗。睿智的人会透过乌云看到光明,在黑暗中看到"光照如灯"。这是一首催人奋进的诗!也是鼓舞人们追求前景的号角!此诗是一首风景诗,也是一首哲理诗。它是一首不可多得的佳作。

这首词的构思可谓别具一格。诗人先写重云,再写暮色,再写海潮,暗示着人生有时处境非常艰难。下片则奇峰突起,写月,写灯,显示着光明灿烂的前景。诗人将两者结合起来,翻出了新意,揭示了人生如何对待困难、挫折的一个重大问题。意义不谓不大。诗人构思不走前人所走的路子,令人耳目一新。情思悠悠,摇曳无穷。哲理深刻,终身受用。

(邵介安)

钱塘江

群山排闼涓流汇，
渐壮成江气势豪。
百挫千回奔大海，
铺天盖地涌惊涛。

解读

现在，人们所说的"浙江潮"与"钱塘江潮"，实际上是同一个自然奇观。庄子说："浙江之水，涛山浪屋，雷击霆砰，有吞天沃日之势。"这是我国历史上有关钱塘江潮的最早记载。

"群山排闼涓流汇，渐壮成江气势豪"。闼，tà，小门。数以百计的山间小溪，沿途相融，逐渐壮大，形成气势越来越恢弘、越来越有力量的大江。

"百挫千回奔大海，铺天盖地涌惊涛"，从"涓流汇"到"渐壮成江"，再到"百挫千回"，最后到"涌惊涛"，一幅动态的大江图跃然纸上。四句诗，既是大自然壮观的真实描绘，又蕴含着深刻的人生哲理。挫折与阻碍，非但阻挡不了江水的一往无前，反而激起了大江更强烈的反弹和威力。大江力排险阻，一路奔腾，汹涌入海，这样的勇敢无惧，对于人们如何应对人生的艰难挫折有很多启示。只有经历过无数的挫折，并且保持着一颗奔腾不息的心，才能成功到达自己的目标，成就那"铺天盖地涌惊涛"的壮美。本诗赞美钱塘江，更是赞美那种坚韧不拔、勇往直前的无畏精神！

（李晓娟）

忆江南·西湖

西湖美，南北两高峰。
三岛湖中波潋滟，
六桥堤上月朦胧。
能不记心中？

解读

　　杭州西湖是世界著名的历史文化名胜。古时候这里原是一个烟波浩渺的海湾，北面的宝石山和南面的吴山是环抱这个海湾的两个岬角。后来由于潮汐冲击，泥沙沉积，岬角内的海湾与大海隔开了，湾内成为西湖。

　　西湖三面环山，"三面云山一面城"。北面的北高峰，南面的南高峰，遥相对峙，卓立如柱。湖中有三个小岛——三潭印月、湖心亭、阮公墩，飘逸于湛湛碧水之上。苏东坡于1073年任杭州通判时写了一首诗《饮湖上初晴后雨》："水光潋滟晴方好，山色空濛雨亦奇。欲把西湖比西子，淡妆浓抹总相宜。"

　　苏东坡先后两次到杭州，做过三年通判和两年知州。他在任职期间，组织二十万民工疏浚西湖，然后利用湖泥葑草，筑成了长堤。后人为了纪念他的功绩，把这条长堤称为苏堤。苏堤上建造了六座石拱桥，名为映波、锁澜、望山、压堤、东浦、跨虹。

　　诗人黄学规的《西湖》只用简约的27个字，便勾画出西湖最具代表性的景色，文字清新，用词朴素，尽显西湖之美以及诗人的愉悦之情，达到内容与形式的完美统一、美景与心情的恰当邂逅。读罢该词不禁让人心往神驰，并生发融于西湖之景的渴望。

（李晓娟）

西　湖

心飞湖上以心游，
山色花光不胜收。
才到西湖神便醉，
中郎安可久居留？

✿ 解读

　　"心飞湖上以心游，山色花光不胜收"。袁宏道（1568—1610），即袁中郎，湖北人，曾游览过西湖，写有《初至西湖记》，文中写道，未游西湖，可心早已飞到西湖上了。到了湖上，全神专注，看到湖畔"山色如娥，花光如颊，波纹如绫，温风如酒"……美景看不完，道不尽，一双眼睛忙不过来。这两句诗描写袁中郎非常欣赏西湖的美景以及那湖风山色，从而发出由衷的赞叹。

　　"才到西湖神便醉，中郎安可久居留？"诗人借问袁中郎，你刚刚到了西湖，心便醉了，如果长久居住在西湖，饱览湖光山色，难保不如醉如痴如狂，你还能承受得住吗？这一句，不是疑问，而是表示西湖美不胜收、魅力无穷。

　　西湖美景为历代诸多文人笔下所赞颂，写下了很多的优秀诗篇。如何不落俗套，在前人的基础上，写出西湖的新意来，这才是作者所追求的。诗人没有对客体细细地描绘，而是采取借问袁中郎对西湖美景的体会，加以提炼升华，上升到美学的高度，写出了西湖的神韵。本文对西湖着墨不多，给读者留下了广阔的想象空间，展现了诗歌的魅力，令人回味无穷。

　　这是一首咏景诗，作者抒发了热爱西湖的感情。这首诗像只造型美观的山水盆景，玲珑剔透，奇妙隽永。

诗人用词造句，有独到之处。例如，"以心游"中的"心"字，是用心、专注的意思，名词化为动词用。又如诗中的"才"字，是作副词用，是"刚刚"的意思，表明时间的短暂，仅用一个"才"字，就将西湖的美景点了出来。足见诗人遣词用字，功夫是颇深的。

（邵介安）

杭州黄龙洞

黄泽不竭水叮咚，

老子飘忽乃神龙。

春雨夜来竹吐翠，

奇岩幽壑共峥嵘。

解读

本诗呈现的是一幅幽美、恬静的山水画。诗中有水、有龙、有竹、有雨、有岩……组成了一幅绝美的画图。

首句写黄龙洞的山水，经年不息，水流不断，发出悦耳动听的声音。这句诗是从黄龙洞入口山门两侧楹联中的上联"黄泽不竭"引用而来的。其意是说，从黄帝以来，道教如同深潭之水，不会干涸。诗人在这里是将楹联活用，既指道教的源远流长，也是指黄龙洞得名的由来。水叮咚，指一股细泉击落石上发出轻微的悦耳的响声，终年不断，把人带入了一个幽静的世界。人在静处，会产生无穷的遐想。

次句接着描写黄龙洞的奇趣和深奥的哲理。诗人自注：楹联的下联是"老子其犹"，意思是老子好像一条龙，"龙"字省去了，其典故出自孔子所言"老子其犹龙乎？"上述楹联也使人想到"神龙见首不见尾"的名言。飘忽，指时间已离我们很远，但他仍是神龙也。黄龙洞山门两侧的楹联，巧妙地把黄龙两字一显一隐嵌入联中，令人产生无穷的奇趣和想象，给读者增添了许多乐趣。

第三句，诗人笔锋一转，描写了在春天的季节里，"好雨知时节，当春乃发生"，下了一场春雨，黄龙洞旁山野中的竹林，是片绿色的海洋，尽显春色。黄龙洞的竹景历史悠久，名闻遐迩，"竹径通幽"，堪称洞景一绝。刚劲挺拔的大毛竹，小巧纤细的菲白竹，体方如削的方竹，生长在山坡叠石之间，风韵萧爽，绿荫婆娑，春雨滋润，翠竹盎然，嫩笋破土，显示出一派勃勃生机。此句诗中的"吐"字用得极妙。写出了竹林的春色，从冬到春，随着季节的变更，竹叶颜色悄悄地变化。诗人将竹子拟人化，神态写得非常逼真，令人产生无限喜悦之情。乃"精诚由中，故其文语感动人心"也。

黄龙洞的石景也是享有盛名的。末句，诗人当然不会放过对它的描写，这里的岩石是奇特的，沟壑颇深。黄龙洞的假山，是中国园林中借用与改造自然山水的成功典范。深重的黄砂石块，依山顺势而砌筑，或孤峰独立，或聚石造型，或堆砌成山，与周围的山体和谐融合，浑为一体。远望，石峰如林，重峦叠翠；近观，剔透空灵，秀逸典雅。峥嵘：不同寻常。诗中的"共"字，看似平常，实则用得极佳。既点出岩石与其他景物相互和谐统一，又写出它们的品性，相互包容、谦让、大度的高贵品格。

这首诗通过描写杭州黄龙洞的美丽风光，抒发了诗人热爱祖国河山的感情。这首诗"象中有兴，有人在"，在穷形尽象的工笔刻划中，景中有人，绘景寓情，写出了自然美、建筑美、和谐美，给人以愉悦和感受，给人以强烈的美感，诗情画意，情韵悠长，有十分重要的美学价值。

全诗结构次序井然，先写黄龙洞名称的由来，再写竹景，最后点出石景，步步深入，描写细致。将典故、风物、人情融为一体，紧扣诗题，取得了很好的艺术效果。

（邵介安）

太子湾赏樱

冰彻天宇惊素艳，

一尘不染满芳汀。

名园花季人如海，

最是清纯春日樱。

解读

　　杭州太子湾公园，声名远扬。每到四月初，樱花盛开，缀满枝头，赏花人流如潮。诗人在观赏樱花时，看出了它的内涵与本质，显示出了它的品质美，于是有感写下了这首佳作。

　　"冰彻天宇惊素艳，一尘不染满芳汀"。天宇：天下、四海。汀：tīng，水边的平地。这两句是说：杭州太子湾公园的樱花盛开了，花朵清纯，它那纯洁的花朵，令观赏者感到惊讶。公园里处处都是一尘不染的美丽花朵。这里既是赞美樱花纯洁美丽的品质，又是衬托人们喜爱清纯和高尚的思想境界。

　　"名园花季人如海，最是清纯春日樱"。这两句是说，花季来临，观花者似海洋。他们到这里来，是特地来看品质清纯而美丽的樱花的。前边一句是点出观花者人数之多，突出了樱花之美，后一句则点出了樱花的特征及高尚的品质。

　　本诗作者热情地歌颂了樱花清纯洁白的优秀品质，赞扬它"冰彻天宇"、"一尘不染"，突出了樱花的内在美。这首诗从字面上是写樱花盛开和它的特有品质，其实是在赞扬和歌颂像有樱花品质的人们。在当今社会上，物欲横流，金钱权力种种诱惑，我们应该像樱花一样，保持一颗纯洁的心是十分重要的。这就是本诗对我们重要的启示。

　　诗人在本诗的创作中，不仅语言新、节奏新，而且做到了内容新、立意新。许多文人都写过樱花，有的写它的"艳"，有的写它的"奇"，但本诗的作者另辟蹊径，写出了樱花的"清纯"和"冰彻天宇"的优秀品质。这首诗在意境上，新颖脱俗，异峰突起，给读者带来了新意，开拓了"新疆土"，令人十分喜悦。

（邵介安）

红桃白李

红桃白李春风里，
碧水青山秋月中。
心底无尘天地阔，
从容面世乐融融。

解读

"红桃白李春风里，碧水青山秋月中"，这两句诗犹如一幅优美的画卷展现在我们眼前。前句色彩清丽、清新淡雅、春意盎然，让人读来有亲临桃李之中、感受春风拂面的惬意和舒爽；后句色调清幽、静谧空濛，让人仿佛看到似水秋月下幽幽的碧水青山，格外有一份秋夜的宁静与淡然。"心底无尘天地阔，从容面世乐融融"，原来，能感受春景秋意，不仅仅靠眼睛，更要靠一颗坦荡无私、从容踏实的心。读到这里，"红桃白李"、"碧水青山"便更蕴含了一份超然物外的洒脱。正因为心底无尘，四季的风景才能映入眼中，这个世界才如此开阔动人。作者以诗载情、借诗言志，其无私开阔的心胸，从容乐观的心态，令人感叹羡慕。在这个人心相对浮躁看重功利的世界里，那些时时会被物欲蒙蔽心灵、被虚华遮蔽双眼的人们，是否还能感受到这春意秋景的美丽？

（李晓娟）

堤上桃花

桃花带露东风里，
草色含烟晓雨中。
萧瑟长堤春唤醒，
葱茏树下水淙淙。

解读

在春意盎然的环境中，诗人驻足于春风之中，把在那烟雨濛濛的季节里桃花婀娜多姿的形态描绘得淋漓尽致。待清风徐来时，青翠的小草在蒙蒙细雨中若隐若现，朦朦胧胧。经过了一个冬天的肃杀，大自然的万事万物都处于沉睡之中，冬季总是那么的萧条，但是自然界永远以其自身规律发展着，所以说："冬天来了，春天还会远吗？"诗人在写到"萧瑟长堤"的时候，用"春唤醒"一语写出春天的生机勃勃，整个自然界在春日里活力四现。在春风唤醒大地之后，那郁郁葱葱的树木下面，一汪泉水淙淙流过，春天的景象一览无余。

（王煜烽）

相见欢·白堤春晨

桃红柳绿莺啼，草离离，

正是春来湖满水平堤。

断桥卧，琼波阔，沐晨曦，

一径烟花如锦令神怡。

解读

作者自注："作于 2003 年。杭州人民把白沙堤称为白堤，包含着对白居易的怀念。一径，即指白堤，唐代张祜诗云：'一径入湖心。'"

西湖白堤素有"间株杨柳间株桃"之称，全长 1000 米，东北起断桥，经锦带桥而西南止于平湖秋月。白堤静卧西湖之上，把西湖划分为外湖和里湖。宁静平坦、景色秀丽的白堤上，桃柳成行，芳草如茵，远望如一条彩色的锦带。白堤在唐代原名白沙堤。唐代白居易任杭州刺史时，兴水利、拓西湖，有德于民。杭州人民为纪念他的功绩，把白沙堤称为白堤。白居易常到白堤漫游，并作《钱塘湖春行》一诗："孤山寺北贾亭西，水面初平云脚低。几处早莺争暖树，谁家新燕啄春泥。乱花渐欲迷人眼，浅草才能没马蹄。最爱湖东行不足，绿杨阴里白沙堤。"

本词《相见欢·白堤春晨》映入眼帘的不是三五成群的游人，而是白堤春天早晨桃红柳绿、湖水平堤的图景，还有晨光中的啼莺春草、静卧西湖的断桥、清澈宽阔的湖面，色彩鲜明又平和惬意、奇幻诱人。该词寓动于静，却又富于生命的活力。春晨万物萌动张眼、充满生机，读着这首词，令人感到连空气都那么滋润清新，仿佛一径烟花浮动其间呢！

（李显根）

苏堤春晓

烟花点点水濛濛，
十里长堤醉春风。
最爱六桥三月景，
令人常忆是苏公。

解读

作者自注："此诗作于 2002 年。"苏堤位于杭州西湖西侧，南起南屏山麓，北到栖霞岭下，全长约 2.8 公里。北宋时任杭州知州的苏东坡组织民工疏浚西湖，用湖中的淤泥构筑而成的。堤上有六座石拱桥，自南而北分别是映波桥、锁澜桥、望山桥、压堤桥、东浦桥、跨虹桥。苏堤是为纪念苏东坡治理西湖的功绩而命名的，诗中苏公即指苏东坡。堤的最南端建有"杭州苏东坡纪念馆"。

"烟花点点水濛濛"，把人们带入典型的三月杭州西湖之苏堤春晓。"最爱六桥三月景"，苏堤及其六座石拱桥是苏东坡造福杭州人民的见证实物，作者将此引入诗中，是对苏东坡勤政为民的肯定与怀念，诗句含蓄和耐人寻味。

宋人林升曾有"暖风熏得游人醉，直把杭州作汴州"诗句。同样是写游人对西湖景色的流连忘返，但切入点截然不同，林升诗是有感于西湖当时成了有名的"销金窝"，杭州成了南宋朝廷苟延残喘的避风港。他看到了歌舞升平中潜藏着的亡国危机，林升诗隐隐包含着对国势垂危的忧虑。而本诗"十里长堤醉春风"，则是有感于我国改革开放以来国家富强、人民幸福。同样是用"醉"字，林诗的"醉"中有着国将不国的丝丝隐忧，而本诗的"醉"中透着百姓的悠闲自得、人民生活的安居乐业。

（李显根）

迎春柳

老树轻添细柳丝，
鹅黄点点报春知。
梧桐遍地参天立，
不及刚柔相济枝。

解读

　　本诗前两句写景，是如画一样的写生；后两句抒情，用拟人的手法刻画柳枝的精神及作者情志。"老树轻添细柳丝，鹅黄点点报春知"，老树的沧桑和细柳丝上的点点鹅黄形成鲜明的对比却又互相映衬——粗壮的枝干上，垂下万千柳丝，刚刚吐出嫩芽的柳枝随风摇曳，好一个迎春细柳图！与柳相比，参天梧桐固然更高大魁梧，却少了一份柔韧与细腻。不以高高在上的强者的形象示人，而是像春柳一样俯身下去，刚柔相济，正是作者的人格追求吧！

（李晓娟）

九溪秋色

秋色醉人心自醉，
十分秋色九分情。
删繁尚简三秋树，
山涧弯弯山水清。

✿ 解读

细品本诗，读者仿佛置身于一个充满秋的气息、层林尽染、山涧弯弯的山野之中。秋色浓郁，固然醉人，但更容易情不自禁，自我陶醉在山水之间。"删繁尚简三秋树"一句说明诗人想以最简练的笔墨表现最丰富的内容，三秋之树，瘦劲秀挺，但更能表达简单的秋意，没有春风拂面的温柔，没有夏日火样的激情，没有冬雪纷繁的缠绵，只有怡情山林，宁静淡然。

我们仿佛身临如此美妙之境：漫步于秋天的九溪山水之中，心悠悠然欣赏着秋色，情淡淡然流溢在心间。独伫溪边，观醉人秋色，赏三秋之树，抒发内心清新自然的情感。

诗人品味着山水大美，忘却现实的喧嚣和繁华；品味着优雅，独守一方纯净。淡然是一种境界，是生命中超逸的华章，淡然若水，心灵回归。细品这首诗，我们更加向往平淡简单的生活，向往宁静优雅的世界，可以临窗听雨，可以寄情山水，忘却所有的烦恼。

（叶城均）

捣练子 · 清溪

山叠翠，水淙淙，
崖上烟岚绕古松。
可爱清溪天然美，
白云引鹤舞苍穹。

🌿解读

　　这首词如同一幅山水画，山崖叠翠，溪水叮咚，山间云雾，围绕青松。石崖、青烟、古松，仿佛在静静地诉说着流传千年的故事。本词所选择的一些意象，容易令人产生一种幽远的意境。言及此，不禁使人联想到唐代綦毋潜《春泛若耶溪》中的诗句："幽意无断绝，此去随所偶。"幽远的情趣在诗人的心中从来没有中断过。此次溪上泛舟过程中，随便遇到什么就欣赏什么，任其自然，随遇而赏。

　　本词作者沿溪而游，目之所及，皆为美景。读者随着作者的诗绪，仿佛亲临其境、置身其中，开阔清爽、空旷惬意，感受到上天赐予人间的极致妙境。远离尘世的喧嚣，亲近自然的静谧，忽然静中有动，蓝天白云间，一行仙鹤冲天而上，令人顿生仙风道骨、万虑俱消之感。

（李晓娟）

西湖孤山

碧波环绕蓬莱境，翠柏苍松满古丘。

轩列金石罗历代，阁藏珍典幸九州。

桥边侠女英容肃，山麓文豪壮志酬。

曲径流连思漫漫，风光最胜数今秋。

解读

　　孤山，是杭州西湖诸岛中唯一天然形成的湖岛，虽然海拔只有38米，但由于它横绝湖中，湖水环带，显得孤峰突兀。得天独厚的地理位置，秀丽清幽的自然环境，使孤山成为湖上开发最早的名胜之区。唐代时，佛门就在这里开辟山林，兴建寺庙。白居易描述孤山的诗云："烟波淡荡摇空碧，楼殿参差倚夕阳。到岸请君回首望，蓬莱宫在水中央。"自此孤山便有"蓬莱仙岛"之称。孤山开发历史悠久，因此，孤山在西湖诸景中所包含的人文色彩也最浓厚。

　　本诗《西湖孤山》不仅仅是对孤山景色的描述，更是暗含了关于孤山的历史典故及历史人物，具有深厚的文化底蕴。短短八行诗句，描绘了水中蓬莱环境的优美；展示了西泠印社所包罗的历史遗迹；回顾了文澜阁《四库全书》的艰难保护史；表达了对侠女秋瑾和一代文豪鲁迅的崇敬之情；抚今追昔而点赞了当前和谐社会的大好风光，对未来充满了希冀和信心。《西湖孤山》一诗，不仅是一幅孤山的山水画，而且是一部孤山的文化史，读之赏之余音缭绕。

（李晓娟）

孤山远眺

孤峰暖巘黄花耀，
湖面东风细雨飞。
千载碧波春自涨，
一双白鹤顺时归。

🌿 解读

孤山是杭州西湖名胜之一，上有林木、名花、古亭、怪石等诸多景物。春天来了，诗人登上孤山远眺，美景比比皆是，心中感触良多，写下了这首脍炙人口的《孤山远眺》。

"孤峰暖巘黄花耀"。孤峰：指孤山的顶峰而不是指孤立的山峰。点出了作者站在高处，居高四顾，才能看到许多事物。暖巘：巘，yǎn，山顶。在春日的阳光照耀下，山峰也变得暖和起来了，点明春天已经到来。黄花耀：黄花，指的是迎春花，此花是在春天开得最早的一种花，颜色金黄，一丛一丛特别吸引人的眼球。本句诗的意思是：诗人登上了西湖孤山山顶，山头暖暖的，一簇簇黄色的迎春花光彩夺目，心中充满了无限的喜悦之情。

"湖面东风细雨飞"。湖面：指西湖的湖面上。"东风细雨"：从成语"东风化雨"变化而来。细雨：说明雨很小。飞：雨小而轻，在东风的吹拂下，故而用"飞"字。诗人看到西湖的湖面在东风轻轻地吹拂下，忽然飘飞着濛濛细雨。

上句写山，下句写水，点出了诗人春眺所及之物，勾划了一幅西湖美丽的春景图。

"千载碧波春自涨"。一千多年以前，著名诗人白居易离开杭州之后，曾作《忆江南》一词，描绘西湖之美。其中有句"春来江水绿如蓝"。在本诗中诗人与白居易对话:"千载碧波春自涨",意思是一千多年来,西湖每逢春天,自然就涨满了一湖碧水。诗人在此句诗中,不仅点明了西湖的碧波,而且点明了西湖水之盛大,画面更加美丽动人。

"一双白鹤顺时归"。孤山脚下建有放鹤亭,世传梅妻鹤子的故事就发生在这里。诗人展开想象的翅膀,西湖的山和水如此美丽动人,当年的一双白鹤在当今惠风和畅的春天里,应该早早回归湖边来了。此句诗,借用放鹤亭的故事,突出了西湖风景的文化底蕴。

诗人怀着兴奋的心情,绘西湖的山,描西湖的水,画西湖的雨,咏西湖的风,谈西湖的故事,写出了"欲把西湖比西子"的美,赞颂美丽的春天来到人间,歌颂祖国河山的可爱。诗人也怀着极大的热情,歌唱我们这个同春天一样美好的时代。

著名诗人郭小川说:"诗是表现感情的,当然也表现思想,但感情可以说是思想的'翅膀',没有感情,尽管有思想,也不是诗。"诗人黄学规爱家乡的河山,爱故乡的水,爱山村的桃花……感情是十分丰富的,因此在他笔下,"黄花"是耀眼的,"细雨"是"飞"的,碧波是"春自涨"的,白鹤是顺时归来的……一切事物,在他笔下都是春意盎然,美不胜收,处处画出了故乡美、西湖美、双鹤美,字字流露出爱自然、爱人民、爱时代,所以达到的思想境界也是很高的。思想与感情的和谐统一,相得益彰而意趣盎然,独标风韵。这是本诗的第一个写作特点。

第二,想象力颇为丰富。诗人站在孤山的山峰上,想到一对白鹤该顺时回来了,从现在想到古时,从现实想到传说故事,想象力多么丰富。英国诗人雪莱说:"一般说来,诗可以解作'想象的表现',自有人类便有诗。"诗人黄学规借助想象,有力地表达了主题。这首诗意境瑰丽,将西湖美景写活了,具有很高的美学价值。

(邵介安)

忆江南·郭庄

廻廊尽，深院岸边楼。
堤外烟笼山隐隐，
阁周气爽树幽幽。
一镜水平流。

解读

晚清时，当时社会一度出现了政治、经济发展的平稳时期，西湖私家园林得到极大发展，并且大都改"园"为"庄"。庄，按其本意来说是山林田野的住宅，有别于原来的西湖皇家园林。卧龙桥畔的郭庄、丁家山下的刘庄、金沙港的唐庄、雷峰西南的汪庄，当时都名噪一时。这些名庄与周围的湖光山色的自然之美巧妙融合，创造出各自不同凡响的风格。

郭庄，又名汾阳别墅。园林学家陈从周说："园外有湖，湖外有堤，山上有塔，西湖之胜汾阳别墅得之矣。""廻廊尽，深院岸边楼"，道出了郭庄的静谧幽深。"山隐隐"、"树幽幽"，画出了郭庄的隐秀明净。"一镜水平流"，临湖敞开，平湖如镜，郭庄的平和之美，全景式展现，"四面峰峦窗外入，两堤云物望中收"，令人回味无穷。

（李晓娟）

浣溪沙·湖上

漠漠平湖点点舟，
长堤烟树画屏浮。
生息自在映水流。
身处广宇渺小我，
心随天地一沙鸥。
乘风邀月不言愁。

解读

作者自注："人与自然和谐相处，共荣相长，乃人生之美好追求。"

"漠漠平湖"言湖之大，"点点舟"言舟之远。远舟在大湖之上，呈现出"点点"的视觉印象。正如张岱在《湖心亭看雪》一文中，用"一痕"、"一点"、"一芥"、"两三粒"一样，都是一种巧妙的修辞手法。

"长堤烟树"，恰如一幅画屏在湖波倒映中上下浮动。正是在这亦真亦幻、宠辱皆忘的广阔天地之间，在这浑然天成的天然美景面前，人们才更感受到那"我"的渺小，自由之心早随那沙鸥翱翔于宽阔的天际。杜甫《旅夜书怀》中"飘飘何所似？天地一沙鸥"，抒发的是转徙江湖、漂泊无依的感伤，在此诗中"沙鸥"则是一种不计小我、自由放飞的象征。

世间的成败沉浮、挫折磨难，何足放在心上，投入大自然的怀抱，追求天人合一的境界，乐观潇洒地生活，这是一种美好的人生态度。诗人那淡泊人生的超然风格，同这静如明镜的平湖一样，令人感觉格外清新高雅。

（李晓娟）

登杭州琅珰岭

竹树森森燕雀啾，岭峰通透境清幽。

云中山色千嶂淡，江上桥姿一线浮。

嫩叶明前相竞长，春泉雨后皆争流。

琅珰十里迷人眼，健步归来意更遒。

解读

杭州的山不高，也不陡，江南的丘陵山地多的是郁郁葱葱，是适合闲情漫步、调整疲惫身心的天然氧吧。在杭州近郊的山林间，有一条非常适合闲游的山道，那就是——十里琅珰。

十里琅珰指的是南起五云山，北至上天竺的一带山岭，亦称琅珰岭。它平均海拔在200米以上，绵延数公里，视野开阔，澄净明秀，杭州人俗称其为"十里琅珰"，是西湖群山中、最长的山岭。

沿途竹树葱茏，翠色通透，足以担得起"境清幽"之称，而眺目远望，层岭云嶂，犹如步行仙境，正如诗中所绘场景，景色非凡。

这是一条旧时连接天竺灵隐、龙井、云栖、九溪、梅家坞和五云山的捷径，琅珰岭山路就是由那些虔诚的香客们年复一年翻山越岭，用精诚和信仰走出来的道路。

在杭州，琅珰岭的空气算得上是最清新透明的。山径在西湖第一高峰天竺山附近，穿过龙井茶的名产地狮峰，在晴空如洗的季节，满山的茶林花草的气息，伴着清风明净通透地融入游人的呼吸，那样的纯净，那样的新鲜。在杭州，琅珰岭的景观恐怕也是最开阔、最辽远的。山道平整，闲庭信步，顾盼左右，群峦叠嶂，起伏有致。远处的钱塘江，历历在目。钱塘江大桥犹如一根线浮现于江面之上。

262

在春雨的滋润下，清明之前的嫩茶长势很好。雨后的山泉，争先恐后地流淌。凝眸静谛，蜂飞蝶舞，鸟唱虫鸣。野花随风而摇摆，古木交柯以遮天。美景当前，怎不叫人引吭长啸，歌之蹈之。

（陈小芳）

入野看山

欲识峰峦真幻趣，

须当入野看山时。

千云万壑胸中出，

方得丹青笔下奇。

解读

　　2013 年癸巳正月某日，作者读石涛画语录有感，偶成一绝。石涛（1641—?），姓朱名若极，别号苦瓜和尚等。他一生浪迹在湖北、安徽、南京、扬州等地。从禅僧进入画道，无论人物、山水、花卉都有很高的成就，他的山水得力于黄山自然之胜。现藏于北京故宫博物院的《搜尽奇峰打草稿图》，是他的杰作之一。他对古人传统技法能兼收并蓄，在自然真趣中能把它们融会贯通。石涛主张"师法造化"，这方面他有精辟的理论："山川使予代山川而言也。山川脱胎于予也，予脱胎于山川也。搜尽奇峰打草稿也，山川与予神过而迹化也。"石涛从客观世界中搜集素材，借笔墨以写自身对自然的真实感受，他的画论和实践给清代绘画带来了充满生气的创作新风。

初　春

微暖轻寒连日雨，
玉兰初放柳条新。
浮尘洗净千山绿，
岚气盈芳万树春。

解读

　　这是一首描写初春的咏景诗。一、二句意谓：早春到来的时候，天气转暖，气温上升，给人们心头带来微微的暖意，但连日的春雨，又让人们有一种轻轻的寒冷之感。玉兰树未长叶却先开出花朵，长长的柳条吐出了鹅黄色彩，长出了新芽，它们报告着春天正来到人间的讯息。三、四句意谓：连日春雨，洗净了天空的浮尘，千山万岭变得一片翠绿，山中的雾气弥漫着，各种花草树木上挂满了水珠儿，一片片森林生机勃勃地生长着。岚，lán，岚气，指山中的雾气、水汽。盈，充满之意。盈芳：充满生机。

　　四句诗，着墨不多，但生动形象地勾画出一幅清新秀丽的初春图。微暖轻寒，连日春雨，花木苏醒，千山泛绿，万木争荣，一派生机勃勃的景象。写的是眼前景，抒的是心中情，透视出的是诗人炽热的热爱大自然、热爱生活、热爱新时代的真挚情感。

　　吟诵此诗，需要展开联想。"连日雨"，可联想到唐·杜牧的"清明时节雨纷纷"；"玉兰初放柳条新"可联想到唐·白居易的"几处早莺争暖树，谁家新燕啄春泥"，也可联想到唐·杨巨源的"绿柳才黄半未匀"等句，当然也会自然地联想到如今社会保护生态环境、营造绿水青山的现实。

　　这首诗由景到情，情景交融，用词洗练、精确，也富有哲理性。

如"微暖轻寒"，既说"暖"，又说"寒"，似乎矛盾，其实不然。"暖"的是心头感觉，"寒"的是身体知觉，这样写很有内涵。诗的第三、第四句对仗工整，视野开阔，气韵盎然。

（许汉云）

春　雨

柳丝沐雨临湖舞，
花权笼烟爆嫩芽。
最是温和勤润物，
于无声处孕芳华。

解读

本诗融情于景、借景抒情，表达了一种高尚的情怀。

"柳丝沐雨临湖舞，花权笼烟爆嫩芽"。在春雨的滋润下，湖边的柳枝轻盈地起舞，濛濛的水气如烟如雾笼罩住花枝，枝头的花苞吸足了甘露，爆发出积蓄了一个冬天的绿意。春雨带来了春天的信息，花木在一夜之间换上了春装，萌发春芽。在烟雨迷濛之中，嫩芽勃发，欣然争荣。古诗中"春风又绿江南岸"中的一个"绿"字，呈现了一片静的景色，本诗中的一个"爆"字，则突出了一种动的旋律。一个"绿"，一个"爆"，皆是神来之笔。

"最是温和勤润物，于无声处孕芳华"。杜甫有诗云："好雨知时节，当春乃发生。随风潜入夜，润物细无声。"万物的蓬勃生机，正是因为春雨的无声滋润。春雨，生发人间美丽的春色，却又默默无闻。这不正是教育工作者无私奉献的情怀吗？教师的奉献如春雨般滋润着学生的心灵和生命，让学生茁壮成长、朝气蓬勃。教师的赠礼如同春雨一般的珍贵。

（李晓娟）

清　明

满园风雨打梨花，

老树新枝折水涯。

岁岁清明追念远，

有情相守心为家。

解读

　　这是一首咏景抒怀的诗。本诗作于 2012 年 4 月 3 日，作者自注："昨夜风雨大作，花树狂摇。明日是清明，因以诗记之。"

　　诗的一、二句意谓：清明节前夕，风雨大作，满园尽是被打落的梨花，苍老的树干以及刚长出的新枝，也被无情风雨打折在水边上。诗的三四句意谓：年年清明来临之际，人们都要追念逝远的祖宗，感谢他们对子孙的恩德，亲情难舍，有情有心相守自己的家。这里的"家"字与埋葬祖宗的"冢"字形体相似，只是阴阳位置不同。

　　清明祭扫，历来为中国老百姓所看重。这是借助祭扫行孝道的延伸，是人们在精神上沟通生与死，阳与阴的一种形式。常言道：清明到，儿尽孝。人们在这一天，祭祀先人，追贤思孝，认祖归宗。在祭奠追思中，更多地领悟对亲人、对长辈的亲情与义务，增强对家庭的认同感和亲和力。无论一个人身在何方，身处何位，只要在自己的心中有一个"家"，追思就会在自己的心中永存。

　　本诗在写作上情景交融，写景与抒情完美结合，而在抒情中又把民间最重视的中华传统道德中的孝道贯穿在其中，让人们有情有义、缅怀先人。

（许汉云）

中秋望月

碧海清辉亘古秋，
婵娟千里共温柔。
从来夜月多残破，
圆满不常亦可求。

🌿 解读

描写月亮的诗文，自古以来不胜枚举。这首《望月》，在诗人黄学规的笔下，出奇制胜，却有一番新意，颇有见地。

"碧海清辉亘古秋"。碧海：蓝色的海洋，这里比喻浩瀚无际的蓝色夜空。晶莹、剔透，多么美丽。清辉：明亮的月光。清，因为月色是蓝色的，反衬出月光是清色的；用它指夜色安宁、无杂质污染。亘：gèn，连绵不断，伸展开去。亘古秋：从古至今，世世代代。秋，年也，以季代年。此句诗云：在安谧宁静的晚上，在广阔无边的蓝天上，一轮明月洒着青色的光辉。世世代代的人们，每到中秋节，都要"举头望明月"，张着笑脸，欣赏美丽明净如银盆的月亮。诗人用明净的语言，跨越时空，点赞月亮之美。这里是从视觉的角度来写的。

"婵娟千里共温柔"。婵娟：指美好的中秋之月。千里，指地域的辽阔。共：共同，普遍。"共"字虽是一个普通的中性词，诗人却赋予了褒义，反映月光不是投向某一处，而是处处投洒下清辉，让人们沐浴在银色的光辉之下，享受它赐予的温柔，说明了月亮博大的胸怀。温柔：温和柔顺体贴，一种珍贵的关爱之情。这句话是说，美丽的月亮悬挂在高空，温柔的光辉洒在世界的各个角落，使普天下的人都享受到了它的温和柔顺关爱体贴之情。这句诗作者用了拟人的手法，将月亮写活了，反映了月亮对人的深厚情谊。这句诗是从人们心灵的感觉来描写的。

"从来夜月多残破。"残破：残缺不全，不完整。每个晚上，夜夜都有月，或如钩，或如弦，每月只有一夜是圆的，多数的时间，月亮是残缺不完整的，甚至有时会发生月食，根本瞧不见它。这是诗人暗喻世间的万事万物，总是不全面或不完整的，如同古人诗云："月有阴晴圆缺"，"此事古难全"。这是作者从哲学的角度，说明这是一种自然现象，是常见之事。这句诗虽极平常，却为下文点明主旨，起到了跌宕起伏的铺垫作用。"圆满不常亦可求"。圆满的月亮虽不常有，但也是可求的。诗人告诉我们一个重要的哲理：人们对待世上事物，不应以不常有，或舍弃、或中断、或自哀、或贬斥……一个人不论在何处，不论环境多么恶劣，或条件不具备，都要本着"天行健，君子以自强不息"之精神，提振信心，不断拼搏，坚持奋斗，奋力争取，将事业办好。诗人构思新颖巧妙，创造出一番新意，有力地点明了主题。读来令人感到新奇，盎然有趣。

全诗从普通的自然现象（月亮的圆缺）中翻新创造，悟出了一条人生的重要哲理："圆满不常亦可求"。有的人思维模式以为自古如此，却不敢跨越，而历史却常常在突破中前行。人们应该去创新，去追求卓越，做出不凡的业绩。俗语云："事在人为"，"精益求精"，"功到自然成"。这首诗是催人奋进之歌！更是一篇励志、创业的佳作！

本诗语言特点一：用词清丽，朴实自然。在古籍中，笔者见到有的文人笔下的月亮是："风惊拥砌叶，月冷满庭霜"。月亮是冰冷的，令人心寒而悲哀；"猿声出峡断，月彩落江寒"，月亮是凄凉的。"月照一孤舟"，月光下的地上却空空如也。而诗人黄学规笔下的月亮是"碧海清辉"，蓝天明月明媚可爱；千里共婵娟，银辉洒向广袤的大地，一片温顺，柔而多情；"圆满"亦可求，人们努力也能达到这片美丽的境界。诗人用词十分注意思想性，笔下的语言悦目、怡人，以清丽见长，如水之平静、清澈、明洁，颇为娟秀。

　　语言特点二：运用画龙点睛之笔。"诗，要有警句"，"警句是诗的栋梁柱"。这首诗的末句，就是"点睛之笔"，就是"栋梁柱"。诗人写诗，多向思维，不断变换角度，时空进行更换，由情入理，反映了一个全新的主题。这是一般人难以企及的，读后使人受到鼓舞，得到了重要启示，带来了信心和力量。

　　这首诗是诗人充满深情的内心自白，也是他的独特发现。

（邵介安）

西湖中秋赏月

碧空如洗纤云净，
月映波心夜静时。
天上人间双桂镜，
满湖光影满湖诗。

解读

从古至今，西湖赏月的诗词数不胜数，而诗人黄学规的《西湖中秋赏月》别有一番特色。

"碧空如洗纤云净，月映波心夜静时"。落笔以诗人望月开始写起。在美好的中秋节晚上，仰望浩瀚广阔无际的天穹，天空一碧如洗，没有一丝云彩，一片碧蓝的颜色。一轮明月，放射出银色的光芒，照得大地如同白昼，在万籁俱静的深夜里，一盘明月倒映在西湖的水中，晶亮晶亮的。这两句诗写了中秋节晚上西湖美丽的月景，反映了诗人无限喜悦的心情。"波心"一词用得极佳。一般人或写"水中"或"水间"，或"湖里"等，意思也明白，交代也清楚，可就是乏味，而诗人用"波心"一词，不仅交代月亮落在西湖之中，而且运用了拟人化的手法，仿佛月亮倒影落在人的怀中，十分生动、形象，颇为有趣。

"天上人间双桂镜，满湖光影满湖诗"。双桂镜：传说月中有桂花树，随砍随愈合，世世代代，生长在那儿。镜，这里是指天上的明月，又是指美丽而明亮的西湖。诗人从天上想到人间：天上有皎洁的月亮，人间有明亮似镜的西湖。中秋夜晚，整个西湖流光溢彩，满溢美丽的诗篇。诗人在这里化实为虚，变远为近，出神入化地点出主题。全诗以中秋赏月为引线，将天上人间融为一体，歌咏了西湖月夜之美，同时展现了诗人的思想境界。

刘勰在《文心雕龙·神思》中说："文之思也，其神远矣。故寂然凝虑，思接千载，悄然动容，视通万里；吟咏之间，吐纳珠玉之声；眉睫之前，卷舒风云之色……"这告诫我们，文学创作应该展开想象，表达情感等等。诗人在创作《西湖中秋赏月》时，展开了丰富的想象，从天上想到了地上，从天上的明月，想到人世间的"明月"，想到"满湖光影满湖诗"，可以说"思接千里"，"其神远矣"。诗人将两个"月亮"融入自己的作品中，歌颂自然的美好和人世间的快乐，赞美了人们的美好生活。

（邵介安）

月夜赏芦

月轮皎皎照芦洲，
千顷白花一望收。
为爱冰壶添瑞雪，
认君永世是朋俦。

解读

　　著名诗人臧克家说："如果说只有'斗争的火光'才可以流传下来的话，那么，我们将失去多少优美动人的爱情诗、田园诗、山水诗，以及抒写离愁别恨、旅途辛苦、友朋赠签、游子思乡的佳作！人生广阔似海洋，暴风骤雨、波浪滔天，境界固然壮阔动人；风和日丽、波光耀金……也自静美悦目。"诗人黄学规在本诗中写的不是"斗争的火花"，也不是"暴风骤雨"，而是一幅令人心情愉悦、美丽的芦洲风光，写的是一首人与自然和谐统一的佳作。

　　"月轮皎皎照芦洲。"月轮：指的是空中圆圆的月亮，点明诗人在晚上欣赏芦花。一般人不欣赏芦花，要欣赏的话也是在白天，可是诗人在月夜赏芦，真乃有新鲜独到之感。皎皎：指月光十分明亮。用了叠字，足见月光特别的白和净，照应下句，也才能看清芦花的真面容。芦洲：指芦花生长的沙洲。天上一轮明月，月光明亮皎洁，照耀在水中的芦洲之上。幽美的环境，安谧的晚上，芦荡静悄悄的，水鸟忙碌了一天，也在芦苇丛中休息了，清风徐徐，好一派美丽的田园风光啊！

　　"千顷白花一望收。"顷：地积单位，一百亩为一顷。千顷，指面积之大，是约数而不是实数。望：远眺。此字用得妙，若用"看"

字或"瞧"字，都不能表达出芦花面积之大。收：指看在眼中，全部芦花都在眼底。全句诗意说：诗人站在岸上，用眼远望，面积很大的一片芦花都收在眼中。诗人心中充满了一片喜悦之情。

"为爱冰壶添瑞雪。"冰壶，盛冰的玉壶，比喻品德清白，廉洁。瑞雪，吉祥之雪，此地喻为芦花。因为两者皆为白色，雪花与芦花都会随风飞扬，故有极为相似之处。康有为曾在杭州西溪秋雪庵赏芦花，当时描写赏芦的情景："庵在水中央，四周有芦洲。花时月夜，登阁四望，如千顷白雪，身于冰壶。随风则芦花飞舞，似漫天瑞雪。"郁达夫也说："赏芦花最好的季节是阴历十月，那时芦花全面泛白，若在月光下赏芦花，更为出色。"这句诗字面上是写芦花飞舞的美景，实质是诗人在抒发自己的胸臆，追求一种洁白而纯正、清新而自然、品行廉洁的高贵品质。

"认君永世是朋俦。"君：指芦花。俦，chóu，同伴，朋友。因为芦花默默无闻，淡泊名利，品行高洁，生长在沙滩水岸边，从不要求肥沃之土，也不惧秋霜、冰冻、朔风，即使在三九严寒之际，也是一丛丛地挨着，生长着。诗人想到这些，感动不已，于是从心底发出，愿与芦花结为永世的好朋友。将芦花人格化，把诗写活了。

这是一首颇具特色的风景诗。歌颂了美丽的田园风光，歌颂了芦花纯正清白、默默奉献的高贵品质；同时也表达了诗人追求淡泊宁静、远离尘嚣的生活。此诗意境高远，清而不艳，不务藻饰，不引故实，笔致省净。

"诗乃人之行略，人高则诗亦高，人俗则诗亦俗。一字不可掩饰，见其诗如见其人。"（清人徐增《而庵诗话》）笔者见到古文中有的昔时之人也写芦洲："芦洲隐遥障，露日映孤城。"芦洲是隐蔽的，且是遥远的，令人感到孤单寂寞。阳光下有露水，冷冷地照着一座孤城，读后感到心中郁闷。而诗人黄学规笔下的芦洲，却是美不胜收，展现出的是一幅全新的画面：清新、高雅、宁静、怡人、悦目、和谐，诗人品行高洁，高风跨俗，融情入景，景中有人，所以笔下也是吐玉含珠、妙臻美境。

（邵介安）

月　下

远峰缥缈轻云渡，
近水含烟赏睡莲。
月色无言光影里，
相知默语断桥边。

解读

　　整首诗，每字每句都传达出一种"静谧"、"默契"、"温馨"的难以言表的美。"远峰缥缈轻云渡，近水含烟赏睡莲"，勾勒了一幅朦胧的黑白调的山水画——远处的山峰似有似无，薄薄的云彩环绕其间；近处西湖的水面上是淡淡的一层水汽，如氤如氲，其中的睡莲，静美而神秘。此时的月色自然无言，只是静静地洒下一片洁净而柔美的光，使得世上美好的一切都笼罩在这光与影之中。那承载了千年情感故事的断桥，心有灵犀、此处无声胜有声的相知默契，才是它永久被人记着的真谛。一首《月下》诗，又是用文字书写的《月下》画，画出了美景、画出了意境、画出了深情。若是相知，无需言语，静静地站在这月下，沐浴着这月光，共同感受着这份美丽与静谧，感受着这份默契相伴的美好，如此，便是人生至美。

（李晓娟）

茅家埠秋游

行吟坐啸莫言愁，
秋色斑斓秋水流。
霜后层林忽尽染，
芦花荡里泛轻舟。

❀ 解读

　　茅家埠位于杭州西湖湖西景区的龙井路上。在这里，滩涂卵石杂陈，由硬木排支撑的栈道直通芦荡深处。芦苇之中，野鸭戏水，候鸟低飞。虽是人工营造，却有浓郁的乡村野景味道，非常适合在暮秋季节，约上三两好友前去游玩。本诗记载的就是诗人在茅家埠游览的感受。

　　"行吟坐啸莫言愁，秋色斑斓秋水流"。在行走中，在沉寂中，不要轻易倾诉生活中的苦难和哀愁，秋天的景色很美，湖水在浓浓的秋意中缓缓地流淌。作者在诗的开头直言了自己豁达、积极的人生观，后面紧接着描述了秋天的美景，看似写景，实则将其喻作人生。我们的生命就如流水般随着时间的流逝缓缓流淌，虽然也有不尽如人意的事，但是美丽的景色仍时时存在我们周围。

　　"霜后层林忽尽染，芦花荡里泛轻舟"。气温骤降之后，所有的叶子仿佛被染了色一样，忽然一下子全部变成了秋色的颜色。而在远处，芦花荡里的小舟，依然在水面上轻轻飘荡。这两句诗作者将色彩与小舟在动与静的层面上进行了对比，生动形象地表达出叶子和小舟在时间的流逝中不同的变化。这两句诗也寄托了诗人的人生感悟：即使身边的事物会随着时间的变化而变化，可是我们应该学着去拥有一颗宁静的心，以安然的姿态面对生活。

整首诗看似写景，实则写的是自己推崇的人生观，用意十分深刻。在人生的道路上，有挫折，有苦难，但同时也有许许多多美好的事在不断地发生。面对周遭的事物变迁，我们应该学会的，不是纠结当下，不是抱怨和哀伤，而是用平静的心态去面对，去接受。只有如此，我们的生活才会变得美好，我们的生命才会更加绚丽多姿。

（陈小芳）

浣溪沙·秋光

万树青葱变暗时，

华容璀璨寄来兹。

湖边风物醒人思。

白鸟翻飞原无束，

丹枫照水更有姿。

秋光遍洒景葳蕤。

解读

自古描写秋季，有从秋色，亦有从秋声入手，本诗却独辟蹊径，从秋光着墨，别有一番精妙构思。即以秋光为题，全诗围绕着秋之光景入手，首句写青葱变暗，万物由青葱至灰暗的演变中形成了鲜明对比，下阕又写白鸟翻飞，丹枫照水，意向恰到好处地反映出秋之光景。形成的对比映衬也从另一层面具象化地刻画了秋光。

因此湖边风物，纵使秋风萧飒，但一派秋光景色并不妨碍思考生命循环变换的道理。

而下阕用"翻"、"照"二字，将白鸟与丹枫的姿态刻画得栩栩如生，用词精准，动静结合，表现了秋景之美。而"原无束"、"更有姿"两词，将景物上升虚化到了精神姿态，将景物活用，更是精妙。以独到的角度描写了秋光的自由璀璨，而从中产生出温软美好的感触。

诗人借此传达了在人生不如意之时也不应只见衰败挫折，要以乐观的心态、达练的眼光去发现生活的美感。

正因为诗人怀着旷达的心境，原本萧飒的秋景在他眼中却显现出别样之美。本首词作也正是想传递如斯情思，唯有内心怀有坦荡心境的人，无论在如何秋暮之境中，却依旧能保持其乐观、练达的生活态度。

（陈小芳）

雪

无枝无叶花千朵，

飞向芸芸百姓家。

不比灯红与酒绿，

一身素雅胜繁华。

解读

这是一首托物言志的咏景诗。一、二句意谓：纷纷扬扬的雪花从天而降，无枝无叶的雪花千万朵铺天盖地而来，撒向大地，飞向千万家百姓的家园中。芸芸，形容众多。三、四两句意谓：雪花纷纷，它不和灯红酒绿的生活去作比，而是保持一身素雅，鄙视奢华，远胜奢华。

历代诗人写雪皆有寓意。唐代柳宗元写的《江雪》中的"孤舟蓑笠翁，独钓寒江雪"，刻画了诗人清高孤独的品格。清代陈三立《园居看微雪》中的"初岁仍微雪，园亭意飒然"，含而不露地表达了自己对国运衰败的哀愁。毛泽东同志《广昌路上》中的"漫天皆白，雪里行军情更迫"，寓意是在恶劣的天气中行军的艰难和心情的紧迫。《冬云》中的"雪压冬云白絮飞，万花纷谢一时稀"，寓意是借雪景的描写来衬托国际间的斗争局势。《沁园春·雪》的寓意是借描写雪景来赞美祖国壮丽的山河，并评古论今、抒发豪情。

本诗将雪花人格化，将雪花的洁白、纯净，比喻做人要保持纯洁、素雅、不染灯红酒绿的品格。这首诗既是作者心灵追求的写照，也勉励人们要像雪花一样保持一身的素雅，这对当今反腐反贪是一服很有提神清醒作用的"清凉剂"。

本诗作者写到雪的诗还有《雨雪》、《雪梅》等。"雨里江南画有声，雪中塞北鸟无形"，其寓意是借雪的无边无际来抒发自己热爱大自然、热爱祖国河山的广阔胸襟。

（许汉云）

雨 雪

雨里江南画有声，
雪中塞北鸟无形。
河山随处怡人色，
世上只缺神会翁。

解读

　　本诗开头道出江南的雨景以及塞北 的雪景，把大自然中两种完全不同的场景呈现在人们眼前，用婉约的笔触写出江南听雨的如诗如画的景色，同时又把塞北飘雪景象用"鸟无形"三个字无声无息地描述出来。国家山河壮丽，处处都有令人心动的美景，这些美景在人们心中足能够让人心旷神怡，但是河山再美，也是需要有人去欣赏，去领略。整首诗诗人重笔描述了南北景色，又引申出国家河山，最后一语道出这一切都要用心去关注。诗人咏景言志，既表达出自己对祖国河山的赞美感叹之情，又写出自己的爱国之心，将这两者完美地结合在一起。

（王煜烽）

湖心亭赏夜雪

天水茫茫浑一片，
长堤惟见细如痕。
雪亭煮酒谁同饮？
巧遇赏湖具眼人。

解读

张岱（1597—1689）在《湖心亭看雪》一文中描写了一桩趣事：有一次，在大雪三日以后的一个夜晚，他棹舟而行，到西湖湖心亭赏雪，乳白色的夜雾笼罩一切，"天与云、与山、与水上下一白，湖上影子，惟长堤一痕、湖心亭一点，与余舟一芥、舟中人两三粒而已"。到了湖心亭之后，张岱赫然发现，已有人捷足先登：有两人铺毡对坐，一童子煮酒，炉子中酒正沸。他们彼此一见如故，欣然同饮。张岱高兴的是，能够鉴赏西湖神韵的人不止他一人，他为遇见同赏之人而干杯，称其为具眼人，意思是对西湖美的欣赏具有同样眼光的人。人在一生中可能偶遇具眼人，此亦人生一件乐事。

百花雪后开

冻雨铺天万木摧，
冰凌盖地雪皑皑。
经磨历难搏击后，
艳艳百花竞绽开。

解读

诗人黄学规的诗，即使是写逆境、写挫折，也会在其中孕育着希望与斗志。"冻雨铺天万木摧，冰凌盖地雪皑皑"，冬日的萧瑟通过作者的笔，淋漓尽致地展现在我们面前。"冻雨"、"冰凌"，无一不是摧残万木的杀手。但倘若将此视为生命的终结，那可就大错特错了。"经磨历难搏击后，艳艳百花竞绽开"，这里的"艳艳百花"与首句的"万木摧"形成鲜明的对比。"冻雨铺天"、"冰凌盖地"又何惧？酷寒的冬日正是休养生息的时机，只要生命之种尚存，只要无惧这冻雨冰凌，只要敢于同磨难搏击，终有一天便是"百花竞绽开"。人如万木，不要只因为眼下的"冻雨冰凌"吓退了斗志，即使遇到生命的严冬，只要我们心怀希望不放弃，终将会迎来"百花雪后开"的生命之春。

（李晓娟）

雪中行

披琼砌玉梨花雨，
泽润湖边顶雪行。
满目银装寒似剑，
风清水冽一身轻。

解读

读了这首诗，我的眼前出现了一幅美丽的雪景图：树木枝头堆满了积雪，天空纷纷扬扬飘着雪花，西湖堤岸上一片湿润，诗人在顶风冒雪地前行。在他的眼中，满目银装素裹，白雪泛着寒光，可是风是很清的，水是清澈的，诗人身心感到无比的清新和喜悦。

这首诗展现出来的思想境界和艺术特色，令人为之一振。"披琼砌玉梨花雨"；"披琼砌玉"，琼是一种美玉，枝头堆满了白雪，在诗人看来这些是美玉；"梨花雨"，指的是雪花像梨花一样，纷纷扬扬飘落下来。这句诗，画出了一个银装素裹的冰雪世界。

"泽润湖边顶雪行"。白雪覆盖大地，融化成了雪水，滋润着西湖堤岸上的土地。"顶雪行"是写诗人冒着雪花在前行着。一个"顶"字，写出了诗人不畏艰难的精神。

"满目银装寒似剑"。这里写诗人见到周围的世界都是白茫茫的一片，正因为地上、树木枝头上有积雪，温度低，它们泛着寒光，似利剑一般。用了比喻的手法，将寒气逼人形象生动地表现了出来。

"风清水冽一身轻"。诗人感到在这样的环境中，风是清的，无丝毫杂质污染，非常的清洁；水清澈而透明。这时他的全身感到特别的清爽和兴奋。这句诗是全诗的点睛之笔，写出了作者希望社会风清气正，也希望为官者清正廉洁。

这首诗对人生有着极其重要的启示作用，也给人一种美的享受。

我们在《雪中行》中感受到的是积极乐观、毫无畏惧的勇敢进取精神。《雪中行》的作者一身正气，堂堂正正，两袖清风，诗中展现出来的高尚精神境界，正是诗人思想情感的真实写照。

（邵介安）

梅　花

漫道园林不烂缦，
梅花早已吐芳菲。
纵然万木犹萧飒，
毕竟东风正劲吹。

解读

　　这首咏景诗写出了作者对梅花的感叹和赞美之情。冬日的园林所展示给人的是一种寂静之感，万事万物在冬日的萧条中倍显寂寥，然而园中的梅花早就已经芳菲尽显。在古诗词中的梅花大多被诗人们用作暗示自己铮铮傲骨或宣示自己高洁的胸襟，在很多的咏梅诗句中，这种情怀多有显示。在这首诗当中，诗人从一个新的角度来展示梅花，将万木的萧飒之境对比梅花在冬天的勃勃生机，同时又把东风劲吹的现象展现在人们面前，预示更加美好的春天将会到来。

（王煜烽）

野 菊

簇簇奇葩山野挂，
迎风怒放舞危崖。
居高不傲真君子，
岂若暖房娇贵花。

解读

　　这是一首借景喻人、托物言志的写景诗。诗的一、二句意谓：山野间一簇簇的野菊，真是一种奇特的花卉，它们挂在断壁危崖上迎风而舞，灿然绽放。三、四句意谓：这些野菊灿烂开放，却丝毫没有邀宠和炫耀之意，它们虽然有很高的起点，却居高不傲；有靓丽的英姿，却靓而不炫，可谓是百花丛中的真君子，那些在温室中养育而成的娇贵之花，岂能与之相比！

　　著名画家黄宾虹说过："野菊山梅，如隐逸高人，其超出于桃李，人共知之，则共赏爱之。"

　　很显然，这首诗看去是写山野之菊的自然特性，而实际上赞扬的是一种不择环境、不惧狂风、不畏艰难的品格和精神。由此，我们很自然联想到陶铸写的《松树的风格》一文对松树的赞美："你看它不管是在悬崖的缝隙间也好，不管是在贫瘠的土地上也好，只要有一粒种子……它就不择地势，不畏严寒酷热，随处生长起来了。"而且是"郁郁葱葱、生气勃勃、傲然屹立。"松树的风格，象征革命者的品质。同样，这首诗中的山野菊花的特性也象征居高不傲的君子品格和不畏险阻的奋斗精神。

　　这首诗写作上的特点，一是运用拟人化的手法写花喻人：二是运用对比手法，将"野菊花"与"娇贵花"对比，"危崖"与"暖房"

对比;三是用词十分形象、生动。如一个"挂"字写出了野菊长在最危险的高处,仍然能随意而处、毫不畏惧,一个"舞"字写出了野菊虽处在恶劣的环境,但仍然欢颜悦色、泰然自若。

（许汉云）

花　祭

江南三月花枝闹，
云锦明霞遍水湄。
转瞬飘零风散去，
芳魂难舍冷香飞。

解读

花祭：祭，jì，当祭典讲。阳春三月，百花盛开，一阵狂风大雨，叶落花飞，随风飘零。诗人看了之后，心中颇有一番感慨，联想到人生，应该惜取光阴。

"江南三月花枝闹"。这句七个字，点明了处所、时间及写作的对象。其意是说，江南三月（农历）万紫千红，花朵繁多，你不让我，我不让你，热闹异常。一个"闹"字，点出了花朵盛开的状况，可谓花海如潮。

"云锦明霞遍水湄"。湄：méi，水边河岸。在大江小河的边上，繁花像天上的云那样多，像织锦那样美丽，而且发出明亮的光，像彩霞那样灿烂。这句话，用夸张的手法，写出了繁花的多和美。

"转瞬飘零风散去"。可是一刹那间，美丽的花朵被狂风暴雨吹打之后，任意飘零，随风四处飘落。美景不再，令人怅然。这句话告诉我们，美好的时光很快就要过去，要珍惜时间。

"芳魂难舍冷香飞"。这句诗含意颇深，它告诉我们，花瓣虽然四处飘散了，可它们的心灵不忍舍去，还在暗暗地散发着芳香，向四周飘溢着，扩散着。寓意：要惜取光阴，珍惜光阴，莫负光阴。

这首诗含意非常深刻，从字面解是写花事，其实是写人，劝告人们，要珍惜青春年华，珍惜所拥有的美好。"莫等闲，白了少年头，空悲切"。正如唐诗《金缕衣》所云："劝君莫惜金缕衣，劝君惜取少年时。花开堪折直须折，莫待无花空折枝"。惜取之意，概莫能外。本诗对人生所抱的积极态度，是非常值得肯定的。

　　诗人联想能力非常丰富，言近旨远，由花及人，情景交融。作者借助联想的手法，富有感染力地劝人惜阴，从而有力地深化了主题。

（邵介安）

龙

腾云驾雾兴风雨，
潜入波涛默作声。
宇宙为家游四海，
能升善隐纵横乘。

解读

　　龙是我国古代传说中的一种可上天入海的神兽。在源远流长的中华文化中，龙一直是中华民族的文化象征与精神图腾。

　　龙具有各种神力。对此，《三国演义·煮酒论英雄》中曹操对此有过赞美之言："龙能大能小，能升能隐；大则兴云吐雾，小则隐介藏形；升则飞腾于宇宙之间，隐则潜伏于波涛之内。方今春深，龙乘时变"。从曹操对龙的神力的赞美中，我们可以看到龙的这种通达变化之道的能力一直为国人所钟爱。

　　除了对龙的神力的赞美，龙的精神气质也一直让国人神往。这种神往莫过于《庄子·天运》篇中孔子对老子的赞美："鸟，吾知其能飞；鱼，吾知其能游；兽，吾知其能走。走者可以用罔，游者可以为纶，飞者可以为矰。至于龙，吾不能知其乘风云而上天。吾今日见老子，其犹龙耶！"从孔夫子对老子的赞美中，我们不难看出龙的这种不拘万有而又逍遥洒脱的精神气质对中国人的内在精神的影响。

　　诗人生于1940年，十二生肖中属龙，对于龙这一中华民族的文化象征与精神图腾有着天然的情怀。此外，本诗写于1993年，正值诗人从浙江省委高校工委到当时的浙江财经学院（现浙江财经大学）

就职期间，新的外部环境需要诗人转变思路，调整工作方式与工作方法。诗歌一方面表达了诗人对龙的精神气质的敬仰之情，另一方面，也借物抒情，表达自己内心通达变化、与时俱进的思想情怀。

（史吉宝）

瀑 布

千旋百转激澜啸，
奔放自如无日休。
昂首危崖飞跃下，
骁腾到海不回头。

解读

作者自注："此诗写于 1975 年。有感于瀑布奔竞不息、始终奋进的精神而作。"中国历代诗人描写瀑布的诗篇并不多见，《历代名诗大观》所选的 2000 首诗中，瀑布诗仅 2 首，即唐代李白的《望庐山瀑布》和元代杨维桢的《庐山瀑布谣》。李白的"飞流直下三千尺，疑是银河落九天"、杨维桢的"银河忽如瓠（hù，音户）子决，泻诸五老之峰前"都是运用夸张新奇的比喻，描写庐山瀑布雄奇壮丽的名句。他们所写的瀑布都是实有所指。诗人黄学规的《瀑布》并非实指，更像是一种象征，全诗充满一种动态的美感。"千旋百转"、"奔放自如"、"昂首危崖"、"骁腾到海"，诗中的瀑布简直就是一位叱咤风云、勇往直前的勇士。瀑布那种百折不回、奔腾不休的激情，无所畏惧、一泻千里的气势，读来是何等飞扬激越、酣畅淋漓！

（李晓娟）

新　荷

桃花谢尽春归去，
湖上新图绿芊芊。
今日娟娟幼嫩角，
明朝碧叶可接天。

解读

　　"桃花谢尽春归去，湖上新图绿芊芊"。桃花凋谢殆尽，春天也收住了她的身影。桃花就是春天的信使，它的开放和凋谢，昭示着春天的到来和离去，诗人充分利用这点，用桃花的凋谢，表明夏天的到来，从而引出新荷。湖面上一片绿油油，尽显生机。在诗人眼中，荷叶映在湖面，更像是一幅绝美的画卷。诗人寥寥十数字，简单明了，又富有诗意地阐述了春去夏来、荷叶生长的道理，朴实贴切。

　　"今日娟娟幼嫩角，明朝碧叶可接天"。今日的荷叶还是碧绿色，嫩嫩的像一只只的角，明天，碧绿的荷叶起起伏伏，连绵不绝，接向天边。这两句，诗人用了比喻的修辞手法，将嫩嫩的荷叶比作一只只角，生动形象。表达了诗人对荷花的喜爱，同时，诗人还用了夸张的手法，今日还是嫩角一般的荷叶，明天就可以铺天盖地，连接天边。充分表达了对荷花顽强生命力的赞美和对荷花的喜爱。

　　这首诗，诗人用了多种修辞手法，先将长满荷叶的湖面比作画卷，再是将嫩荷比作角，最后运用夸张，展现了荷花蓬勃的生命力，充分有力地表达了作者对荷花的赞美和喜爱，同时也展现了诗人善于发现美接受美的事物的良好情操。

（陈小芳）

夏　荷

骄阳如火失群芳，

躁热风吹心欲狂。

君问缘何居碧水？

张张绿叶送清凉。

解读

自古以来，许多诗人都写下了以荷花为题材的佳作，而此首《夏荷》则别具一格，情致发挥得深微曲尽。

"骄阳如火失群芳，躁热风吹心欲狂"。骄阳如火，点明时间是在炎热的夏季；群芳，是指各种花卉。这两句是说。在炎热的夏天，众多的花卉凋谢、枯萎了，这是因为它们心态狂躁、头脑发热，被歪风邪气迷惑、嚣张狂横之故。这是诗人含蓄地批评当今社会上一部分人，被权力、地位、金钱、美色等所迷惑，丧失了应有的政治品质，甚至被定格为"阶下囚"，从而被人民所唾弃的丑恶本质。

"君问缘何居碧水？张张绿叶送清凉"。缘何，是"为什么"的意思。这两句是说：君问夏荷为什么生长在绿水池塘中？因为她要用一张张绿叶送给人们清香呢。这里字面上是写夏荷，其实是歌颂品德高尚的人清心寡欲、平生无所求，为人民和社会作出贡献的优秀品质。

在这首诗歌中，诗人通过描写夏荷，热情歌颂了精神境界很高的人不贪图名利、默默奉献的高贵品质；同时揭露和抨击了"群芳"失落的原因和丑恶本质。

古语云："争名纳贿，贪权市宠"，必然会迷失人生的方向；"朗如日月，清如水镜"，这种人一定会受到人们和社会的尊重。

本诗写作具有鲜明的特色:一是将群芳的"失落"与夏荷"送清香"进行对比描写,使诗歌的主题更加突出。二是用设问的修辞手法,反映出荷花的优秀品质,读者饶有兴趣。

(邵介安)

秋　荷

春容稚角荡无存，
最慰老枝莲子馨。
苦雨秋风摧败叶，
超然不怨见胸襟。

🌿 解读

诗人别出心裁，对秋荷另有一种新解，使人读后，对秋荷的胸襟肃然起敬。

"春容稚角荡无存，最慰老枝莲子馨"。春容：指荷花美丽的容貌，春天是美丽的象征，生机勃勃。稚角：指小荷尖尖角，非常美观，常有蜻蜓立上头。荡无存：在秋风的吹拂下，枝叶已不复存在，一点痕迹也没有了。慰：欣慰，心头高兴，内心喜悦。莲子馨：秋天莲子成熟了，散发出缕缕清香。这两句诗是说，在萧瑟的秋风吹拂之下，荷花美丽的容颜已不复存在，秋荷已经衰老，好像大水冲刷之后，美姿已全部消失，无影无踪。然而最令人欣慰的是，老枝上结成果实，颗颗莲子似珠子，散发出缕缕的芳香。诗句含蓄地表达出秋荷终于老有所成，将美好的果实献给人类。这两句诗写得跌宕起伏、曲折多姿，饶有情趣。第一句诗写了秋荷美姿不复存在，心情十分惆怅，紧接着写第二句话锋一转，因为老枝上已结成果实，而且溢出芳香，使人感到快乐和兴奋。语言摇曳生姿，语意上翻上一层，思想境界大开，更具艺术感染力。

"苦雨秋风摧败叶，超然不怨见胸襟"。苦雨：雨水是冰冷的，且时间长久，会摧残绿色的生命，不仅感到苦，而且有怨恨的意味。秋风：荷叶在它的袭击下，枝叶凋零。摧：摧残、毁坏之意。诗人对"苦雨秋风"是痛恨的。超然：超脱，或豁然大度的样子，在诗人笔下，秋荷气魄大度，胸怀开朗。"不怨"二字用得非常好，反映了秋荷高尚的风格，以及对生活的坦然、开朗、乐观的态度。见：xian，显露，反映。这两句诗谓：秋荷受到了无情的苦雨秋风的抨击，把它的肢体摧毁得不成样子，枝叶残败不堪，可是可敬的秋荷，心中豁达大度，非常超脱，不去计较得失，它的胸怀显露出来的是洒脱、乐观，气量非常之大。在写作上，先渲染秋荷受到恶劣环境的影响，内心感到的痛苦，诗人笔锋陡然一升，秋荷感到无怨无悔，因为它已将美好的果实奉献给人类了，心中感到快乐，所以感到"无怨"。

纵观全诗，诗人在描绘一幅秋荷图，字字句句都饱含着对秋荷的深情赞美，歌颂秋荷将美好的莲子奉献给人类，将芳香留在人间，颂扬了秋荷的高尚的胸怀，以及无怨无悔的高贵品质。写出了秋荷特有的神韵和风格。

这首诗在结构上做到了精巧和灵动的统一，曲折和明快的结合。第一句描写秋荷的惨状，有一种悲伤之感，但第二句笔锋忽然提升，秋荷却感到快慰，因为老枝上结出莲子，且透出芳香，终有所成。第三句又跌入低谷，秋荷有败叶，遍体鳞伤，苦不堪言，末句又是美妙的结局，秋荷"无怨"，一副"超然"的姿态。诗人描写秋荷曲折多姿，坎坷的经历，具体可感，生动地表现了深刻的主题。

语言朴素美，也是本诗一大特色。真正美丽的人事不需要多施粉黛的，也不需要花俏的打扮，语言朴素也是一种美。诗人描写秋荷，用的是朴素的文字，没有多加修饰语，小荷尖尖角也只是用"稚角"二字；秋荷老枝的快乐，只用了"慰"字；秋荷的高贵品质仅用"无怨"二字等等；诗人用朴素的文字，写出了秋荷的高贵品质，文字功力之深，令人折服。

（邵介安）

残　荷

芙蓉落尽无姿色，
香藕沉沉水下深。
依旧挺拔风里立，
残荷犹作雨中吟。

解读

　　人们常常会赞美荷的清雅与风骨，但却少有人注意"芙蓉落尽"的残荷，诗人用独到的视角与笔触，将"残荷"带入了读者的视野和内心。在诗人的笔下，残荷"无姿色"，但残荷依然很"美"。残荷美在内敛深沉，它不会将果实张扬地挂在枝头，当芙蓉落尽，悄悄生长成熟的是深埋水下的清香莲藕；残荷美在风格傲骨，纵使花已枯萎、叶已凋零，茎秆依旧挺拔而立，相舞于秋风；残荷美在优雅洒脱，当雨水淅沥，秋意浓浓、那雨滴入湖水的叮咚，分明是荷的吟咏。让荷叶在姿色残败之时亦有这份自信与美丽的，应该就是水下的沉沉香藕吧？万物都终将如荷一般芙蓉落尽，但只要能为这个世界留下一些果实，便可如这残荷一般，无惧岁月逝，风雨再吟哦！

（李晓娟）

雪　荷

高寒飞鸟不为家，
万卉无缘长峭崖。
君有超凡大气度，
冰天雪地吐奇葩。

解读

雪荷，是雪莲的同义词。雪莲主要分布在新疆、青藏高原和云贵高原一带，生长在海拔 3000 米—4000 米的崖壁之上。雪荷种子在摄氏零度时发芽，3℃—5℃生长，幼苗可经受 −21℃的严寒，生长五年才能开花结果。

"高寒飞鸟不为家，万卉无缘长峭崖"。这两句是说，在高原上，天气极度严寒，冷风如刀，会飞的鸟儿由于这气候恶劣，也不能在此筑巢安家；各种花草由于冰天雪地，温度极低，也不能在这悬崖峭壁上生长。在这里，诗人描写极度的严寒天气和环境的恶劣，动植物都不能生长等等的严酷条件，目的是来突出雪莲不畏困难，具有英雄气概的高贵品质。

"君有超凡大气度，冰天雪地吐奇葩"，君：指雪荷。葩：pā。这里是说，雪荷具有非凡的英雄气质，能够挺立在严寒的恶劣环境中，生活在冰天雪地，长出奇特的花朵。这两句诗，高度赞扬了雪荷顽强的斗志和不屈的性格。

这首诗作者以抒情的笔调，赞扬了雪荷不怨天、不怨地，以顽强的生命力和非同寻常的气质，以及不怕环境条件恶劣，坚强不屈、百折不挠的高贵品质。

　　运用了鲜明的对比手法，是本诗一大特点。万卉与雪荷，一个是"无缘长峭崖"，一个是"雪地吐奇葩"，对比十分强烈，从而有力地突出了诗歌的主题，点赞了雪荷的崇高品质。

（邵介安）

季 荷

红花耀目盛开日，
静寂池边独坐迟。
千朵季荷来不易，
数年期盼又谁知？

解读

读者看到《季荷》这个题目，颇有兴趣。荷若按时令分类，则有夏荷、秋荷等等；若以色彩分类，则有红荷、粉荷、白荷、复色荷等等。这个题目为什么叫季荷？它却有一番缘由，有一个生动的故事。

季羡林在北京大学居室附近的池塘里投入莲子，三年间，只长出孤零零的五六片叶子。在第四年的春天，一夜之间，突然长出了一大片绿叶，荷花接踵而至，多达一千多朵，红若似火。因为是季羡林所培植，所以人们特地称它为"季荷"。

"红花耀目盛开日"。首句起笔，直接描写荷花，转入动态画面：众多的芙蓉，挤挤挨挨的，在池塘里开得灿烂无比，放出红色的光芒，令人眼花缭乱，美不胜收。揭示出季羡林养花的成果，同时为下文他观赏荷花作了铺垫工作。

"静寂池边独坐迟"。静寂，是指自然环境的静谧，无人打扰，也是指季教授一种静心养性、不急不躁的心态，为他独立思考埋下了伏笔。独坐迟：季羡林在沉思，思考得很久很久，一直坐在那儿。季羡林说："当夏日塘荷盛开时，我每天至少有几次徘徊在塘边，坐在石头上，静静地吸吮着荷花和荷叶的清香。'蝉噪林愈静，鸟鸣山更幽'。我确实觉得静得很。我在一片寂静中，默默地坐在那里。"这是对诗句"静寂池边独坐迟"的生动注脚。季羡林或在回忆，或在思考，或在享受，令人产生无限的遐想。

"千朵季荷来不易"。荷花，种了四年，一千多个日日夜夜，得来确是不易之事。这是栽培季荷的经历。诗人含蓄地指出：人世间要创造出美好的事物，不能急于求成，要耐心地等待，才能结出硕果。诗句说得颇为委婉，道出了人们为人处世一个重要的哲理。

"数年期盼又谁知？"这是一个反问句，不用作答，道理自明。季羡林种荷花付出的辛劳和苦苦的思考，一般人是不理解的。它说明了一个道理：做任何事情，要甘心寂寞，耐心地等待，才可能成功。屠呦呦发明抗疟药的事，陈景润一辈子证明哥德巴赫猜想的事，高玉宝写小说的事等等，都证明了这是一个真理。

《季荷》这首诗，既是一首咏物诗，又是一首哲理诗。诗歌赞美了北京大学季羡林教授甘心寂寞，耐心等待，处事不急不躁，善于独立思考的高贵品质；歌颂了荷花惊人的生存能力及其惊人的扩展蔓延的巨大力量。告诉人们从植物到人类，从人生到为学，都需要积累。积累的过程，就是事物的发展过程。积累多年，看似毫无结果，但是硕果悄悄地孕育在其中。积跬步可以致千里。"今日记一事，明日悟一理，积久而成学也。"

构思新颖，寓意深远。这是《季荷》写作的重要特色。作者以敏锐的眼光，深邃的思考，发现了蕴藏在季荷中的深刻意义，将自己深刻的感受，以形象化的手法将它揭示出来，这是非常有创造性的诗歌。诗人不是仅仅为写荷花，而是将荷花作为一种载体，反映了人生为事为学应处的正确态度：只有甘心寂寞，耐心等待，经久苦炼，才能有所斩获。

古人有许多写荷花诗，例如王昌龄的《采莲曲》，皇甫松的《采莲子》，或表现她们的劳动生活，或表现她们的爱恋等等。诗人黄学规描写荷花，意境却上升到一个更重要的层面，视野更为开阔，对人们极富启示意义。

（邵介安）

心　荷

横祸临头可免灾，
泰山压顶不悲哀。
莫非盖世大侠客？
心底莲花岁岁开。

解读

　　周敦颐《爱莲说》描写荷花，出淤泥而不染，表现了它的品质美；朱自清作《荷塘月色》，表现了荷花在月夜的宁静美。而诗人黄学规笔下的荷花，却开在心田里，表现了它的另一种高贵精神境界，读后令人感动，使人赞叹不已。

　　"横祸临头可免灾"。横祸：指突然而来的大灾祸，是始料不及的灾难。一个"横"字，表现横加之意，是躲也躲不掉的。临头：降临到自己头上。免：消除的意思。此句诗指：突然来的大灾难降落到自己头上，但心中有了荷花，就能敢于正视困难，勇敢地面对它。就可以正视它，消除困难。"心荷"：就是坚强勇敢的象征，是无惧无畏的代名词。

　　"泰山压顶不悲哀"。泰山压顶：比喻困难重而大，压在身上，推却不掉。泰山，此处不是实指山东的泰山。此句是说，即使像重重的泰山压在头顶上，但有了"心荷"，也不会感到悲哀和流泪。诗人用了比喻的修辞手法，具体形象地写出困难之大，但有了"心荷"，就会产生巨大的精神力量，不会弯腰低头，会挺身而上，不会折腰。

　　"莫非盖世大侠客？"莫非，莫不是，表示反问语气。盖世（才能、气概等等）盖过当代人。也可理解为超过当世人。盖：gài，压倒、超过。大侠客：指本领、胆量等非凡之人。这句诗是说：横祸"可免灾"，泰山压身又不悲伤难过，这种人莫不是本领高强、胆量过人的大侠客？这里指的是有"心荷"的人是勇敢和坚强者，有大无畏精神的人。

"心底莲花岁岁开"。这一句是说，勇敢坚强能战胜困难，不怕挫折等等，来源于他们心中年年开着荷花。诗人写到这里，读者心中已经领悟：这种心中的荷花，是指无惧无畏、无私心杂念、内心清纯、清正廉洁、作风正派等，具有优秀品质的人。为什么莲花要年年开？这说明了高贵的人格，要长年累月地坚守，不能半途而废，也不能功亏一篑，苦练修行才能结成正果，这正如古人所言："吾日三省吾身，则知明而行无过矣"。道理是一样的。

这首诗是一篇佳作。人的一生中，会遇到种种艰难和曲折，诗人告诉我们，应该直面人生，勇敢去面对，不要被困难所压垮。心中应该开着荷花，清纯芳香，不怕风雨猛击，要始终挺立着，不弯腰，不低头，挺着腰杆做人。画家韩美林曾经遭受许多横祸，但他仍笑对人生。他说："没心没肺（指要坚强勇敢、不必忧虑），能活百岁；问心无愧，活着不累。心底有一汪清水，就没有过夜的愁。"他依靠心底的莲花，战胜了挫折和困难，最终取得了事业上的成就。这首诗生动地反映了人生心态乐观、意志坚强的重要性。

构思新颖，别具一格，这是本诗的一大特色。清人刘熙载说："诗要避俗，更要避熟。"俗，即俗套；熟，此指人们经常写的东西。这就告诉我们，写诗应该追求创新。荷花，常常出现在诗人的笔端，而写《心荷》可以说是诗人黄学规的首创。"心荷"是心领神会的一种高贵品质和崇高精神，诗人将它具体化、形象化，确实是一个创造。

语言简洁、明快，是本诗的第二个特点。作文写诗，应该"丰而不余一言，约而不失一辞。"（韩愈）丰：语言丰富。余：多余累赘。约：简短。失：缺少。诗人写人生遇到的困难和挫折：仅用了八个字："横祸临头"、"泰山压顶"，写出了人生种种的灾难与压力，词语的内容多么丰富，而用词又多么简约。又如"心底莲花岁岁开"七个字，写出了人的坚强勇敢不是一朝一夕养成的，而是年年如此，道出了人生品质养成的旅程。

（邵介安）

古　荷

普兰莲子一千岁，
沉睡枯塘暗日多。
重现香山张绿叶，
惊天奇迹绽新荷。

解读

1951 年，在辽宁省普兰店发掘出来的一批莲子，经专家测定，距今已经沉睡了 1000 多年。1997 年这些莲子在北京香山脚下的植物园生长成片、开花不断。

"普兰莲子一千岁，沉睡枯塘暗日多。"普兰莲子经历千年的磨砺，沉睡在干枯的淤泥池塘中，终日不见阳光。本诗前两句，叙述了普兰莲子多舛的命运，十分贴切和写实。"暗日"一词更是生动逼真，充分展示了普兰莲子生存环境的恶劣。

"重现香山张绿叶，惊天奇迹绽新荷。"虽然普兰莲子命运多舛，但是在经历千年磨难之后，它依然可以重新生长出绿叶，绽放出新的荷花。一个"张"字，一个"绽"字，有力的形容出莲子顽强的生命力。"惊天奇迹"，充分表达了作者对普兰莲子顽强生命力的赞美。

本诗名为古荷，实则表达了对莲子生命本质的赞叹和被其不怕困难的精神所折服，千年沉睡于淤泥池塘中，这是需要何种程度的坚韧和忍耐，从古至今，世人多赞叹荷花的出淤泥而不染，濯清涟而不妖，却很少有人赞美莲子，诗人另辟蹊径，关注到了世人所忽略的美好事物——莲子的优秀品质，并加以称赞。因此本诗充分展现了诗人匠心独具，别出心裁。同时，在读完这首诗之后，我们可以更加坚信一个道理：风雨之后，注定有灿烂的彩虹等你；坚持，引领你走向成功。

（陈小芳）

梦　荷

入梦犹思君作伴，
亭亭玉立满湖栽。
今生久有平常愿，
我似荷花水上开。

✿ 解读

这是诗人借物抒怀的诗篇。"入梦犹思君作伴"。君，这里指的是荷花。入梦，俗话说，日有所思，夜有所梦。诗人爱荷花纯洁的品质，亭亭玉立的美姿，出淤泥而不染的品格……这些美好的东西都是诗人所追求的，也是非常向往的，所以入梦常常见到荷花。不仅如此，而且与它作"伴"，经常在一处，是亲密的朋友，志趣相投，故日夜魂牵梦萦也。这说明诗人追求的是一种高尚的思想境界，一种美好的心灵。"君作伴"，诗人用的是拟人的修辞手法，将荷称为"君"，人格化，含义颇为深刻。

"亭亭玉立满湖栽"。亭亭玉立，是形容荷花的挺拔秀美，它被淤泥包围，但从不受到一丝污染，颇有君子风度。这是诗人对荷花的赞美。满湖栽，说明荷花的众多状，它生长于大家庭中。有的古人也写荷花，却是"荷叶生时春恨生，荷叶枯时秋恨成"。有满腹的怨恨。但诗人黄学规笔下的荷花聚群而生，生气盎然，积极向上，呈现在读者面前的是一层全新的境界。诗句中的"满"字用得十分奇巧，点出了荷花之多且生机勃勃，含意隽永。

"今生久有平常愿"。久，说明时间之长，诗人早就有这个志向，不是一时之冲动，也不是偶尔为之，久有夙愿。诗人一直在追求、探索、修炼，立志培养成这种纯洁、素雅俊美的品质。一个"久"

字，看似平常，却含意颇深。平常，平平常常，普普通通，说明诗人追求这种美好的品质，已是习惯的事情，不是"刻意"去追求的，也不是故意的一种"雕琢"，而是日常生活中，为人处世中，工作学习中等等应该做的事，且是身体力行的一种自我修养。"平常"一词似平常，但含意深刻，非同寻常。

"我似荷花水上开"。我，这是指诗人自己，将自己比作荷花，形象生动。诗人已同荷花融为一体。开，荷花绽放着，"荷风送香气"，放出淡淡的芳香，不声张，极自然，将爱献给人间。

全首诗歌文字朴实，通俗易懂，但含意深刻，诗人以一种超然的手法，将自己与荷花融为一体，物我同类，我就是荷花，荷花是我，与荷心心相通，反映诗人追求一种素雅俊美、洁身自好、品行高洁的美好人格，充分反映了诗人高尚的情趣和志向。文天祥诗云："天地有正气，杂然赋流形"。这可作为本诗和诗人生动的注释。

宋代计有功言；"文不按古，匠心独运"。诗人在创作时大胆创新，别出心裁。诗人看待荷花，不是像生物学家那样去看待它的科属、习性、产地、种类，也不是像经济学家那样去看它的经济价值，而是将它看成有情之物，描绘出荷花高洁素雅的品质。不仅如此，诗人还称荷花为"君"，为"伴"，"我似荷花水上开"，彼此不分，融为一体，写出了生动感人的形象，读了之后使人深受启迪。

事物要究其源，才能探得真秘。诗人为什么能写出"我似荷花水上开"的诗句？因为诗人一以贯之，追求心灵高尚、清纯无瑕的品质，所以"落笔无古人，精神始出"。

（邵介安）

月　荷

仁水而居邀月色，
临风恬淡沁芬芳。
慧华不语含羞笑，
眽眽情深缕缕香。

解读

　　这是一首咏物诗，描绘了池塘里亭亭玉立的荷花，在夜风中邀请月色的一幅荷塘月色图。本诗运用了拟人手法，赋予荷花以情感，写出了月下荷花的圣洁，抒发了作者对荷花的喜爱之情。

　　"仁水而居邀月色，临风恬淡沁芬芳"。这两句描写荷花生长的环境以及月下临风、飘洒芬芳的形象。"仁水而居"，画出了荷花简朴清新的居住之所。"邀月色"，画出了荷花沐浴在月光之下的倩影。"临风"，画出了荷花在柔和的夜风中静立的芳姿。"恬淡沁芬芳"，描绘了荷花给予人们以淡淡的芳香。沁，qìn，香气渗入或透出，如沁人心脾。

　　"慧华不语含羞笑，眽眽情深缕缕香。"月下静静吐露芬芳的荷花，让人联想到"慧者不语"的风貌。眽眽，mò mò，即脉脉，默默地用眼神或动作表达情意的样子。全诗短短 28 个字，如神来之笔，将月下荷花的清雅、幽香描绘得淋漓尽致。本诗不仅仅是对荷花由衷的赞美，更映衬出诗人对生命的禅悟和在人格境界上的追求。

（李晓娟）

画堂春·风荷

风荷曲院水如天，廻廊台榭红莲。

轻翻翠盖跨虹边，碧流涓涓。

一匹西湖清绿，是谁吹起漪涟？

芙蓉灵气满山川，羡煞洛仙。

🌸 解读

关于这首词，诗人有这样一段话：清代康熙皇帝，游览西湖，一路游到苏堤的跨虹桥边，看到这里重廊复道，荷花吐香。于是顺手拈来那个已经冷落的"曲院荷风"的旧名称，把荷风二字颠倒了一下，改为"曲院风荷"，至今已成为西湖名胜之一。这段文字有助于我们理解这首词。

词的上片：写曲院风荷的自然美和建筑美。微风吹动着荷花，荷叶在轻轻地翻动着，空气中充满着淡淡的芳香；湖中的水，像天空一样碧蓝碧蓝的，仿佛洗过一样干净，没一丝云彩。曲曲折折的画廊，跨在水上，湖边有小巧玲珑的楼台亭阁，拥抱着西湖的水，静谧而多姿；湖中的荷花，绽放着素雅的花朵。突然在跨虹桥边，一阵微风吹来，一张张荷叶在翻动着，发出轻微的沙沙声响，仿佛在与游人轻语；碧绿的湖水，在潺潺地流动着。这里是天堂的一角，该有无穷的乐趣啊！"风"，是自然界的一种无形之物，故难写出它的具体模样，而诗人却用高超的手法，用写它物（轻翻翠盖）来写出了微风状，可谓别出心裁，自有一番灵性。"水如天"也比喻甚巧，不仅写出水的颜色，而且点出它的纯净。诗人用灵动的笔，写风写荷写水……透露出诗人对西湖热情的赞美。

词的下片：借景抒怀，抒发自己的情感。西湖的水一片清绿，犹如一匹硕大的绸缎，绿得醉人；微风吹来，湖面上扬起了层层水的波纹，仿佛张着笑脸，显得特别妩媚动人。满湖的荷花开了，缕缕清香，仿佛人的聪慧或秀美气质，弥漫在孤山、北山、天竺、飞来峰、西山、南山和钱塘江上，天地之间充满着香气。难怪古人"欲把西湖比西子"。这样的美丽真是让洛神羡慕到了极点。"是谁吹起漪涟"？诗人不直接说出来，而是让读者细细体会，颇为有趣。一个"满"字，写出荷花灵气之多，之盛，之大，意境甚为开阔。美丽的洛神，都羡慕西湖之美，足见西子美得无与伦比。诗人用夸张的手法，赞扬了西湖的美，抒发了热爱祖国江山的感情。

全首词，荷似画，水似画，全篇是一幅美丽的大自然风景画。诗人用灵动的笔，通过曲院风荷景物等描写，歌颂了山川的秀丽；同时也表达了诗人追求一种清纯、秀美、崇尚自然的情怀。

古人言，写诗要"意在言中"，而又"神在言外"，"言尽而意未尽"。诗人眼见"曲院风荷"的景物是很多的，但他选择了几件富有特征性的景观，经过典型化处理，表现了它的秀美和灵气，将它们赋予生命，变成了栩栩如生的东西，"意在言中"充分表现了出来。

"神在言外"，诗人在词中不直接点明，而是让读者展开丰富的想象，从而得到更多的启示。例如"曲院风荷"中的和谐美、意境美、荷花的灵气美等等，都留下了广阔的空间，让人回味无穷。

（邵介安）

临江仙·清荷

涴露凌波心独静，

无枝无蔓中空。

纵然浊水也相逢。

高标贵不染，岂与众芳同？

淡泊平生居碧水，

频经烟雨融融。

冰清玉雅君子风。

芙蓉香且远，潇洒万事通。

解读

　　作者创作了系列荷花诗词，每首都有自己的特色，如《月荷》突出月下荷花之恬静，《残荷》突出晚秋荷花之坚韧，本首《清荷》则突出荷花的本质特征：洁身自爱、清廉自守。

　　宋代周敦颐在《爱莲说》中写道："予独爱莲之出淤泥而不染，濯清涟而不妖"。周敦颐凸显了自己不慕隐逸和不求富贵的君子品性。《清荷》的作者不仅赞颂了荷花的素雅俊美而且表达了自己的心灵追求与荷花的品性高度相通。

　　该词上阕从外在形态上描绘了荷花"岂与众芳同"。荷花简洁雅致不招摇，"无枝无蔓中空"。"纵然浊水也相逢，高标贵不染"，高标，指品性、道德非常高尚，显示出荷花高贵圣洁的品质。正因为有了上阕的铺垫也就自然引出了下阕对荷花"冰清玉雅君子风"的赞美，同时表达了作者自己的为人处世态度。"芙蓉香且远，潇洒万事通"，不戚戚于自身的成败得失，只愿清香洒人间。作者运用托物言志的表现手法，表达了自己内心的一种人格境界的追求。

（李晓娟）

咏 月

满月如诗堪悦目，
月缺是画亦欢心。
大千世界难合意，
哀乐喜悲由我吟。

解读

"人有悲欢离合，月有阴晴圆缺，此事古难全"。这是亘古不变的道理，从古至今人们总将月圆月缺和我们的团圆与分离联系起来。"满月如诗堪悦目"，道出了满月之时赏月的喜悦之情；然而诗人同时也道出了"月缺是画"，无论月圆月缺，心中永远都是一幅美丽的画面。全诗所表达出的是一种抑扬顿挫交相呈现的基调，诗人把大千世界万事万物发展总是难以尽如人意，来表达出赏月之后的心境，最后以"哀乐喜悲由我吟"道出人的心境都是由自己所决定的。淡看人生，阴晴圆缺都有自己的风景。

（王煜烽）

月 光

天下万民齐守望，
一轮辉照净无尘。
银钩浅浅光依旧，
海角天涯明月心。

解读

　　月亮是美好的象征，纯洁的象征，团圆的象征。月光，历来许多文人或讴歌，或敬仰，或思念，成为创作描写的对象。例如唐代上官仪在《入朝洛堤步月》中描写的月光是"鹊飞山月曙"，笔下的是一片晓色；李白在《静夜思》中，将月光与人们的思乡情绪连接了起来。诗人黄学规笔下的月光，却别有一番见地。

　　"天下万民齐守望"。守望：看守了望，经常看视，不忍舍去。中国人把月亮，又称为"月光"。月光一片冰心，清净无尘，象征着为人办事，廉洁操守。这应该是万民守望的原因。这句诗字面上没有写月光的美丽，其实是字字都在写月光的明媚和可爱，非常巧妙地写出了月亮纯洁的品质。一个"齐"字，点明万众所向，众人所归。诗人采用新的视角，把月光写得光彩晔晔，确乎妙手天成。

　　"一轮辉照净无尘"。轮，指代圆月。一轮清辉的圆月，用它那清澈而柔美的光芒，照耀着大地。纯洁的光，一尘不染，深得古今神州大地百姓的喜爱。或许人们正在感叹："月白风清，如此良夜何"。（苏轼）

　　"银钩浅浅光依旧"。天上一钩浅浅的月牙，同样发出那洁白无瑕的光。一轮也罢，银钩也罢，它总是那样慷慨，把自己的光明全部洒向大地；它不改初衷，保持着永远纯洁的本色。诗人反复歌咏月光的美丽和可爱。"依旧"一词，是照旧的意思。月光一如既往地把自己美好的东西献给人间。

"海角天涯明月心"。海角天涯，此地不仅仅是指海南的天涯海角，而是指神州各地;"明月心";一是指月光洒在处处，这是它的操守所致;二是表达了希望，人世间都应像明月那样美好，清净无尘，澄明如水。

全诗的主题是"光"。歌颂月亮品质的美好，歌咏月亮的无私奉献，赞美它为人类的慷慨赠与精神。这是一首"月"的颂歌！诗人把月光与人们所追求美好的品质，和所向往的和谐社会统一了起来，反映了人民的心声和愿望，思想境界十分深远而开阔。此诗"沉浸酬郁，含英咀华"，回味无穷。

诗人写诗非常重视炼字，遣词造句颇具功力。《月光》诗句清新、秀丽，超凡脱俗，仿佛清水出芙蓉，天然去雕饰，读后令人心情愉悦，心旷神怡。天上是"一轮辉照"，地下是"万民守望"；明月是"净无尘"，人间是"明月心"等等，字字句句仿佛洗过一般，洁白无瑕的心跃然纸上。

（邵介安）

月缺光不改

面具巧言迷耳目，
一时荣耀落凄悲。
月缺辉照光不改，
诚信原来胜珍奇。

解读

伪装的外观可能会逃过很多人的眼球，花言巧语可能会迷惑很多人的心智。荣耀只是一时的，而一时的荣耀也许会落得凄惨悲凉的结局。月缺但光辉不改，仍然会照亮人们心间，所以外表不是最重要的，内心的诚实守信才胜过所有的奇珍异宝，才是我们应该追求的美好品格。

诗人通过朴实的文字，晓畅的话语告诉我们这样一个道理：外表不会影响本质，如果你是金子，有时候会被灰尘遮盖，但是本质不变，你仍旧能够发出灿烂的光芒，但是现实生活中，不少人把自己伪装起来。邪恶的心可以伪装成乐善好施，但一时的善行之举，终会被人揭去伪善的面具；巧言令色可以伪装成和善仁德，但一时的和颜悦色，终会被人识破伪情的话语。

读过这首诗，读者可以体会出诗人那一颗真诚善良的心，一颗对待荣耀平和的心。从诗中的字里行间，读者可以悟出这样的人生哲理，做人不要伪善伪情，不要巧舌如簧，用真诚守信对待家人和朋友，用"不以物喜，不以己悲"的心态对待世间的一切。

（叶城均）

玉泉观鱼

庄周濠上知鱼乐，
吾到玉泉悟此情。
池底澄明无碍物，
群鱼戏跃水生风。

解读

《庄子·秋水》记载，庄子与惠子游于濠水的桥上。庄子说："鯈鱼出游从容，是鱼之乐也。"惠子说："子非鱼，安知鱼之乐？"庄子最后回答说："我知之濠上也。"意思是，我是在濠水的桥上知道鱼儿快乐的。这就是本诗第一句所引用的典故。

第二句"吾到玉泉悟此情"中的"玉泉"其地是杭州观鱼胜地；"悟"，就是"感悟"，也可理解为"得到的启示"。这七个字，从字面解释是，人到了玉泉，才知道"庄周濠上知鱼乐"的感受，但却反映了一个重要的哲理："纸上得来终觉浅，要知此事须躬行"。观鱼如此，认识其他事物亦如此。

第三句"池底澄明无碍物"：澄，澄澈；明，透明，明亮；碍，妨碍，阻挡。此句是说玉泉池中的水质清澈透明，没有什么可妨碍视觉的杂物，同样也寓有深刻的哲理：心中没有私心杂念，看待事物就会十分清楚、明白，"洞若观火"。

末句"群鱼戏跃水生风"：写鱼儿在池中相互戏耍，时而跃出水面，激起朵朵浪花，水面上吹拂着风儿。这句诗一方面写出了鱼儿的极尽欢乐状，另一方面也道出了观鱼者的欢乐心情。

本诗将《庄子·秋水》的典故进行翻新创造，生动形象地写出重要的人生哲理。诗句文字清新，语从心出，有"立片言而居要，乃一篇之警策"之美。

（邵介安）

珍　珠

点点黄沙布满途，
少人欣赏盖无殊。
千磨万励终出众，
剔透晶莹闪闪珠。

解读

有史以来，珍珠一直象征着富有、美满、幸福和高贵。明代宋应星《天工开物·珠玉》："凡珍珠必产于蚌腹……经年最久，乃为至宝。"

"点点黄沙布满途，少人欣赏盖无殊"，沙子遍地，无人欣赏，皆是因为它的低廉，没有珍珠的高贵。"千磨万励终出众，剔透晶莹闪闪珠"，当蚌壳张开的时候，沙粒进入蚌那坚硬的小房子，在蚌壳里熬了无数的黑夜，经受了无数的磨难，但它没有沉沦，没有被蜕变过程中的艰难困苦压趴下，他摆脱了无数的艰难、困苦和忧伤，终于成为一颗晶莹的珍珠。如果沙粒被蜕变的泪水淹没，那么他的生命不会闪光。

本诗题为《珍珠》，实际却是赞颂黄沙勇于向珍珠蜕变的精神。非凡的人生离不开苦难，只有经历了痛苦，战胜磨难，才能铸就生命的辉煌。

李时珍三次落榜，决心从医，最后写出医学巨书《本草纲目》；司马迁备受曲解，遭到宫刑的情况下，发奋著书，写下经典史书《史记》。想要生命之花怒放，蜕变绽放的过程就像艰难困苦交织而成的网，一次次羁绊他前进的步伐，流泪与放弃或许是消除痛苦最简单的方式，但平庸与堕落往往会将他推向更黑的深渊。想要蜕变，想要绽放，唯一的办法就是坚定地组织一次生命的突围。这不仅仅是摆脱一种境遇、追求一种光明，更是理想的升华、生命的涅槃，是深味苦难、历尝心酸之后，闪耀的奋斗之光。

（陈小芳）

茶　韵

沸水翻腾才出彩，
无声舒展放清芳。
繁华过后沉杯底，
一口温馨一盏香。

解读

韵，《说文解字》："韵，和也。从音，员声"；《玉篇》："声音
和曰韵"。而茶韵则是在品茗时所得到的特殊感受，是一种茶的品质、
风格。本诗取"茶韵"为题，不仅表现了一种高品位，更是对人生
的一种感悟。

"沸水翻腾才出彩，无声舒展放清芳。"注入一股滚烫的热水，
茶叶翻腾后慢慢舒展开来，渐渐散发出一股清新的茶香。这里最最
关键的应是"沸水"，而不是"温吞水"。只有沸水才能泡出茶叶的清香，
泡出茶叶的风骨。就如同我们的人生一般，平平淡淡最终平凡无奇，
只有经历过挑战、挫折才能绽放光辉。没有沸水浸泡，茶叶只有缩
成一隅；没有挫折挑战的点缀，人生只能索然无味。

"繁华过后沉杯底，一口温馨一盏香。"在翻腾过后，茶叶舒展
开来慢慢地会沉入到杯底，这时候品茗，唇齿留香。这里强调的是
之后的沉淀，唯有沉淀才能更加醇香。我们的人生亦是如此，轰轰
烈烈过后也需要静下心来思考总结，只有真正的沉淀过，才能感受
到生命的馨香。

本诗用词既优美又朴实，浅显易懂，用意却是十分深刻。表现

了诗人自己的一种对生活的感悟，这也是诗人在经历过"沸水"浸泡后，舒展开后散发的"清芳"，更是诗人对自己人生的思考沉淀，留给我们的醇香。

（陈小芳）

茶　魂

清风明月孕茶魂，
山气流泉润树心。
一叶菩提天地子，
与君对语远红尘。

解读

　　茶，是中国的一大名特产，自古以来声名远播世界各地。茶叶含茶碱等多种对人类有益物质，可提神治病。茶是一大宝。茶魂的"魂"字，可作"灵魂"讲，也可理解为"精神"。茶魂，即茶的精神。

　　"清风明月孕茶魂。"清风：指山区乡村空气清新，故为清风，点出了茶叶生长的特定自然环境。明月：此泛指大自然环境，包括月亮、阳光、雨露、湿度、温度、土壤环境等。此地用"清风明月"是说茶树有美好的环境进行培育。孕：孕育，即慢慢地吸收大自然的营养，大自然细心地滋养着它。全句诗谓：山村美好的大自然环境，培育出了茶树的高贵精神。诗人用质朴、明净的语言，写出茶魂形成的缘由。

　　"山气流泉润树心"。山气：山区的气候、温度等等。流泉：指山涧流动的泉水。此水特别甘洌、清澈晶莹，无杂质，山民常常不用煮沸即饮用。润：滋润。杜甫诗云："随风潜入夜，润物细无声。"此处"润"字用得极佳，茶树慢慢地吸收营养，流泉细心而不间断地培育着它。描绘出了茶叶的发育和流泉培育的过程。树心：即茶树的灵魂。用拟人手法，将茶树人格化。此句诗进一步写了山里的气候条件及甘洌的山泉培育了茶树的灵魂。

　　首两句诗，诗人用清新、明快的语言，写出了优越的自然环境培育了茶树的芳心，也为下联诗句描写茶树高贵的品格打下了基础。

"一叶菩提天地子"。菩提：佛教用语，指顿悟的境界。相传释迦牟尼曾坐在菩提树下，顿悟佛经。此句诗谓：从一片茶叶身上，我们就会像天地贵子的释迦牟尼一样，悟到了许多做人的道理。诗人想象力丰富，从茶叶想到菩提，从菩提想到了如何做人的道理，层层推进，其哲理可谓深奥无穷。

"与君对语远红尘"。君：指代茶树。诗人将茶树人格化了，十分生动。红尘：车马扬起的飞尘，比喻浮生的尘嚣。俗语说："酒壮英雄胆，茶引文人思"。诗人思考后，与茶直接对话：与你为友，茶如人生，人们应该远离浮躁和灯红酒绿的生活，人生应该淡泊名利，无私奉献，做一个像茶魂那样清纯的人。

此两句诗，作者从茶魂中受到启示，悟出做人的道理。

全诗用清新、明快之笔，热情歌颂茶树的高贵品质，由物及人，赞美人生应过着清新、自然、远离红尘的快乐生活。

全诗构思别致，见解独特。茶树这种植物，南北方都有栽培。古人笔下也有茶树："茶旗经雨展，石笋带云尖。"（皮日休）写的是雨后的茶叶。而今日诗人黄学规笔下的茶叶，生动地写出了茶叶的"灵魂"，境界不谓不高。诗人李渔说："人惟求旧，物惟求新；新也者，天下事物之美称也。而文章一道，较之地物，尤加倍焉。"从这些话中，我们得到了事物创新之道理。诗人在《茶魂》中，见解独到，写出了茶魂的品格，人们从它身上悟出了许多哲理。

拟人手法的运用，是本诗的一个特色。茶是物之一，而诗人说它有"魂"，有"心"。末句诗人还与"君"直接对话，将茶拟人。我们从此诗中见到了诗人的眼力、胆识、胸襟和修养，与茶对话是作者感情的自然流露，处处灵动闪光，罕有其匹。

（邵介安）

茶　歌

峰峦染翠引蜂吟，
龙井清明一派春。
香细天风吹愈远，
茶歌婉转入山深。

解读

这是一首西湖龙井姑娘采茶的风景画。这里的翠峰、春光、茶香、山歌……构成了一幅绝妙的采茶图。

"峰峦染翠引蜂吟"。吟：即快乐地歌唱。这句诗是说，春天已经来临了，杭州龙井的峰峦上，处处是明媚的春光，这里的美好风光，引诱得蜜蜂一群群飞来在快乐地歌唱。

"龙井清明一派春"。龙井：地名。清明：可当季节讲，也可解释为空气清新，阳光明媚。"一派"：即一片，或指处处，满山的意思。这句是说，龙井山上，特别美好，空气清新，阳光灿烂，处处是明媚的春光。

"香细天风吹愈远"。细：细微，茶叶有淡淡的清香。天风：指空中的风儿。这句是说，龙井茶叶散发着淡淡的清香，风儿把香气吹散开来，远远地都能闻到茶香的味儿。这句诗突出了龙井茶叶品质优良，是一种上乘的饮料，各闻遐迩。

"茶歌婉转入山深"。婉转：指歌声的美妙。这句是写采茶姑娘们一边劳动着，一边唱着茶歌，山谷里飘来悠扬悦耳的歌声，人们循着歌声，踏入大山深处。

这首诗作者热情歌颂了杭州龙井的自然美，采茶姑娘们的劳动美，歌颂了人与自然构成的和谐美。是田园的赞歌，是生活的牧歌，是诗人心中热爱山水、热爱劳动人民的感情真实流露。

本诗用词确切、形象、生动。例如首句用染、引、吟与名词连缀，给人以动感，相映成趣。又如第三句用一个"细"，具体形象地写出了香味的特点。又如第四句一个"入"字，不仅写出了茶歌的美妙，而且写出了歌者的行走和快乐心情。从此诗中我们可以看出诗人用词功夫是很深的。

我们读了这首诗，是一种快乐的享受，也是接受了一种劳动美的熏陶。

（邵介安）

茶 圣

飞越千崖与万水，
孤鸿一羽落深山。
峰峰神叶用心品，
旷古奇书世代传。

✿ 解读

　　唐代陆羽被人们誉为茶圣。陆羽原为盛唐末期湖北竟陵湖边的一个弃儿，被龙盖寺和尚积公大师收养。他像一只不知从何处飞来的孤鸿，其洁白的羽毛与绿色的茶叶生死相依。年轻的陆羽志不在青灯古佛，他立下宏愿要写一部前无古人的茶学经典。他身背行囊，游走天下，行万里路，品千峰茶，最后来到湖州杼山。陆羽在这里集六年之功，完成了我国第一部茶学专著——《茶经》，从此中华茶文化翻开了新的一页。陆羽就像大自然中的一片茶叶，圣洁纯粹、素雅，荣华富贵、名闻利禄、灯红酒绿，在他眼里都是过眼云烟，一首《不羡歌》道出了他的心声："不羡黄金罍，不羡白玉杯；不羡朝入省，不羡暮登台；千羡万羡西江水，曾向竟陵城下来。"

茶　禅

达摩面壁竟酣梦，
遂有清心明目茶。
浮世喧嚣遮望眼，
淡泊宁静向天涯。

❀ 解读

　　本诗向我们讲述了一个"茶禅一味"的典故。佛教中传说，茶的来历和达摩老祖有关，达摩面壁修行之时，一不小心竟酣然入梦，达摩醒后，懊悔异常，为牢记教训便把自己的眼皮割掉，扔掷于地，后来就在扔下眼皮的地方长出了青青的茶树。

　　佛经中把茶与禅结合得如此紧密，说明二者之间确有相通之处。禅，佛家语，意为静坐。佛教之中，常常要人追求一种淡泊宁静的境界，这与茶的功效可谓有异曲同工之妙。饮茶让人宁静，让人心安，让人于喧嚣浮世之中，寻找到心灵静谧之所。禅的意义，不在于要我们消极避世，而是要我们以一种平和的心态去面对现实，不以物喜，不以己悲，以纯净的灵魂去面对我们周遭的世界。

黄山松

落脚悬崖峭壁中，
横出石缝体如弓。
根无沃土先天苦，
绝处求生气若虹。

解读

　　作者自注："此诗写于1988年，有感于黄山松的精神而作。"奇松、怪石、云海、温泉，被称为黄山四绝。四绝之首，当推奇松。

　　"落脚悬崖峭壁中，横出石缝体如弓。"这两句表达了诗人对黄山松不屈精神的赞美。黄山松出身于悬崖峭壁，先天环境极其恶劣，但仍凭借一股坚毅的精神顽强生长，传神地刻画出黄山松苍劲有力的神态。

　　"根无沃土先天苦，绝处求生气若虹。"黄山松并不因为先天不足而失去成长的力量，而是在苦境中进行气贯长虹的抗争。

　　全诗情景交融，体现了情怀与自然的统一。诗人虽无明写人生哲理，却已将人对于生命的敬重表现得淋漓尽致。本诗准确地抓住黄山松的意象特征，将人生之理寓于其中，写出了物之美、理之真、人之善。我们只要拥有黄山松的精神，就能在逆境面前也会保持一种积极乐观的态度，从而开拓出一片属于自己的天空。

（李晓娟）

太常引·竹

瘦枝疏淡乐相逢，叶翠雨濛濛。

终岁色相同。不斗艳、蒿藜类丛。

苍苍节劲，贞心永保，跃跃上碧空。

慕万里高风，凌云意，山间谷中。

⚘ 解读

诗人在一个细雨濛濛的日子，很高兴地又来到了竹子身边。"瘦枝"、"叶翠"、"终岁色相同"，描述了竹子的外表朴素、平凡、始终如一。"不斗艳、蒿藜类丛"意近王安石《华藏院此君亭咏竹》诗："曾与蒿藜同雨露，终随松柏到冰霜。"竹子生长在蒿藜之间，不张扬、不孤傲，严寒季节更显精神。

"苍苍节劲，贞心永保，跃跃上碧空。"巧化李白《慈姥竹》诗："不学蒲柳凋，贞心常自保"，诗人更将竹子的气节与壮志刻画得撼动人心。

元代倪瓒说："余之竹，聊以写胸中逸气耳"。清代郑板桥认为，"胸中之竹，并不是眼中之竹也"。"手中之竹又不是胸中之竹也"。从自然之竹、眼中之竹、胸中之竹，到最后的手中之竹，是一个艺术表现的过程。"手中之竹"是将意象用笔墨加以表现而成的艺术形象。

本词无不体现着诗人深厚的文化内涵和谦虚低调却追求不息的处世风格。

（李晓娟）

临江仙·雪梅

冰雪满坡梅傲立，山寒涧冻风吹。苍虬似铁展幽姿。清殊独抖擞，无意自称奇。

不要人夸颜色好，疏林老干横枝。心甘僻野乐相宜。留得真气在，天地共长知。

解读

作者自注："作于1998年。梅花玉骨冰肌，素淡高洁，心向往之。"

歌咏梅花的诗词，有写梅花风致独特的，有写梅花形神兼美的，有写梅花绝俗超尘的。陆游的《卜算子·咏梅》："驿外断桥边，寂寞开无主。已是黄昏独自愁，更著风和雨。无意苦争春，一任群芳妒，零落成泥碾作尘，只有香如故。"写梅花意象之美，赞其标格之贞。姜夔的《疏影》则集中描绘梅花清幽孤高的形象。

本词《临江仙·雪梅》最显著的特点是把梅花当成有灵魂有性格的人来写。诗人赋予梅花以活生生的人的生命。本词所写的梅花如同处于僻野的高人，迎风立冰雪，傲岸自在，似乎有一种寂寞。可是，梅花寂而不怨，淡泊宁静，品性高洁，自得其乐。"无意自称奇"，"心甘僻野乐相宜"，更是明显的拟人化了。在把梅花当成活的人的生命来加以描绘的同时，诗人炼词铸句，"立"、"展幽姿"，"心甘"等起到了化虚为实的作用。诗人的生命境界与处世风格油然而在梅中。

（李显根）

冬　梅

一轮冷月照空林，
映雪梅花寒岁心。
品贵孤芳不自赏，
让与百卉共争春。

解读

这是一首描写梅花的咏物诗。一、二句意谓：在严寒的季节里，星空中一轮圆月照着空阔的树林，而梅花却映着皑皑白雪不惧天寒地冻，傲雪怒放着。三、四两句意谓：梅花的高贵之处，在于开花不是为了自我欣赏，而是为着与各种花卉共同争创美丽的春色。

这首诗用词十分精确，如"一轮冷月"一个"冷"字把严寒冬天夜晚的冰冷寂静景象写得很到位，"让与百卉共争春"中的"让"字，"共"字把梅花的谦和、恭让精神、宽阔胸怀写活了。

本诗书写梅花的高贵品质，不以报春自赏，乐与百花共同争创春色。梅花不畏风雪、凌寒怒放，被喻为民族的精神而为世人所敬重。

古人对写梅花有"不识梅花不识诗句"的体验之说。因此古今诗人都写下了许多脍炙人口的咏梅佳作。如宋代王安石写的《梅花》"墙角数枝梅，凌寒独自开。遥知不是雪，为有暗香来"，是妇孺谙熟的诗。这首《冬梅》，融会贯通地承继了毛泽东同志《咏梅》的写作意境，用简洁的语言，写出了梅花迎雪吐艳、凌寒飘香、俏丽而不孤芳自赏的高尚品格，让人们从鉴赏中汲取不畏艰险、不避苦寒、磨砺自强的精神。

（许汉云）

腊　梅

交柯叠臂抱团老，
雪压冰欺不折枝。
黄蜡花容无艳色，
香浓十里早春时。

解读

"交柯叠臂抱团老，雪压冰欺不折枝。"柯：梅花的枝条。臂：喻梅树的枝干。抱团：指枝条与树干紧紧交叉挨成一处。该两句诗谓：早春绽放的腊梅，枝条密密地交叉生长着，枝干相互挨在一处，形态苍老，但坚强不屈地挺立着。大雪纷纷扬扬地下着，厚厚地压在枝条和树干上，想压垮它，摧残它，冰雪仿佛是个冷面杀手，想将腊梅置于死地，可是腊梅的枝条仍坚强地挺立在那儿。诗人用白描的手法，勾勒出腊梅无所畏惧，腰杆笔直挺立着，十分坚强勇敢的姿态，风刀雪剑严相逼，丝毫不低头折服，显示出腊梅的大无畏精神。

"黄蜡花容无艳色，香浓十里早春时。"早春时节腊梅绽放，一朵朵金黄色，亮灿灿的，十分亮眼。花朵的容颜没有红白蓝紫诸色，只有单纯的一种；容貌是小朵的不硕大，也不多姿，可是它的香气却十分浓郁，十里路外也能闻到它的芳香。画家庄正方说："我爱腊梅，腊梅虽似梅，却胜过梅。梅为暗香，腊梅为浓香。腊梅之香可远扬十里，香浸八方。"这番议论，正是对诗句的最好注脚。腊梅傲冰雪，斗严寒，战风霜，反而枝也铮铮，花也灼灼，不愧为树中的大丈夫，是植物类中的勇士。也许有人会说，腊梅在三四月开放多好，惠风和畅，可以争奇斗艳一番。殊不知，腊梅在严寒中绽放是它的本性，与恶劣的环境进行斗争，才显出它的英雄本色。它只求早点报答人间，将浓香在早春就释放出来，给人间做点贡献。

本诗作者怀着深厚的感情，挥毫赞扬腊梅，歌颂它在严寒中坚强不屈的大无畏的精神，同时赞颂它默默奉献于人类的高贵品质。我们从这首诗中，也可以联想到历史上和今天的社会上，有许多英雄人物，不畏强暴，勇敢抗争，默默奉献于人类的高贵品质。

古今诗人写的 梅花多彩多姿，令人眼花缭乱。诗人黄学规写的《腊梅》，则是梅园中的一朵奇葩，香气浓郁，含意无穷。

本诗修辞手法巧妙，也值得一提。"臂"是人的手臂，作者用拟人法，将枝条当人的手臂描写；"抱"是指人用手相拥而围合，诗人将树枝、树干交结在一处，当作人物相互拥抱等等。这正如古人所言："随语成韵，随韵成趣"，一词写活，全诗皆活也。

（邵介安）

春　笋

未见百花始斗妍，
竹芽破土已凸尖。
常怀向上凌云志，
日日攀高段段坚。

解读

　　诗人黄学规的诗，有时言物，有时写景，有时叙事，有时咏史，有时自勉，每首诗都有自己的特点，也有一个共同之处，就是每首诗都充满了正能量。这首《春笋》自然也不例外。"未见百花始斗妍，竹芽破土已凸尖。"在百花尚在等待春天之时，竹芽已经不惧严寒破土而出——在他人尚在沉睡的时候，他已经闻鸡起舞；在他人准备休息的时候，他依然秉灯夜读——这种勤奋执着无畏，不仅是作者对竹笋的赞美，更是对自身的要求。"常怀向上凌云志，日日攀高段段坚。"竹笋一旦钻出地面，便向着天空的方向以最快的速度生长，每天都会增加新的高度，却又坚硬踏实。不畏艰难、胸怀大志、持之以恒又步步坚实，作者通过对竹笋的描述，传达出内心一种无穷的力量。古往今来赞竹的诗词很多，大都以"有节"、"坚韧"作为竹子的品格，此诗中，作者独辟蹊径，以竹笋为对象，赋予了竹子更多的寓意，可谓匠心独具。

（李晓娟）

春 兰

蓬艾丛中深不见，
风吹才露叶青苍。
素心淡淡朝空谷，
一片清纯半缕香。

解读

自古至今，人们爱兰、惜兰、咏兰，留下了许多佳作。而此篇诗歌的作者，却独具慧眼，构思独特，写出了兰花不求名利富贵、无私奉献的高贵品质。

"蓬艾丛中深不见"。蓬，指的是一种草木植物，叶子边缘有锯齿，花为白色；艾，也是一种绿色植物，有香气。丛，指的是它们量多而生长茂密。这说明春兰生长在植物大家庭中，是普通的一员。一个"深"字，说明春兰没有蓬艾那样高大，而是隐藏在其中，说明了它不爱抛头露面，甘愿寂寞，默默地守候。

"风吹才露叶青苍"。一个"才"字，点出了春兰"露叶"是"风吹"之故，说明它一直不爱喧哗，也从不要求出头露面去争取人们的宠爱。苍，指的是青色。"青苍"指的是它的生命力极强，非常旺盛。

"素心淡淡朝空谷"。"素"，指本色，也有"向来"的意思。"淡淡"，量虽不多，可更令人喜爱，沁人心脾，令人心旷神怡。牡丹，雍容华贵，大红大紫；茶花，妖娆多姿，鲜艳夺目。而春兰却与它们不同，香味是"淡淡"的，暗喻它淡泊名利，清贫自守。"朝空谷"，是写春兰绽放花朵的姿态，它面向空旷的山谷，不求声张，不图虚荣。

"一片清纯半缕香"。"清纯"，指的是干净、纯洁。无杂质污染。清香扑鼻，令人喜爱。缕，此为量词，言极细少。

这首诗从字面上是写了春兰的生长环境、枝叶形态特征，以及绽放花朵的形态等等，其实是借物喻人，歌颂了人们默默无闻、甘愿奉献的高贵品质。它是一曲人们心灵美的赞歌，也是诗人高尚人格的真实写照。

古语云："慧者心辨而不繁说，多力而不伐功。"春兰就是这样的慧者。作者将春兰拟人化，它有高尚的操守和美好的人格，因而诗歌形象突出，十分生动。用词功力颇深，一个"深"字，点出春兰不露声色的特点；一个"素"字，写明了春兰的固有品质；一个"一"字和"半"字，本是一种枯燥的量词，在这里经诗人一用，点出了春兰高贵的品格，传神入化，颇为精妙。

（邵介安）

白玉兰之一

芳洲未绿尚冬眠，
高树繁花耸碧天。
特立寰宇身有骨，
珠光玉色醉心弦。

解读

春寒料峭，花草们仍在冬眠之中，尚未苏醒过来。然而，白玉兰已经悄然开放，高耸碧空。在百花寂寥的季节，高大挺拔的玉兰树就那样孤独却坚强地耸立着，有筋有骨，枝枝向上。于是，若要欣赏玉兰花，须抬头向上，映着蓝天去仰望那在阳光下愈发饱满与热烈的花朵。蕃茂的花朵如珠似玉的圣洁与大气，怎能不让人心生赞叹！

然而，打动作者，使其"醉心弦"的，不仅仅是玉兰的风姿，更是玉兰在苦难中的辉煌。白玉兰绽放的时候，依然有风霜严逼，冰雪肆虐，然而她已经将无叶的枝条伸展在寂寞的长空，将素净的花朵晾挂在早春的云头。她不像那些艳丽却畏寒的花朵以自身的色彩向人们邀宠，她只是用自己的风骨，展现着自己的无畏、坚强以及独一无二的美。

作者每每写花如写人，视花格为人格，这首诗也不例外。作者的价值倾向与审美情趣，完美地融进了对白玉兰的欣赏与赞美里。

（李晓娟）

白玉兰之二

银钩铁划上长空，
星斗满天气象弘。
厚道玉兰无媚色，
素花朵朵态从容。

解读

　　流水还被封于冰下，杜鹃缩成一团蹲伏山坡。此时，冬将尽未尽，春将来未来。然而，白玉兰的枝节已如银钩铁划般拥抱天空，尽显矫健之美，她竞放的繁花唤醒了山林，宛如满天星斗。

　　在这里，"上长空"与"气象弘"，把白玉兰的大气、恢弘描述得淋漓尽致。诗的前两句仿佛一部乐章的第一节音符，开篇就高亢洪亮，气势先声夺人，一下子就吸引听者的心。

　　而后，乐章由远及近，由急向缓，近景的白玉兰便呈现在我们面前。她的枝节挂满花朵，花瓣饱满厚重，全无媚色。她的花并非娇嫩华丽、轻盈可掬，而是素雅洁净、大花朵朵。她用一种大气之美、从容之美，令人悟及人生之至美、生命终极之回归。在这种美面前，任何的色彩与装饰，扭捏与作态，皆是多余与累赘。自然，这也是诗人最终要歌颂并追求的美。

（李晓娟）

胡　杨

飞砂蔽日千年旱，
冷月苍凉百里荒。
铁干虬枝长卫守，
生前死后永刚强。

解读

　　胡杨是中国西部古老珍奇的树种，具有惊人的抗干旱、御风沙、耐盐碱能力，被誉为"沙漠英雄树"。

　　"飞砂蔽日千年旱，冷月苍凉百里荒。"形象逼真地描述了胡杨恶劣的生长环境。百里空旷的大戈壁上，在一片浑黄起伏的沙丘中，突兀出现一簇又一簇胡杨林，显得孤独而伟大。胡杨树高的五六米，矮的只有二三米，相互拥簇地生长着。

　　"铁干虬枝长卫守，生前死后永刚强。"棵棵胡杨粗壮有力，就连每一个细小的枝杈都显得刚劲而凛然。它们像大漠卫士，沉寂而虔诚地守护着这片广袤的土地。在那样的风沙干渴中，胡杨可以整整地活一千年；死了，还可以挺挺地站立一千年；最后倒下了，不散架不腐烂，保持刚强形态一千年。

　　苍劲有力的胡杨在大漠生死坚守，如此这般坚韧、刚毅、无畏、悲壮，使人油然而生敬意。在这样的生命面前，谁还会埋怨自己的不幸？谁还不会挺起自己的胸膛？

（李晓娟）

秋　菊

艳抹浓妆争妖冶，
名花时兴绰约姿。
当年五柳房前客，
犹是傲霜篱下枝。

解读

　　这是一首描写菊花的咏物诗。一、二句中的"妖冶"，指艳丽而不庄重之意，含有贬义。绰，chuò，绰约多姿，一般形容女子姿态柔美的样子。这两句诗意谓：各种名贵花卉，用艳丽的色彩给自己梳妆打扮，争宠斗艳，它们一味追求时尚，显示自己娇美的身姿。诗人写这两句是为了与菊花对比，为写菊花与众不同的风骨和气质作了铺垫。三、四句中的"五柳"是指晋代的陶渊明（365—427），他曾写有《五柳先生传》，用以述志抒情。"客"，指代菊花。"篱下枝"，指陶渊明的诗句"采菊东篱下，悠然见南山"。这两句诗意谓：当年陶渊明房前种的菊花，仍是在篱笆下长得隽美多姿、傲霜挺放。

　　这首诗，抒写了菊花不以娇艳姿色取媚，而是凌霜盛开、不惧西风的一身傲骨正气，历尽风霜而坚贞不屈，这是她的神韵，象征着在艰难困苦环境中奋力拼搏的人们高尚的情操和坚韧不拔的精神。

　　这首诗在写作上的明显特点，一是将菊花与各种名花对比着写，先写名花"艳抹浓妆争妖冶"，又"时兴绰约姿"，后写菊花的"傲霜篱下枝"，对比鲜艳、生动，对菊花虽然着墨不多，却突出了菊花的品格；二是运用拟人的手法，将菊花喻为"客"，赋予了浓厚的人情味；三是用进了五柳先生陶渊明"采菊东篱下，悠然见南山"的典故，耐人寻味。

（许汉云）

秋　叶

休怜落叶满园金，
来岁新芽换旧林。
春日芳菲花沐雨，
声声鸟语动人心。

解读

秋风起，满园落叶如金铺地，秋风萧萧，如屈原在《九歌·湘夫人》所言，袅袅兮秋风，洞庭波兮木叶下。悲哉秋之为气也！秋之悲，似乎是刻在人们心里的悲凉，万物衰颓，天地苍凉。

而本诗却另有一番情调。落叶满地纵使凄凉，但却是蕴含着来年勃勃生机。来年春季，初萌新芽，旧林换新装，原本萧瑟秋景里包含了新生的希冀，一个"休怜"将凄凉秋意荡清，洒脱之感顿生。

本诗后二句，具象地描写了春日繁花盛开，鸟语嫣然的场景，一派春日生机勃勃景象。本诗哲思巧妙，一反传统悲秋之情，在落叶之中寻找生机，正因为生命终有秋时，而更显得新生之时的可贵。

所谓"春雨贵如油"，正也是因为，在春雨的滋润下，万物复苏生长，生机笼罩大地，而轻快鸣啭的鸟语，更似轻珠落盘的明脆，使闻者更觉活力。在繁花、春雨、鸟语的具象化下，全诗意象更为丰满，为哲思添上了实体的形态，而更显得感同身受。

自然万物如此，人也当如此，纵使处在人生之秋，也应当保持乐观而向上的心态。春秋轮回是自然界的规律，而希望就蕴含在生活的每一处。低谷与高潮都是人生的一部分。不论处于人生的何种状态都应当如本诗所示，以充满希冀的心态去迎接生活。

（陈小芳）

采桑子·桂花

生无桃李春风面，不惹人痴。
不惹人痴，素素芳容淡淡姿。
团团簇簇群花涅，馥郁华滋。
馥郁华滋，天外吴刚笑称奇。

解读

作者自注："桂花虽然花型太小，少入画图，但以自己高贵的品格赢得了世人的赞誉。"

"生无桃李春风面，不惹人痴。"诗人借用宋代杨万里的诗句开篇，描写朴素的桂花不像桃花李花那样满面春风、婀娜多姿。"素素芳容淡淡姿"，桂花碎金屑银，在枝头静静地绽放着自己的秀雅，向人间默默地飘洒着自己的清香。"团团簇簇群花涅"，当人们被这清香陶醉，才蓦然发觉，那小小的桂花，满树满枝，团团簇簇，都是如此的美丽！桂花簇拥着开放，热烈却不张扬。金秋的雨露，滋润着小小的桂花，随风溢出淡淡的芳香。"馥郁华滋"，轻唱如谣，低吟成诗，连天上的吴刚都赞赏不已。

诚如李清照所赞："梅花妒，菊花羞。画栏开处冠中秋"。难怪只有这含蓄、清雅的桂花，才能演绎那"吴刚折桂"的故事。

（李晓娟）

晚年水仙

花期已去逝芬芳，
美艳渐消带浅黄。
绿叶蓬蓬仍竞长，
超凡气度显安详。

解读

"花期已去逝芬芳，美艳渐消带浅黄"，这一句诗写出了水仙花谢、美艳渐消的情景。"绿叶蓬蓬仍竞长，超凡气度显安详"，这一句描绘了水仙花尽管即将凋零，但绿叶仍在怡然吐翠、生机勃勃的状态。"超凡气度显安详"，诗人运用拟人手法，把水仙写活了，让人感觉这不仅仅是一种植物，而是一个生命，一个有着超凡气度的灵魂。

我们仿佛置身于这样的画卷：春天来了，一盆花期已尽的水仙静静地摆在窗台前，密集细长的绿叶像一股股泉水喷涌向上，它是那样安详，那样自在，悄悄地告知人们春天来了。也许它的生命很短暂，但是它用这一转瞬间绽放着它的美丽，它的高雅，它的与众不同。

诗人用简单朴实的语言赞美着水仙的高洁，让我们联想着、思考着。每天的忙碌让我们焦躁不已，每天的焦躁让我们茫然若失，每天的茫然让我们迷失方向。读完这首诗，我们觉得这一切都是那么美好，水仙在逝去之际仍然不忘生长，带给人们春天的气息。超凡气度让我们感到羞愧和惊醒，也许我们应该做做水仙，美丽绽放的时候应该使人感到香气馥郁，黄花凋谢的时候更应该让人感到生机勃勃、充满活力。

（叶城均）

冬　树

挺立骨枝藏一梦，
荒原守望战奇寒。
新芽劲长驱冰雪，
遍地春光绿满天。

解读

　　世上万事万物皆可入诗，花草树木也不例外。关键是要作者（诗人）应具有一双慧眼，能透过这些平常的事物或花木，有独特的发现，积极地赋予新意、灵感、人性等，使其成为有生命的、有美学意义或有其它重要价值的东西，这样就构成了一首美妙的诗。诗人黄学规的《冬树》在这方面就为我们提供了一个典型的范例。

　　"挺立骨枝藏一梦"。在沉寂的冬天里，一棵棵冬树在北风中挺立着，不畏严寒和冰雪。诗人发现它们是骨枝。"骨"是坚强的、勇敢的象征，不易弯曲的、屈服的。它们赤裸着向天空坦露出胸怀，虽然此时已经没有婆娑多姿的绿叶，但内心是不畏惧的，它们藏着一个绿色的梦。这也是诗人独特的发现，骨枝在冬天犹有一个绿色的梦幻。这样诗意就非常新颖，有独到的见解。诗人描写骨枝，是表现冬树的坚强品质；写"藏一梦"，是对美好的未来充满着希望。在冬天里看到了春天，在沉寂中却看到了希望。

　　"荒原守望战奇寒"。冬树冷静和大度地凝视着风雪，默默地在荒原上守望着，以无畏的气概迎战严寒。其实，冬树顽强的生命力并没有停止在大地深处伸展，它们躯干里的汁液仍在筋脉中奔流。为了在春天里的蓬勃发展，冬树的希望在严寒中孕育，日夜积蓄着来年成长的生命之力。"荒原"一词，即表现冬树所在的处所，更突

出了冬树遇到环境的险恶。因为在荒原上，没有森林庇护，也没有
山脉的阻挡，狂风肆虐着，寒流奔袭着，冬树所遇环境的险恶可想
而知。"守望"一词用得十分传神，诗人用了拟人的手法，说明冬
树面临遇到的挑战，没有退却，而是勇敢地守望着。守望着什么？
诗人没有明白说出来，而是十分含蓄地表示冬树是守望着绿色的希
望、美好的春天。这句诗与上一句诗是因果关系，因为冬树有"梦"，
才会"守望"；也正因为有"梦"，才会"战奇寒"。诗人将冬树的坚
强精神，不屈服的意志，以及美好的信念和理想，刻划得维妙维肖，
入木三分。

"新芽劲长驱冰雪"。在恶劣的条件下，新芽拼尽全力，强劲地
生长着，冰雪终于在新芽面前溃败。新芽，是一种新生的力量，是
无法抗拒的，它始终顽强而前行。它是顽强生命力的代表，不断地
进击。一个"驱"字，写出了新芽的力量，反映了它的勇敢精神。
横横斜斜的枝芽间爆发了许许多多新芽。冬树在苦寒中完成了蜕变，
从而展示出春的无限生机和繁茂，特别醒目的是那醉人的绿色，无
边无际铺满了天涯。诗人从静态中看到了动态，将新芽人格化，写
出了冬树的活力，展现了春天生机盎然的风貌。高尔基说过："应当
描绘，应当用形象来影响读者的想象力，而不要做记录。叙述不是
描绘，思想和印象必须化为形象。"诗人将新芽化为活生生的形象，
有生命，有活力，给读者印象十分深刻。

"遍地春光绿满天"。这句诗是写春天到来之后，经过一番苦寒
战斗的新芽，终于迎来了遍地都是春光、处处都是绿色的世界，天
空也是明亮的，一片蔚蓝色，令人产生无限的喜悦。诗人在这里写
的春光足迹，不仅到达"荒原"，到达"冬树"，而是"遍地"。诗
人这样写作，是将诗歌主题加以升华，并予以扩大，突出了冬树"战
奇寒"的意义，迎来了美好的人间春色。

本诗不是静止地描写瞬间目所能及的冬树形态，而是以动态的

视觉，描写冬树在艰难和逆境中蜕变成长的过程。从挺立的骨枝，到荒原的守望，再到新芽劲长，最后写到遍地春光，生动地描绘出一幅"冬树傲雪图"，是一幅生意盎然鼓舞人心的美丽画卷，也是一支春的颂歌。全诗寓意深刻，启示人们不要被困难所压倒、所屈服，而是要从逆境中看到新的希望、从曲折中应看到美好的未来。要像"新芽"一样，"藏一梦"，"战奇寒"，"驱冰雪"，"绿满天"，胜利一定属于富有抱负而勇敢坚强的人。全诗含意深邃，富有哲理，对人生有重要的启迪作用。

德国诗人歌德说："现代最有独创性的作家，原来并非因为他们创造了什么新东西，而仅仅是因为他们说出一些好像还从来没有人说过的东西。"诗人黄学规就是说出了"没有人说过的东西"。这是因为他有敏锐的观察力，在冬树上有了独特的发现，赋予生机盎然的"春意"。诗人看到了新芽，触物生情，捕捉到了生活的诗意，将个人的情思与冬树互为渗透，树中有"我"，我中有"树"，妙合天然，融为一体，写出了好诗。艾青说："画家和诗人，有共同的眼睛，通过灵魂的窗，向世界寻求意境。"诗人在冬树中找到了意境，"景生情，情生景"，借依托以抒情怀，巧点化以出新意，全诗鲜明而生动地表达了主题。

语言的新颖，也是本诗的一大特色。这犹如一座建筑物，在外观陈设上，也应讲求别致。语言是构成诗的"砖瓦"，没有它们新颖美观是不能构成一首好诗的。本诗的语言新颖，首先表现在它具有鲜明的时代色彩。例如"藏一梦"、"绿满天"等，就是突出的二例。现在中国人民正在迈着伟大的步伐，正在实现中华民族伟大复兴的中国梦，人人都有自己美丽的"梦想"；十三五规划，中国要"绿色"发展，是一个重要的关键词语等等。这些都是我们当今时代的语言特征。作者将富有时代色彩的词语，有机地组织在诗歌中，突出了诗歌的新颖性、时代性。与此同时，诗人还大胆采用新的语汇来表达崭新的内容，反复推敲，选择最有表现力的语言，充分地反映新的内容。例如首句的"骨枝"的"骨"字，不用老枝、劲枝等熟悉的字眼，一个"骨"字，却包含了"坚强"、"挺立"、"刚劲"、"不屈不挠"等多种意思，真可谓"乃得铅中银"也。又如第三句中的"驱冰雪"的"驱"字，不谓"融"，也不言"胜"，而是用"驱"字，生动形象地写出新芽的勇敢、坚强的精神，真是"一字难得"、含意无穷也。

（邵介安）

后　记

　　我9岁开始初读中国古诗，17岁起学习写作格律诗词，60年来陆陆续续写了约300首，其中近30年来所写的居多。现选出230首，编为一卷，内容涉及咏史、咏世、咏志、咏景、咏物，有些诗词的内容是跨类的，大致上作以上区分。

　　美国艺术理论家苏珊·朗格说："当一个诗人创造一首诗的时候，他创造出的诗句并不单纯是为了告诉人们一件什么事情，而是用某种特殊的方式去谈论这件事情。因此，诗造成的效果完全超出了其中的字面陈述所造成的效果。"（［美］苏珊·朗格：《艺术问题》，北京：中国社会科学出版社1983年版，第140页。）为了给这种"特殊的方式"作一个注解，我与我的诗友为每首诗词写了或长或短的解读，旨在为读者提供一些诗词的背景资料，以加深对作品本身"字面陈述"的理解。

　　中国清代著名画家石涛说过："笔墨当随时代，犹诗文风气所转。"石涛这句话于康熙四十二年癸未即1703年题在画中。300多年来，石涛所表达的美学思想对中国人诗书画的创作产生了深远的影响。石涛的理论与实践，为后人的艺术创作开启了联想与拓展的空间。把人的生命体验推至大自然，又从大自然中返观人的精神和胸襟，这是中国传统艺术给予我们的有益启示。

　　历史是思想的助推器。历史代代相承相续，延绵不绝，无法隔断。时代孕育了自我，个人的成长与时代息息相关。为风雷激荡的时代留下生命的声音，这是吟者的使命。

　　著名教育家和诗人、首都师范大学李燕杰教授抱病为本诗集写了两篇精彩序言，提出了许多精辟的见解，对诗词创作具有普遍的意义。李燕杰教授还为本书题赠了精美的条幅，这对我是极大的鼓励和殷切的希冀。胡华丁、张文木、周舸岷、邵介安、蔡新中、姚红诸位专家学者都为本诗集写了专题评论，从各个不同角度，对书中诗词作了深入分析，情真意切，富有真知灼见，现将这些评论全部列于卷首。在此，对他们一并致以诚挚的谢忱！

黄学规
2017 年 7 月于雨燕斋

图书在版编目 (CIP) 数据

雨燕斋吟稿/黄学规著. 杭州：浙江大学出

版社，2017.9

ISBN 978-7-308-17068-0

Ⅰ．①雨… Ⅱ．①黄… Ⅲ．①诗集－作品集－中国－

当代 Ⅳ．① I227

中国版本图书馆 CIP 数据核字 (2017) 第 152460 号

雨燕斋吟稿

黄学规 著

责任编辑	宋旭华
责任校对	张小苹
装帧设计	钱润庭 项梦怡
插图绘制	钱润庭
出版发行	浙江大学出版社
	（杭州市天目山路 148 号 邮政编码 310007）
	（网址：http://www.zjupress.com）
排 版	偏偏书衣
印 刷	浙江印刷集团有限公司
开 本	787mm×1092mm 1/32
印 张	11.375
插 页	4
字 数	276 千
版 印 次	2017 年 9 月第 1 版 2017 年 9 月第 1 次印刷
书 号	ISBN 978-7-308-17068-0
定 价	66.00 元

浙江大学出版社发行中心联系方式：0571-88925591；http://zjdxcbs.tmall.com